अमर शहीद भगतसिंह

विष्णु प्रभाकर

हिन्द पॉकेट बुक्स
पेंगुइन रैंडम हाउस इम्प्रिंट

हिन्द पॉकेट बुक्स

यूएसए | कैनेडा | यूके | आयरलैंड | ऑस्ट्रेलिया
न्यू ज़ीलैंड | भारत | साउथ अफ्रीका | चीन | सिंगापुर

हिन्द पॉकेट बुक्स, पेंगुइन रैंडम हाउस ग्रुप ऑफ़ कम्पनीज़ का हिस्सा है, जिसका पता global.penguinrandomhouse.com पर मिलेगा

पेंगुइन रैंडम हाउस इंडिया प्रा. लि.,
चौथी मंजिल, कैपिटल टावर -1, एम जी रोड,
गुड़गांव 122 002, हरियाणा, भारत

पेंगुइन
रैंडम हाउस
इंडिया

प्रथम हिन्दी संस्करण हिन्द पॉकेट बुक्स द्वारा 1976 में प्रकाशित
यह हिन्दी संस्करण हिन्द पॉकेट बुक्स में पेंगुइन रैंडम हाउस द्वारा 2022 में प्रकाशित

10 9 8 7 6 5 4 3 2

इस पुस्तक में व्यक्त विचार लेखक के अपने हैं, जिनका यथासंभव तथ्यात्मक सत्यापन किया गया है, और इस संबंध में प्रकाशक एवं सहयोगी प्रकाशक किसी भी रूप में उत्तरदायी नहीं हैं।

ISBN 9789353490775

मुद्रकः रेप्रो इंडिया लिमिटेड

www.penguin.co.in

FSC
www.fsc.org
MIX
Paper from responsible sources
FSC® C047271

This is a legitimate digitally printed version of the book and therefore might not have certain extra finishing on the cover.

हिन्द पॉकेट बुक्स

अमर शहीद भगतसिंह

विष्णु प्रभाकर हिन्दी के सुप्रसिद्ध लेखक थे जिन्होंने अनेकों लघु कथाएँ, उपन्यास, नाटक तथा यात्रा संस्मरण लिखे। उनकी कृतियों में देशप्रेम, राष्ट्रवाद तथा सामाजिक विकास मुख्य भाव हैं।

अपने दौर के लेखकों में वे प्रेमचंद, यशपाल, जैनेंद्र और अज्ञेय जैसे महारथियों के सहयात्री रहे, लेकिन रचना के क्षेत्र में उनकी एक अलग पहचान रही।

नाथूराम शर्मा 'प्रेमी' के कहने से वे शरत् चन्द्र की जीवनी *आवारा मसीहा* लिखने के लिए प्रेरित हुए, जिसके लिए वे शरत् को जानने के लगभग सभी स्रोतों, जगहों तक गए, बांग्ला भी सीखी और जब यह जीवनी छपी तो साहित्य में विष्णु जी की धूम मच गयी। कहानी, उपन्यास, नाटक, एकांकी, संस्मरण, बाल साहित्य सभी विधाओं में प्रचुर साहित्य लिखने के बावजूद *आवारा मसीहा* उनकी पहचान का पर्याय बन गयी। बाद में *अर्द्धनारीश्वर* पर उन्हें बेशक साहित्य अकादमी पुरस्कार मिला हो, किन्तु *आवारा मसीहा* ने साहित्य में उनका मुकाम अलग ही रखा।

क्रम

अमर शहीद भगतसिंह

•

पूत के पांव

हर क्षण असंख्य व्यक्ति जन्म लेते हैं, पर कुछ होते हैं कि उस क्षण को अमर कर देते हैं। अपने जन्म के क्षण को अमर कर देने वाला एक ऐसा ही बालक ज़िला लायलपुर (अब पाकिस्तान में) के एक गांव, बंगा में पैदा हुआ। उसके पैदा होते ही उसके चाचा सरदार अजीतसिंह का निर्वासन समाप्त होने की सूचना मिली। उसी दिन उसके पिता सरदार किशनसिंह और छोटे चाचा सरदार स्वर्णसिंह जेल से मुक्त हुए।

सभी ने प्यार से उसे 'भागों वाला' (भाग्यवान) कहकर पुकारा और दादी ने उसे नाम दिया 'भगतसिंह'। और वह अमर होने वाला क्षण था आश्विन शुक्ल त्रयोदशी, संवत् 1964 विक्रमी तदनुसार 28 सितम्बर, 1907, शनिवार, प्रातः लगभग 9 बजे का।

प्यार-दुलार में वह बड़ा हुआ। होगा कोई ढाई-तीन वर्ष का। पिता के साथ एक दिन जा पहुंचा खेत पर। पिताजी देख रहे थे आम के पौधों को, जो तभी रोपे जा रहे थे। पुत्र ने भी देखादेखी तिनके उठा-उठाकर रोपने शुरू कर दिए। प्यार से पिताजी ने पूछा, "क्या कर रहे हो, बेटा?"

उत्तर मिला—"बन्दूकें बो रहा हूं।"

सुनने वाले सभी हंस पड़े थे, पर काल मन ही मन मुस्करा रहा था। देख रहा था कि जिसके जन्म पर परिजन मुक्त हुए हैं, वह सचमुच देश की मुक्ति का व्रत लेकर जन्मा है और उसके लिए वह मुक्ति बन्दूक के माध्यम से होने वाली है। इन घटनाओं को संयोग

कहकर टाला जा सकता है, पर कभी-कभी ये संयोग बड़े अर्थगर्भित होते हैं और आने वाली घटनाओं के सूचक भी।

ये दोनों घटनाएं ऐसी ही थीं और मात्र भावना के कारण ही ऐसी नहीं थीं। जिस परिवार में भगतसिंह ने जन्म लिया था, जिस परिवेश में वें पनपे और पले, वे सब भी तो इसी धारणा को पुष्ट करते हैं। राष्ट्रीयता और देशभक्ति से ओतप्रोत था उनका पूरा परिवार, उनका पूरा परिवेश। इसीलिए तो पिता पर और चाचाओं पर तत्कालीन सरकार की कृपादृष्टि थी।

उनके दादा थे सरदार अर्जुनसिंह। निराला व्यक्तित्व था उनका। जन्म लिया सिख परिवार में और हो गए आर्यसमाजी। वह भी स्वयं आर्यसमाज के प्रवर्तक स्वामी दयानन्द सरस्वती से दीक्षा लेकर। मांस खाना छोड़ा, शराब छोड़ी, अन्धविश्वास छोड़े, अपना लिया बस हवनकुण्ड को और उसकी संस्कृति को। अपनाया भी ऐसे कि पहली पंक्ति में जा बैठे। खूब पढ़ा, खूब शास्त्रार्थ किए, खूब भाषण दिए। यह वह युग था जब आर्यसमाज पर सरकार की कोपदृष्टि थी। और सरकार थी कि 'फूट डालो और राज्य करो' के सिद्धान्त को तन-मन से मानती थी।

सो पटियाला के आर्यसमाजियों पर एक मुकदमा चलाया गया। उनपर आरोप था कि वे सिखों के गुरुग्रंथ साहब का अपमान करते हैं। शासक सोचते थे कि इस प्रकार इन दोनों में वैमनस्य पैदा हो जाएगा और राष्ट्रीयता की प्रज्वलित होती ज्योति बुझ जाएगी।

लेकिन देश जाग चुका था। उसने इस चाल को भांप लिया। एक बचाव कमेटी बनी। उसमें सबसे आगे थे सरदार अर्जुनसिंह। उन्होंने विद्वानों के साथ मिलकर, अनथक परिश्रम के बाद, ऐसे उदाहरणों का ढेर लगा दिया जो यह प्रमाणित करते थे कि वेद और गुरुग्रंथ साहब दोनों एक ही बात कहते हैं। दोनों ही आदरणीय हैं। सरदारजी लिखते भी खूब थे। उनकी अनेक पुस्तकें ट्रैक्ट रूप में बंटीं। कुछ नष्ट भी हो गईं। उनमें एक थी 'हमारे गुरु साहेबान वेदों के पैरोकार थे'।

वह कितने आचारवादी, उदार और दृढ़ थे, इसके कुछ

उदाहरण देखे जा सकते हैं। बहुत वर्षों बाद क्रांतिकारी यशपाल ने एक संस्मरण लिखा था। उन दिनों सरदार किशनसिंह ने बीमे की एजेंसी ले रखी थी। इसलिए एक दफ्तर भी था। उसी में क्रांतिकारी युवक आकर बैठते थे। सोते भी वहीं थे। वहां एक दिन यशपाल मेज़ के सामने बैठे कुछ लिख रहे थे। नीचे टीन की कोई वस्तु थी। अनजाने उसको पैर से बजाए जा रहे थे। उसमें से एक लय जो पैदा हो रही थी। तभी एक वृद्ध सज्जन वहां आए और एक कुरसी पर बैठ गए। यशपाल ने उधर ध्यान नहीं दिया। वे उसी तरह लिखते रहे और उस वस्तु को जूते से बजाते रहे कि सहसा गालियों से भरी करारी डांट सुनाई दी।

"गधा, उल्लू, नास्तिक, बदमाश, सिर तोड़ दूंगा…"

चकित-विस्मित यशपाल ने देखा कि वे तेजस्वी वृद्ध सज्जन लाठी उठाए उन्हें मारने को तत्पर हैं—"उल्लू, यही तेरी तमीज़ है?"

अब यशपाल ने नीचे झांककर देखा। जिसे टीन की बेकार वस्तु समझा था, वह हवनकुण्ड था और उसी में वे नियम से प्रतिदिन हवन करते थे। वे गुरुग्रंथ साहब के सामने मत्था नहीं टेकते थे, पर बहुमत का मान करके गांव में गुरुद्वारा उन्होंने बनवा दिया था। छुआछूत से उन्हें शाब्दिक नफरत ही नहीं थी, घर पर हरिजन महिला को बुलाकर खाना भी बनवाया था उन्होंने। इसपर उनके घड़े कुएं पर से हटवाने की आवाज़ उठी थी। तब उन्होंने क्या किया। उन दिनों गांव में तालाब खुद रहा था। सभी श्रमदान कर रहे थे। भोजन का दायित्व था सरदार अर्जुनसिंह पर। एक दिन उन्होंने एक भंगी और दो चमारों को बुलाया, खाना उनके सिरों पर रखा और जा पहुंचे तालाब पर। लोग देख न सके इसलिए उन्होंने कुछ पहले ही झाड़ियों की ओट में खाना रखवा लिया था।

जब सब खा-पी चुके तो वे बोले, "क्यों भाइयो ! खाने का स्वाद तो ठीक था?"

"बहुत बढ़िया था।" सबने एकस्वर से कहा।

तो वे बोले, "इस बढ़िया खाने को लाने वाले चमार और भंगी थे।"

एक बार तो सांप सूंघ गया सबको, पर परिणाम यह हुआ कि उस गांव से छुआछूत सदा के लिए दूर हो गई। कौन किस-किस का घड़ा कुएं से उठवाता !

ऐसी कहानियों का अन्त नहीं है। वे उनके विद्रोही स्वभाव का प्रमाण हैं। जैसे एक बार उन्होंने अपने खेतों में तम्बाकू बो दिया। उसमें लागत कम और लाभ अधिक होता है, लेकिन गांव तो सिखों का था। और सिखों के लिए तम्बाकू हराम है। उन्होंने इस बात को भी ध्यान में रखा था। बड़ा तूफान मचा। पर जब तक वह बिक न गया, वे टस से मस न हुए। जब धन घर में आ गया तो बोले, "मैंने अपवित्र वस्तु को छुआ, ठीक है, पर अब तो वह निकल गई है। पैसा है। वह तुम ले लो। मैं प्रायश्चित्त करे लेता हूं।"

उनका काम धक्का पहुंचाना था, किसी को दुखी करना नहीं। वे बहुत बड़े इन्सान थे। क्रोध न आता हो ऐसा नहीं, पर वह उनका स्थायी भाव नहीं था।

आर्यसमाज के झण्डे के नीचे उन्होंने विद्रोह करना सीखा था। जब गांधीजी ने विद्रोह का नारा बुलन्द करके गुलामी के विरुद्ध युद्ध की घोषणा की तो यहां भी सरदार अर्जुनसिंह आगे थे। अपने तीनों पुत्रों को भी उन्होंने क्रांति की दीक्षा दी और देशभक्ति का पाठ पढ़ाया। उनकी छत्रछाया में उनके भतीजे हरिसिंह (वे कांग्रेस आन्दोलन में जेल जा चुके थे) ने बम भी बनाया था। पुलिस को पता लगा, पर जहां अर्जुनसिंह हों वहां उनके विरुद्ध गवाही कौन दे।

सरदारजी के तीन पुत्र थे—सरदार किशनसिंह, सरदार अजीतसिंह और सरदार स्वर्णसिंह। तीनों आर्यसमाज के परिवेश में पले, बड़े हुए। तीनों अन्धविश्वासों के कट्टर शत्रु, तीनों परम देशभक्त, तीनों निर्मम-निस्पृह। तीनों पुत्रों को ही नहीं, पौत्रों को भी उन्होंने क्रांति के पथ पर दृढ़-कदम आगे बढ़ते देखा। भगतसिंह को फांसी पर चढ़ते भी देखा। एक बेटा जीवन-भर जेल और घर के बीच आंखमिचौली खेलता रहा, दूसरा जलावतन होकर विदेशों में स्वाधीनता का युद्ध लड़ता रहा और तीसरा जेल से तपेदिक लाया

और भरी जवानी में शहीद हो गया।

सरदार अर्जुनसिंह की कहानी उनकी पत्नी सरदारनी जयकौर के बिना कैसे पूरी हो? वे आर्यसमाजी नहीं हो सकी थीं। सिखधर्म में उनकी श्रद्धा अखण्ड थी। पर दोनों ने एक-दूसरे को कैसे सहा, कैसे सहयोग दिया, उसका एक ही उदाहरण पर्याप्त होगा। सरदारजी ने दोनों पोतों का यज्ञोपवीत करवाया। वैदिक रीति से उनका मुण्डन होना अनिवार्य था। दादी विह्वल हो उठीं, बोलीं—"यज्ञोपवीत होने दो, पर केश मत कटवाओ।"

एक क्षण वे झिझके होंगे, फिर बोले, "ठीक है, केश नहीं करेंगे। असली वस्तु तो यज्ञोपवीत है।"

और उन्होंने दोनों पोतों को कौली में भरकर घोषणा की, "मैं अपने दोनों पोतों को इस यज्ञवेदी के सामने देश के लिए समर्पित करता हूं।"

बड़ा पोता जगतसिंह अकाल में ही चल बसा था। छोटा था भगतसिंह; जैसा वह समर्पित हुआ, वैसे सबके लाल हों।

वे वकील के मुंशी थे। वे किसान थे। वे विद्रोही थे। वे हकीम भी थे। बहुतों को उन्होंने ठीक किया, पर जगतसिंह को न कर सके। उसे सन्निपात हो गया था। डाक्टर की दवा चल रही थी। अपनी भी दे बैठे। तभी अचानक उसकी मृत्यु हो गई। उन्हें लगा जैसे उन्हींकी दवा से वह मरा है। बस, फिर हिकमत नहीं की।

दादी जयकौर कम साहसी नहीं थीं, क्रांतिकारियों के परिवार की रानी थीं। बड़ा दबदबा था उनका। उनका घर भी जब-तब धर्मशाला बना रहता था। कहां-कहां से क्रांतिकारी आकर ठहरते थे। सुप्रसिद्ध सूफी अम्बाप्रसाद तो अक्सर घर में रहते थे। एक बार पुलिस क्रांतिकारी साहित्य छापने के अपराध में सरदार अजीतसिंह और सूफी साहब को पकड़ने आई। अजीतसिंह घर में न थे, पर सूफी साहब थे।

अब क्या हो? दादी जयकौर आगे बढ़ीं। पूछा, "क्या चाहते हो?"

पुलिस अफसर ने कहा, "घर की तलाशी लेनी है।"

"तो ले लो, पर हम ठहरे बहू-बेटी वाले कुलीन लोग। पहले

उन्हें निकल जाने दो, तब अन्दर जाना।"

पुलिस अफसर ने कहा, "ठीक है।" चादरों में लिपटी नारियां एक के बाद एक बाहर चली गईं। उन्हींमें चले गए सूफी साहब। पुलिस को अपनी गलती स्वीकार करनी पड़ी। वह तीन ऊंटों पर लादकर साहित्य ले गई, साहित्य-निर्माता अपने पथ पर आगे बढ़ गया।

2

सरदार अर्जुनसिंह के बेटों में सरदार किशनसिंह सबसे बड़े थे। भगतसिंह का पिता होने का गौरव उन्हींको है। वे जन्मे सन् 1878 में। शिक्षा पाई सांईंदास ऐंग्लो-संस्कृत हाई स्कूल, जालन्धर में। उनका सार्वजनिक जीवन आरम्भ हुआ आर्यसमाज में। कहीं भी सेवा-सहायता का कार्य हो, किशनसिंह आगे थे। सन् 1898 में बरार में अकाल पड़ा। ऐसा भयंकर कि रोंगटे खड़े हो जाएं। सरदार किशनसिंह वहां जाकर महीनों पीड़ितों की सेवा ही नहीं करते रहे, लौटते समय पचासों अनाथ बच्चे भी उनके साथ थे। फिरोज़पुर के अनाथालय की नींव तभी पड़ी।

और बरार ही क्यों, दो वर्ष बाद गुजरात का अकाल, उसके चार वर्ष बाद कांगड़े का भयानक भूकम्प, अगले वर्ष जेहलम की बाढ़—सरदार किशनसिंह हर कहीं अगली पंक्ति में हाज़िर।

सेवा व्यक्ति की, सेवा देश की। सरदार अर्जुनसिंह के बेटे उस समय की कांग्रेस की ओर झुकते हैं और वह भी लोकमान्य तिलक की ओर। एक बार अर्जुनसिंह स्वयं भी तो लाहौर कांग्रेस में किसानों के प्रतिनिधि होकर दादा भाई नवरोजी को प्रभावित कर आए थे। उनके बेटे तिलक से प्रभावित होकर 'भारतमाता सोसायटी' की स्थापना करते हैं। तीनों भाइयों—किशनसिंह, अजीतसिंह, स्वर्णसिंह के अतिरिक्त सरदार करतारसिंह केसरगढ़िया, लाला लालचन्द फलक, केदारनाथ सहगल, जियाउल हक आदि न जाने कितने दीवानों ने उस सोसायटी में देश पर मर-मिटने की दीक्षा ली। परिणामस्वरूप सरदार अजीतसिंह जलावतन हुए, सरदार किशनसिंह और सूफी

अम्बाप्रसाद आदि ने नेपाल में शरण ली, पर वहां की सरकार को विवश होकर उन्हें ब्रिटिश सरकार को सौंपना पड़ा। इस मुकदमे से जिस दिन वे छूटे थे उसी दिन भगतसिंह को जन्म हुआ था।

सरदार किशनसिंह के जीवन की प्रेरक घटनाएं असंख्य हैं। क्रांतिकारी रासबिहारी बोस, कामागाटा मारु काण्ड के बाबा गुरुदत्तसिंह जैसों को छिपाकर रखने वाले वे ही थे। न जाने कितने मुकदमों में पीछे रहकर उन्होंने सहायता पहुंचाई, न जाने कितनी बार शचीन्द्रनाथ सान्याल जैसे दीवाने उनसे सलाह लेने आते थे। गदरआन्दोलन को भी उन्होंने सहारा दिया, पर उसकी कार्यप्रणाली से सहमत नहीं थे।

सरदार किशनसिंह पैसा कमाना भी जानते थे और भूखों मरना भी। अधिकतर दूसरी स्थिति ही रहती थी। पिता नाराज़ भी हो जाते, पर देश का काम चलतारहता, साहित्य छपता रहता, एक पैर जेल में रहता, एक बाहर, कभी फरार हो जाते, कभी आन्दोलन करने लगते। उनकी संगठन-शक्ति अद्भुत थी। सन् 1924 में सरकार ने किसानों पर आबियाना (पानी-टैक्स) बढ़ा दिया। किशनसिंह चुप रहते तो किशनसिंह कैसे? विरोध करने के लिए ज़मींदारा-लीग की स्थापना की। जलसा किया और टिकट लगा कर किया। एक आना टिकट। रुपये प्राए सात हज़ार, अर्थात् एक लाख बारह हजार व्यक्ति जलसे में आए। बाप रे! सरकार ने टैक्स लगाया ही नहीं।

जेल में भी आन्दोलन चलाने में वे अग्रणी थे। वे सिख थे, जेल की टोपी कैसे ओढे? साफा दो। बस, इसपर पंजाब की जेलों में तूफान आ गया। नेता किशनसिंह को कड़ी धूप में टिकटिकी पर नंगा बांधकर बेंतों से सूड़ा गया। तभी उनपर पहली बार फालिज़ का आक्रमण हुआ। टिकटिकी से खुलते ही वे गिर पड़े। आखिर सरकार झुकी और सिखों को पगड़ी मिली।

और जब भगतसिंह क्रांतिकारी आन्दोलन में कूद पड़े तब भी पीछे न रहे। वे गुप्त आन्दोलन में विश्वास नहीं करते थे। उनके कुछ कार्यों को लेकर गलतफहमी भी हुई। किसीपर लांछन लगाना सबसे

आसान काम है, पर समझना सबसे कठिन। उनका पूरा परिवार दीवाना था—पित्ताभी, भाई भी,सन्तान भी। एक बार किसी प्रसंग में उन्होंने बेटी से कहा था, "मुझे अपनी कोई बात मत बताओ। फालिज़ ने मुझे कमज़ोर कर दिया है, इसलिए हो सकता है कि पुलिस के तंग करने पर कोई बात मेरे मुंह से निकल जाए।"

क्या अर्थ है इसका? इन सीधे-सच्चे शब्दों के पीछे जो दर्द है, उसे पहचानने के लिए भी तो दर्द चाहिए। वे जीवन-भर कांग्रेस के साथ रहे। एक बार वे असेम्बली में कांग्रेस की ओर से उम्मीदवार थे। गदर-पार्टी की ओर से खड़े थे तेजासिंह स्वतन्त्र।किशनसिंह ने बिना किसीसे पूछे अपना नाम वापस ले लिया। नेता नाराज़ हुए तो उन्होंने कहा, "मतलब तो अंग्रेज़ की नाक पर घूंसे लगाने से था, सो लग गया।"

दूसरी बार सन् 1938 में वे निर्विरोध चुने गए थे। मुकाबला रायबहादुर बसाखासिंह से था, पर भगतसिंह के पिता किशनसिंह से क्या खाकर मुकाबला करते, बैठ गए। इसी सम्बन्ध में दौरा करने के लिए एक सज्जन ने उन्हें कार दी थी। उसकी अब क्या ज़रूरत थी, पर वे सज्जन बोले, "कार आपकी है, मेरी नहीं।"

लेकिन कार भी वे कैसे रखते ! कांग्रेस के चुनाव के लिए मिली थी वह। कांग्रेस की है। सो कांग्रेस के दफ्तर गए और वहीं छोड़ आए।

भगतसिंह के लिए क्या किया उन्होंने, वह तो सब जानते ही हैं, पर यह बात 23 मार्च, 1931 की है। 24 मार्च को फांसी होने वाली थी। अन्तिम मुलाकात के लिए सरदार किशनसिंह पूरे परिवार को लेकर पहुंचे। बूढ़े दादा-दादी, मां और चाचियां। पर आदेश है कि केवल मां-बाप मिल सकते हैं। उन क्षणों में द्वारे-द्वारे मारे फिरे वे, पर कोई नहीं पसीजा। यन्त्र पसीज ही नहीं सकता। सबका एक ही उत्तर था कि नियम भंग नहीं हो सकता। तब निर्णय लिया किशनसिंह ने। वे कानून के आगे नहीं झुकेंगे। जब दादा-दादी व चाचियां नहीं मिल सकतीं तो मां-बाप भी नहीं मिलेंगे।

सभी एकसाथ लौट आए; पर वह लौटना क्या सहल था? बाहर

भीड़ की सीमा नहीं थी। उन्हें पता लग गया था। किसी भी क्षण कुछ भी हो सकता था। किशनसिंह ने भगतसिंह की मां से कहा, "पागल मत बनो। चलो यहां से। तुम चलोगी तो भीड़ चलेगी।"

वे चलीं, पूरा परिवार चला, भीड़ चली। भीड़ जलसे में बदली। भाषण दिया किशनसिंह ने।

वे जीवित रहे 30 मई, 1951 तक। भारत को वे स्वतन्त्र देख सके; पर जो कीमत उन्होंने चुकाई, वैसे चुकाने वाले कम ही होते हैं। और उनकी पत्नी विद्यावती, जो भगतसिंह की मां थीं, जो जलावतन अजीतसिंह और शहीद स्वर्णसिंह की भाभी थीं, उन्होंने कितना सहा, इसका लेखा-जोखा किसके पास है ! सभी जानते हैं, वे शहीद की मां थीं, पर वे बेटों की मां भी तो थीं, यह भूल जाते हैं। भूल जाते हैं मां क्या होती है। भगतसिंह को फांसी हो गई, यह सुनकर उनपर क्या बीती, उन्हींके शब्दों में, [1] "सुनते ही मेरा कलेजा टुकड़े-टुकड़े हो गया। भीतर से आंसुओं का समुद्र उमड़ता, पर आंखों तक आते-आते मेरी बुद्धि उसे रोक देती। हंसते-हंसते प्राण न्योछावर करने वाले मेरे बेटे भगत के कहे अन्तिम शब्द मेरे कानों में बारबार गूंज रहे थे, 'बेबेजी, रोना मत। ऐसा न हो आप पागलों की तरह रोती फिरें। लोग क्या कहेंगे कि भगतसिंह की मां रो रही है !' कलेजा मुंह को आने लगता, पर मैं भीतर ही भीतर घोलती रही उन आंसुओं को।"

एक बेटा शहीद, दूसरे भी बार बार जेल के भीतर होते। उस दर्द को सहने से क्या फांसी पर लटक जाना आसान नहीं है? एक बार भाषण देते हुए उन्होंने कहा था, "मेरे एक बेटे को तुमने फांसी पर लटकाया, मेरे छोटे देवर सरदार स्वर्णसिंह को जेल के अन्दर अत्यधिक शारीरिक कष्ट पहुंचाकर तपेदिक का रोगी बनाया और इस दुनिया से विदा होने को मजबूर किया। मेरे दूसरे देवर सरदार अजीतसिंह को जलावतन होकर विदेशों में भटकना पड़ा और अब मेरे दो बेटों को बिना मुकदमा चलाए गिरफ्तार कर लिया है। क्या मैं इस सबसे डर गई? नहीं, मैं मिट जाऊंगी, पर झुकूंगी नहीं। मैं

1. भगतसिंह और उनके मृत्युंजय पुरखे — वीरेन्द्र सिंधु, पृष्ठ 51

ब्रिटिश साम्राज्य को नई चुनौती देती हूं और दूसरे दो बेटे भी देश-सेवा के लिए पेश करती हूं। आओ जालिमो ! अगर तुम्हारी हविस अभी पूरी नहीं हुई तो इनको भी ले जाओ।"[1]

ज्वारभाटा सभीके जीवन में आता है, पर उनका तो पूरे का पूरा जीवन ही ज्वारभाटा था। बंटवारे के बाद उनके दूसरे बेटे अपने-अपने कामों में व्यस्त हो गए थे, पर वे पति के साथ उसी गांव में रहने लगी थीं जहां एक दिन ब्याही आई थीं। जब पति भी साथ छोड़ गए तो स्मृतियों के सहारे अकेली वहीं रहती रहीं। आखिर एक दिन भगतसिंह भी वहीं लौट आए। 23 मार्च, 1963 को भगतसिंह की भव्य प्रतिमा का अनावरण हुआ। जब पेरिस में नेपोलियन की मूर्ति स्थापित हुई थी तब उसकी मां ने कहा था, "मेरा बेटा पेरिस लौट आया है।" यही स्थिति थी श्रीमती विद्यावती की। उनका चेहरा एक तेज से दीप्त था। वे कह रही थीं कि अब मेरा बेटा यहां से कहीं नहीं जाएगा।

भगतसिंह के प्रिय साथी बटुकेश्वर दत्त जब दिल्ली के मेडिकल इंस्टीच्यूट में मृत्युशय्या पर लेटे थे, तब वे उन्हें देखने आती थीं।[2] उस समय उन्होंने एक वाक्य कहा था, "यदि ईश्वर कोई ऐसी सर्वोत्तम व्यवस्था कर देते कि पुत्रों के दुख माताओं को लग जाया करते, तो माताएं संसार में अपने एक भी बेटे को दुखी न रहने देतीं।"

उनकी मृत्यु 1 जून, 1975 को 66 वर्ष की अवस्था में दिल्ली के विलिंगडन अस्पताल में हुई। पंजाब राज्य ने उन्हें 'पंजाब माता' के विरुद से विभूषित किया था। उनके पुत्र भगतसिंह के पास ही हुसैनीवाला में उनका अन्तिम संस्कार पूरे राजकीय सम्मान के साथ किया गया।

अजीतसिंह सरदार भगतसिंह के बड़े चाचा थे। उनकी कहानी सर्वविदित है। वे माण्डले में जलावतन रहे, लौटे तो फिर स्वेच्छा से विदेश चले गए। उन्होंने आर्यसमाज के परिवेश में स्वदेशाभिमान की दीक्षा ली और अन्तिम क्षण तक उसीको सार्थक करते रहे।

---

1. भगतसिंह और उनके मृत्युंजय पुरखे — वीरेन्द्र सिंधु, पृष्ठ 51
2. वहीं लेखक ने उनके दर्शन किये थे।

वे 23 फरवरी, 1881 को पैदा हुए। उन्होंने आर्यसमाज के लिए पैम्फलेट लिखे, तो देश के लिए विद्रोह का स्वर भी गुंजाया। वे गुप्त आतंकवादी कभी नहीं हुए। वे 'भारतमाता सोसायटी' के संस्थापक ही नहीं थे, उसके प्राण भी थे। वे ज्वालामुखी की तरह थे। इसीलिए जून, 1907 में माण्डले के किले में बन्द कर दिए गए थे। नवम्बर में छुटे तो सन् 1906 के प्रारम्भ में मातृभूमि से विदा लेकर विदेश चले गए। जब तक वहां रहे, स्वाधीनता का झण्डा ऊंचा किए रहे। वे अंग्रेज़ों के शत्रु थे। दूसरे विश्वयुद्ध में रोम-रेडियो से हिंदी में बोलते थे। वे सुभाषचन्द्र बोस से मिले थे। अंग्रेज़ों के संबंध में दोनों एकमत थे।

फिर इतिहास ने करवट ली।[1] इटली का पतन होना ही था कि 2 मई, 1945 को अंग्रेज़ों ने अजीतसिंह को बन्दी बना लिया। त्रास के शिविरों में उन्होंने जो कुछ सहा, वह कौन जानेगा ! उस राक्षसी यातना से उन्हें तभी मुक्ति मिली जब भारत के अनथक प्रयासों के फलस्वरूप वे स्वतन्त्र हुए और मार्च, 1947 में स्वदेश लौटे। कैसा अद्‌भुत था वह आगमन ! कैसा अद्‌भुत था परिवार का वह मिलन ! लेकिन पांच महीने भी वे उस सुख को न भोग पाए। ठीक जिस समय भारत स्वतन्त्रता के प्रांगण में प्रवेश कर रहा था, उसी समय सरदारजी ने पत्नी के पैर छुए और आरामतकिये का सहारा लेकर पुकारा 'जयहिन्द'। और जीवन मुक्त हो गए जैसे वह इसी क्षण के लिए संघर्ष कर रहे थे। वह आया और वे चले गए।

उनसे छोटे भाई थे स्वर्णसिंह। पिता से विरासत में मिली आर्यसमाज की छत्रच्छाया, सेवा और स्वाभिमान का जीवन। उसीका वह प्रतीक थे। वे 1887 में जन्मे। राजस्थान के 1904-5 के अकाल में जव सरदार किशनसिंह अनेक अनाथ बच्चों को लेकर लौटे तब लाहौर में एक अनाथालय खोला गया। उसके सुपरिटेंडेण्ट बने 17-18 वर्षीय स्वर्णसिंह। देशभक्ति का पाठ भी साथ-साथ चल रहा था। अगले वर्ष ही 'बंग भंग' आन्दोलन उग्र हो उठा। उसीके साथ पंजाब में 'पगड़ी संभाल प्रो जट्टा' तहरीक पनपी। यह विद्रोह का खुला प्रमाण था। वे 'भारतमाता सोसायटी' के

1. भगतसिंह और उनके मृत्युंजय पुरखे — वीरेन्द्र सिंधु, पृष्ठ 51

प्रचारमन्त्री थे। गांव-गांव घूमकर प्रचार करते थे।

तभी एक घटना घटी।[1] एक अंग्रेज़ पुलिस कप्तान ने सुअर का शिकार किया और अपने मुसलमान बैरा से उठाने के लिए कहा। उसने मना कर दिया, क्योंकि सुअर उसके लिए 'हराम' था। हुक्मअदूली के इस अपराध में कप्तान ने उसे गोली मार दी। इतना ही नहीं, जिन पत्रों में यह समचार छपा उनके संपादकों को भी जेलों में डाल दिया। इस तानाशाही के प्रति आक्रोश प्रकट करने के लिए लाहौर में जो विशाल जुलूस निकला, उसके नेता थे बीस वर्षीय सरदार स्वर्णसिंह।

वे भी पकड़े गए और साथियों सहित उन्हें डेढ़ साल की सज़ा हुई। यहां भी उन्होंने विद्रोह किया। बदले में मिला तपेदिक का रोग। जब बचने की आश नहीं रही तब दयालु (?) सरकार ने उन्हें मुक्त कर दिया, पर मृत्यु मुक्ति न दे सकी। डेढ़ साल रोगशय्या पर पड़े रहकर वे सदा के लिए मुक्त हो गए।

भगतसिंह की दोनों चाचियां मूक बलिदान की प्रतिमाएं थीं। उन के वैरागी जीवन के दर्द को कौन शब्द दे सकेगा ! उसे भी भगतसिंह ने ही आंका था। उनकी जीवनी लेखिका उनकी भतीजी कुमारी वीरेन्द्र सिन्धु ने लिखा है, 'जब वे जेल में थे तो चाचीजी ने उनसे कहा था—'बेटा, सरकार बड़ी सख्त है, तुम्हें सताती होगी?'

"उन्होंने उत्तर दिया था—चाचीजी, यह सरकार तुम्हारी सरकार से कम सख्त है और कम सताती है।"

यह थी उस परिवार की कहानी जिसमें भगतसिंह ने जन्म लिया था। परिवेश का असर सन्तान पर पड़ता ही है, यद्यपि भगतसिंह को भगतसिंह बनाने में और भी कारण थे। वह युग ही जागृति का था। नये विचार लोगों को अन्दर ही अन्दर आन्दोलित कर रहे। थे। क्रातिकारी षड्यन्त्रों और अनेक राजनीतिक आन्दोलनों के कारण नई चेतना का उदय हो रहा था। सन् 1857 के प्रथम स्वाधीनता-संग्राम के बाद से लेकर जहां कहीं भी चेतना का उदय हुआ, उसका रूप सशस्त्र क्रांति का रूप था। यद्यपि इसका प्रभाव शहरों तक और शिक्षित वर्ग तक सीमित

1. भगतसिंह और उनके मृत्युंजय पुरखे — वीरेन्द्र सिंधु, पृष्ठ 51

था, फिर भी उसकी हवा गांवों में पहुंच रही थी और आबियाने को लेकर झगड़े होते रहते थे।

इसी प्रवृत्ति को नष्ट करने के लिए सरकार ने लाला लाजपतराय और सरदार अजीतसिंह को हिन्दू और सिख नेता के रूप में, मांडले में बंद कर दिया था। भगतसिंह के जन्म के दिन अजीतसिंह छटे थे।

भगतसिंह की शिक्षा बंगा गांव के प्राइमरी स्कूल से शुरू हुई। दादा के वे प्यारे थे। दुखियारी चाचियों के तो सहारा थे ही। एक चाचा विदेश में थे, दूसरे परलोक में। वे बालोचित सहजता से दोनों को ढाढ़स बंधाते। जब वे चौथी में थे तो प्रायः साथियों से पूछते, "तुम क्या बनोगे?"

कोई कहता, नौकरी करूंगा, कोई खेती की और कोई दुकानदारी की बात कहता। एक साहब बोले, 'मैं शादी करूंगा।" यह सुनकर भगतसिंह उत्तेजित हो उठे। बोले, "शादी करना भी कोई काम है ! मैं शादी नहीं करूंगा। मैं अंग्रेज़ों को देश से निकलूंगा।"

वे स्कूल में ही नहीं पढ़ते थे, घर में अखबारों की पुरानी फाइलें थीं, सूफी अम्बाप्रसाद, लाला हरदयाल और चाचा अजीतसिंह की लिखी अनेक पुस्तकें थीं, वे भी उन्होंने पढ़ डाली थीं। इस प्रकार नाना दिशाओं से उठते हुए अन्याय का प्रतिकार करने की भावना उनके अन्तर् में पनप रही थी और उनके भविष्य की ओर इंगित कर रही थी।

लेकिन ऊपर से एक अच्छे विद्यार्थी के रूप में उनकी ख्याति में ज़रा भी अन्तर नहीं पड़ा था। शहर जाकर भी वही गति रही। खालसा स्कूल में न पढ़कर वे डी० ए० वी० स्कूल में पढ़ते थे। उन दिनों खालसा स्कूल सरकारपरस्त लोगों के हाथ में थे और वहां 'गॉड सेव द किंग' गीत प्रार्थना के रूप में गाया जाता था। एक आर्यसमाजी देशभक्त परिवार का बच्चा वहां कैसे पढ़ सकता था !

देशभक्ति का पाठ एक और मार्ग से वे पढ़ रहे थे। गदर पार्टी की योजना असफल हो गई थी। सरकार उनके नेताओं को कड़ी से कड़ी सज़ा दे रही थी। वे खबरें किसी भी संवेदनशील व्यक्ति

को आंदोलित करने को काफी थीं। यह प्रथम विश्वयुद्ध का समय (1917) था, पर भगतसिंह को उसकी खबरों में कोई रस नहीं था। देश पर मर-मिटने वालों की कहानी ही उन्हें रोमांचित करती थी। उनके किशोर मन की स्थिति इस पत्र से जानी जा सकती है, जो उन्होंने अपने दादा अर्जनसिंह को लिखा था। 'ओ3म्' से आरम्भ करके वे कहते हैं, "संस्कृत में मेरे 150 में से 110 नम्बर हैं, अंग्रेज़ी में 150 में से 68। जो 150 में से 50 नम्बर ले जाए वह पास होता है। नम्बर 68 लेकर अच्छा पास हो गया हूं। किसी किस्म का फिकर न करें..."

गहराई में जाकर देखें तो स्पष्ट हो जाता है कि भगतसिंह को संस्कृत से जितनी रुचि थी, इंगलिश से उतनी ही अरुचि। क्या यह मात्र संयोग है अथवा बचपन से ही जो घृणा अंग्रेज़ों के प्रति उनके मन में पनपती आ रही थी, उसका परिणाम?

वे तब सातवीं क्लास में थे जब महात्मा गांधी ने असहयोग आन्दोलन का श्रीगणेश किया। उसके कार्यक्रम में स्कूलों का बहिष्कार भी शामिल था। उनके मन में भी बहिष्कार की यह भावना निश्चय ही जागी होगी। आगे की घटनाएं इसका समर्थन करती हैं। जलियांवाला-काण्ड (13 अप्रैल, 1919) हमारे स्वाधीनतासंग्राम का मेरुदण्ड है। बलिदान की गौरव-गाथा भगतसिंह के बहुत पास ही घटी थी। लाहौर-अमृतसर में कुल सोलह मील का ही तो अन्तर है। अगले दिन वे समय पर स्कूल गए, पर समय पर लौटे नहीं। वातावरण में आतंक था। सभी भयातुर थे। उन्हें आया न देख कर उनके घर वालों की चिंता का पार नहीं था। कहां चले गए? कहीं...

उस दिन भगतसिंह स्कूल गए ही न थे। घर से निकले और पहूंच गए अमृतसर। सेना की तनिक भी चिंता किए बिना वे जलियांवाला बाग गए। देखा उस धरती को जो जनता के खून से रंगी हुई थी। उठाकर उसे सिर पर लगाया। इतना ही नहीं, कुछ मिट्‌टी एक शीशी में भरी और लौट पड़े घर की ओर।

उन दिनों के आतंक और दमन की कहानी से इतिहास के पन्ने भरे पड़े हैं। उन्हें पढ़कर आज भी रोंगटे खड़े हो जाते हैं, पर किशोर

भगतसिंह पर क्या बीती इसका विवरण कहीं नहीं मिलता। क्या उन्हें भी पेट के बल रेंगना पड़ा था, क्या सैनिकों ने उनपर भी बेंत बरसाए थे? कैसे पहुंचे जलियांवाला बाग में उनकी आंखों में धल झोंककर? कैसा लगा होगा, कैसे-कैसे तूफान उठे होंगे उस किशोर की छाती में? क्या उन्होंने कल्पना की होगी कि मैं भी एक दिन स्वेच्छा से फांसी के तख्ते पर झूलकर इस अमानवीय अत्याचार का बदला लूंगा? अंग्रेज़ों को भारत से निकालने का एक प्रबल कारण बनूंगा?

पता इतना ही है कि जब वे देर से घर पहुंचे तो छोटी बहन ने पूछा, "वीराजी, आज इतनी देर क्यों कर दी?"

वीराजी चुप।

"वीराजी, आपके हिस्से के आम रखे हैं, खा लो।"

वीराजी अब भी मौन। बहन ने अब देखा, वीराजी तो बेहद उदास हैं। घबरा गई। पूछा, "क्या बात है वीराजी, तबीयत तो ठीक है?"

भगतसिंह ने उत्तर दिया, "खाने-पीने की बात मुझसे मत कर। आ तुझे एक चीज़ दिखाऊं।"

और उसे वह शीशी दिखाकर बोला, "अंग्रेज़ों ने हमारे बहुत से आदमी मार दिए हैं। उन्हींके रंग से रंगी है यह मिट्‌टी।"

भाई ने बहन को सारी कहानी सुनाई। फिर फल लाकर उस मिट्टी पर चढ़ाए। बहुत दिनों तक चढ़ाते रहे और भावी इतिहास चुपचाप उनके वक्ष पर अपनी कलम से वह कहानी लिखता रहा जो बारह वर्ष बाद उन्हीं के रक्त से रंजित मिट्‌टी की पूजा के साथ समाप्त होने वाली थी।

फूल चढ़ाना तो मूर्ति-पूजा है। देशभक्ति पूजा नहीं, कर्म की हवि चाहती है। गांधीजी का आन्दोलन लोगों के अन्तर् को झकझोर रहा था। वे नवीं क्लास में आ गए थे, पर मन उनका कहीं और था। उन्होंने निश्चय किया कि वे नहीं पढ़ेंगे। वे अन्दोलन में हिस्सा लेंगे।

चौदह वर्ष के किशोर के मन में जब ऐसे विचार पनपते हैं तो उनके पीछे तर्क नहीं, आस्था का बल होता है। वह समर्पण सम्पूर्ण

होता है, निश्छल-निर्द्वन्द्व होता है। निर्णय तो कर लिया, पर पिताजी से कौन कहे? शर्मीले थे न। यह भार उन्होंने अपने साथी जयदेव गुप्ता को सौंपा। सरदार किशनसिंह ने तनिक भी आपत्ति नहीं की। भगतसिंह अपनी मंज़िल के एक और पड़ाव पर पहुंच गए।

उन्होंने स्कूल छोड़ दिया। वे जुलूस निकालते और विदेशी वस्त्रों की होली जलाते। अपने आकर्षक व्यक्तित्व के बल पर, जहां दूसरे असफल या कम सफल होते थे, वहां वे पूर्ण सफलता प्राप्त कर लेते थे। लेकिन वे कुछ कर पाते कि स्वाधीनता-संग्राम के इतिहास ने एक ऐसा मोड़ लिया जो आज तक विवाद का विषय बना हुआ है। देश के कोने-कोने में अहिंसक विप्लव की आग सुलग रही थी, परन्तु ठीक इसी समय एक दुर्घटना घटी। तीव्र गति से घूमता हुआ कालचक्र जैसे रुक गया। 5 फरवरी, 1922 को गोरखपुर जिले में चौरी चौरा के स्थान पर कांग्रेस का जुलूस निकल रहा था। इस अवसर पर अचानक दंगा हो गया। उसके बाद भीड़ ने इक्कीस सिपाहियों और एक थानेदार को थाने में बन्द करके आग लगा दी। किसीको भी बाहर नहीं निकलने दिया। वे सबके सब जलकर मर गए। इससे पहले बम्बई (17-11-1921) और मद्रास में (13-11928) में भी इसी प्रकार के दंगे हो चुके थे। उनमें लगभग 53 व्यक्ति मरे थे और 400 घायल हुए थे। इन दंगों के कारण गांधी जी बहुत विचलित-व्यथित हुए। इसी समय (11-2-1922) बारदोली में कांग्रेस कार्यसमिति की एक बैठक हुई और उसमें यह निश्चय किया गया कि सामूहिक सत्याग्रह आरम्भ करने का विचार छोड़ दिया जाए। कांग्रेस जनों से अनुरोध किया जाए कि वे गिरफ्तार होने और सज़ा पाने के लिए ही कोई काम न करें। एक रचनात्मक कार्यक्रम तैयार किया गया। उसके अनुसार कांग्रेस के लिए एक करोड़ सदस्य भर्ती करना, चर्खे का प्रचार करना, राष्ट्रीय विद्यालय खोलना, मादक द्रव्य निषेध का प्रचार करना और पंचायत करना और कराना ही मुख्य कार्य रह गया था।

गांधीजी रचनात्मक कार्य के द्वारा फिर से अहिंसक वातावरण पैदा करना चाहते थे, लेकिन जो बड़े-बड़े नेता जेल के भीतर बन्द थे उन्होंने अनुभव किया कि गांधीजी ने आन्दोलन को बिलकुल ठण्डा कर

दिया है। पं० मोतीलाल नेहरू और लाला लाजपतराय ने जेल के भीतर से लम्बे-लम्बे पत्र लिखे। उन्होंने कहा कि किसी एक स्थान के पाप के कारण सारे देश को दण्ड देने का गांधीजी को कोई अधिकार नहीं है। महाराष्ट्र और बंगाल के नेता यही मानते थे। उस समय देश के अधिकांश व्यक्तियों की क्या भावना थी, यह साहित्यकार शरत्चन्द्र चट्टोपाध्याय के इन शब्दों में व्यक्त हुई है, "महात्माजी ने भयानक भूल की है। इस अवस्था में आन्दोलन को स्थगित करने का अर्थ है, आन्दोलन की अपमृत्यु। जन-आन्दोलन एकदम ही नष्ट हो गया। यह फिर पुनर्जीवित नहीं होगा। सोचा था, इस आन्दोलन से स्वराज्य निश्चय ही मिलेगा, पर महात्माजी ने उसे आरम्भ ही नहीं किया... कुछ कांस्टेबल उत्तेजित जनता के हाथ जल मरे। उससे क्या हुआ? इससे ही क्या भारतवर्ष का आन्दोलन बन्द कर देना होगा? इतने विराट देश व मुक्ति के संग्राम में क्या रक्तपात नहीं होगा? होगा ही तो। चारों ओर रक्त की गंगा बहेगी। उसी रक्तप्रवाह के बीच में स्वाधीनता का रक्तकमल प्रस्फुटित होगा। इससे कैसा क्षोभ, कैसा दुख, कैसा अनुताप ... नान-वायलेंस अत्यन्त पवित्र विचार है, लेकिन स्वतन्त्रता की प्राप्ति उससे कहीं अधिक, उससे शतगुना पवित्र है।"

इसके बाद दिल्ली में जो महासमिति की बैठक हुई (24-25 फरवरी), उसमें डा० मुंजे ने महात्माजी के प्रति निन्दा का प्रस्ताव रखा। प्रस्ताव तो स्वीकृत नहीं हुआ, होना ही नहीं था, परन्तु अनेक सदस्यों ने उसका समर्थन अवश्य किया। भगतसिंह के परिवार में भी यह प्रतिक्रिया इसी रूप में प्रकट हुई। उनके दादा अर्जुनसिंह ने स्वयं इसी समय शराब व विदेशी वस्त्रों की दुकानों पर धरना देने की घोषणा की थी। वे अपना जत्था लेकर जड़ांवाला पहुंच भी गए थे, परन्तु तभी वह दुर्घटना घट गई। उन्हें वापस लौटना पड़ा। कई दिन तक हंस-हंसकर वे सबसे कहते रहे, "गांधी महात्मा, तू उस दिन ठहर जाता तो क्या तेरी मूंछ नीची हो जाती!"

उनमें और भगतसिंह में दो पीढ़िय का अन्तर था। उनके सोच में भी उतना ही अन्तर था। वे हंसकर चुप रह जाने वाले नहीं थे। उनके किशोर मन में तीव्रता से कई गम्भीर प्रश्न उभरे जो निश्चित

उत्तर चाहते थे। उनमें सबसे ऊपर आने वाला प्रश्न था अहिंसा और अहिंसा का। गांधीजी के लिए अहिंसा उनके अन्तर् का विश्वास था। वह उनके लिए स्वाधीनता से भी ऊपर थी, परन्तु दूसरे नेताओं के लिए स्वाधीनता महत्त्वपूर्ण थी। वह किस मार्ग से आती है, इसकी उन्हें विशेष चिन्ता नहीं थी। यह साध्य और साधन का प्रश्न था। गांधीजी साधन की पवित्रता को भी उतना ही महत्त्व देते थे, जितना साध्य को। शायद कुछ अधिक ही देते थे।

भगतसिंह के लिए अहिंसा का मार्ग नितान्त नया था। अभी तक उन्होंने जो कुछ देवा-सुना था उसमें यह द्वन्द्व था ही नहीं। चार वर्ष पूर्व गदर पार्टी के क्रान्तिकारियों को दी जाने वाली निर्मम सज़ा की उन्हें याद थी। उन्हें याद थी सरदार कर्तारसिंह सरावा की। वह सशस्त्र क्रान्ति का सैनिक था और हंसते-हंसते शहीद हो गया था। फांसी की सज़ा सुनकर उसने जज से कहा था, "थैंक्यू।"

क्या यह साहस असत्य था? क्योंकि वह हिंसा के मार्ग से आया था। क्या गांधीजी की अहसा ही सत्य है? यदि 'हां' तो क्या उनके अपने चाचा अजीतसिंह, सूफी अम्बाप्रसाद और रासबिहारी बोस, ये सब गलत हैं?

इन सबको उन्होंने इतने पास से देखा था, उनकी धड़कनों को इतने करीब से सुना था कि उनको गलत स्वीकार करना उनके लिए असम्भव जैसा था। उनके अन्तर् का विश्वास था अंग्रेज़ों को देश से निकालना, किसी भी तरह, किसी भी शर्त पर। इसलिए अन्ततः उन्होंने गांधीजी के अहिंसा के लम्बे मार्ग को अस्वीकार कर दिया।

अभी तो यह एक किशोर की अस्वीकृति थी। उसमें परिपक्वता नहीं थी—प्रयोग की स्थिति थी, पर उसके पीछे मर मिटने की निश्छलता अवश्य थी। कुछ दिन पूर्व (14-11-1921) उन्होंने दादा अर्जनसिंह को एक पत्र लिखा था: [1]

लाहौर

मेरे पूज्य दादा साहबजी, नमस्ते।

अर्ज़ यह है कि इस जगह खैरियत है और आपकी खैरियत श्री

---

1. भगतसिंह और उनके मृत्युंजय पुरखे, पृष्ठ 138

परमात्माजी से नेक मतलूब हूं। अहवाल यह है कि मुद्दत से आपका कृपापत्र नहीं मिला। क्या सबब है? कुलवीर सिंह की खैरियत से जल्दी मुत्तला फरमाएं। बेबे साहब अभी मोरांवाली से नहीं आईं। बाकी सब खैरियत है।

आपका तावेदार
भगतसिंह

यह पत्र, इसकी भाषा, 'आप', 'नमस्ते', 'परमात्माजी' ये सब शब्द उनके जाने-माने संस्कारों की कहानी कहते हैं, पर उस पत्र में एक और वाक्य था जो उनके एक और संस्कार की कहानी कहता है और उनका अध्ययन करने वालों के लिए अत्यन्त महत्त्वपूर्ण है। उन्होंने कार्ड की लाइनों के बीच उलटे रुख एक वाक्य लिखा— 'आजकल रेलवे वाले हड़ताल की तैयारी कर रहे हैं। उम्मीद है कि अगले हफ्ते के बाद जल्द ही शुरू हो जावेगी।'

यह सूचना उन्होंने अपने हमराज़ दादाजी को गुप्त रूप से दी कि कहीं पुलिस देख न ले। इसका दिया जाना अपने-अपमें भी महत्त्वपूर्ण है। वह उनकी मानसिक स्थिति का परिचय देता है। कुछ हो रहा है, जो होने योग्य है, जो खुशी का कारण है, इसीलिए तो दादाजी के जानने योग्य है, सरकार के नहीं।

किशोर मन की यह अवस्था क्या यह इंगित नहीं कर रही है। कि इस पंक्ति का लेखक स्वयं कुछ करने को आतुर है और यह भी कि भविष्य उसकी राह देख रहा है?

3

कांग्रेस ने जिन रचनात्मक कार्यों की घोषणा की थी, उनमें एक था, राष्ट्रीय विद्यालय खोलना। देश-भर में ऐसे विद्यालय स्थापित हुए जैसे कलकत्ता में कलकत्ता विद्या मन्दिर, अहमदाबाद में गुजरात विद्यापीठ, काशी में काशी विद्यापीठ। पंजाब कांग्रेस के नेताओं ने ऐसा ही एक नेशनल कालेज लाहौर में खोला। उन नेताओं में प्रमुख थे, पंजाबकेसरी लाला लाजपतराय। इसमें प्रायः वे ही विद्यार्थी पढ़ने आए, जिन्होंने किसी न किसी

रूप में असहयोग-आन्दोलन में भाग लिया था और स्कूल-कालेज छोड़ बैठे थे।

ऐसे सभी कालेज दीर्घजीवी तो नहीं हो सके थे, पर उन्होंने एक पीढ़ी को राष्ट्रीय नेतृत्व के लिए तैयार अवश्य कर दिया था। उनका उद्देश्य था भी यही। वे मैकाले के क्लर्क पैदा करना नहीं चाहते थे। इसीलिए उनका पाठ्यक्रम भी सरकारी कालेजों व स्कूलों से एकदम भिन्न था। शिक्षा का उद्देश्य क्या है, इतिहास किसे कहते हैं, वह मात्र शासकों की रुचि और उनकी तथाकथित उपलब्धियों का लेखाज़ोखा नहीं है, वह जनमानस के बदलते तेवरों की कहानी है। वह क्रांतियों और संस्कृतियों के क्रमिक विकास का वृत्तान्त है। स्वतन्त्रता के लिए कहां-कहां, क्या-क्या प्रयत्न हुए इसपर वहां विस्तार से विवेचन होता था।

उसके विषय भिन्न थे तो अध्यापक भी उसी के अनुरूप थे। कलकत्ता के राष्ट्रीय विद्यालय में सुभाषचन्द्र बोस और साहित्यिक शर त् चन्द्र च ट् टोपाध्याय पढ़ाते थे तो लाहौर में पढ़ाते थे आचार्य जुगलकिशोर, भाई परमानन्द, श्री जयचन्द्र विद्यालकार और श्री छबीलदास। ये कुछ ही नाम हैं और किसी परिचय के मोहताज नहीं हैं। कुछ थे जो जीवन-भर राष्ट्रीय संग्राम में संघर्ष करते रहे। कुछ ने दूसरे मार्ग चुन लिए, पर उनकी योग्यता पर प्रश्नचिह्न नहीं लगाया जा सकता।

भगतसिंह के पिता ने उन्हें इसी कालेज में भरती करवा दिया। वे तो नवीं कक्षा भी पास नहीं थे, फिर कालेज में कैसे ले लिए गए? उनकी भतीजी सुश्री वीरेन्द्र सिन्धु ने लिखा है[1]—"भाई परमानन्द ने उनके ज्ञान की जांच की। अंग्रेज़ी में भगतसिंह कमज़ोर थे, पर उन्हें स्कूल की पुस्तकों के अतिरिक्त ऐतिहासिक और राजनैतिक पुस्तकें पढ़ने का बेहद शौक था। इसलिए इन विषयों में भगतसिंह का ज्ञान ही नहीं, चेतना भी अपनी शिक्षा से बहुत आगे थी। फिर भाईजी उनके व्यक्तित्व से. वार्तालिपि से, बुद्धिमत्ता और आदर्शवादी दृष्टिकोण से बहुत प्रभावित हुए। भाईजी ने उन्हें दो महीने का समय विशेष तैयारी के लिए दिया और कालेज में ले लिया। कुछ दिन निश्चय ही भगतसिंह पर बोझ पड़ा,

1. युगदृष्टा भगतसिंह, पृष्ठ 140

पर परिश्रम करना उनका स्वभाव था। चैलेंज को स्वीकार करना और होड़ में जूझना उनका संस्कार था, इसलिए जल्दी ही वे अपने साथियों के साथ हो गए और पढ़ाई का काम ठीक-ठीक चल निकला।" भाई परमानन्द भी उनसे संतुष्ट हो गए।

भगतसिंह भाई परमानन्द की सादगी और साधना से प्रभावित हुए तो जयचन्दजी की विद्वत्ता और क्रांतिकारी विचारों ने उन्हें विशेष रूप से आकर्षित किया। वे इतिहास के विद्वान थे। बंगाल के क्रांतिकारियों से उनका परिचय था। भगतसिंह तो हिंसा-अहिंसा को लेकर बेचैन थे ही। वह सहज ही उनके पास आ गए। उन्होंने पाठ्यक्रम में रौलेट कमेटी की रिपोर्ट भी पढ़ी थी। उस में स्वतन्त्रता के लिए किए गए सशस्त्र आन्दोलनों का पूरा विवरण दिया हुआ था। इसीलिए उनकी जिज्ञासा निरन्तर जाग रही थी। क्रांतिकारी यशपाल ने 'सिंहावलोकन' में इसकी चर्चा की है: "सत्याग्रह-आन्दोलन की विफलता के अनुभवों और दूसरे मार्ग की खोज की इच्छा के समय हम लोगों के हाथ कौन-सा साहित्य पड़ा? डैनब्रीन की 'माई फाइट फार आयरिश फ्रीडम' मैजिनी और गैरीवाल्डी की जीवनियां, फ्रांसीसी राज्यक्रांति का इतिहास, वोल्तेर और रूसो के रूढ़िवादविरोधी क्रांतिकारी विचार, रूसी क्रांतिकारियों की जीवनियां, वीरा फिगनर, क्रोपाटकिन आदि जैसे लेखकों की रचनाएं और इनके साथ-साथ भारत में सत्याग्रह से भिन्न देशों में स्वतन्त्रता के लिए किए गए प्रयत्नों का परिचय आदि। इनमें सान्याल दादाजी की 'आपबीती', 'बन्दी जीवन' प्राथमिक पुस्तक के रूप में थी और फिर रौलेट कमेटी की रिपोर्ट।

रौलेट कमेटी ने अपनी रिपोर्ट 'रौलेट बिल' बनाए जाने की आवश्यकता प्रमाणित करने के लिए लिखी थी। इसमें भारत में हुई सशस्त्र क्रांति की चेष्टा के प्रयत्नों का काफी ब्योरेवार वर्णन है। रिपोर्ट इन प्रयत्नों को अपराध प्रमाणित करने के लिए लिखी गई थी, परन्तु लेखक का दृष्टिकोण ऐतिहासिक या वास्तविक या यथासम्भव यथार्थ चित्रण करना था। इस पुस्तक को पढ़कर हम लोगों पर यह प्रभाव नहीं पड़ा कि भारतीय क्रांतिकारी अपराधी थे। हम इस परिणाम पर पहुंचे कि उन्होंने अपनी परिस्थितियों में एक

स्वाभाविक मार्ग का अवलम्बन किया था और उस प्रयत्न के लिए संभावना का बहुत विस्तृत क्षेत्र है। हमें उन कार्यों और मार्ग का भी कुछ परिचय मिल गया।[1]

उसी समय उनका परिचय हुआ श्री राजाराम शास्त्री[2] से। वे कालेज के साथ ही स्थापित द्वारकादास पुस्तकालय के अध्यक्ष थे। यहां पुस्तकें ही नहीं पढ़ी जाती थीं, वाद-विवाद भी होते थे। भगतसिंह उनमें आतंकवाद और समाजवाद का समर्थन करते थे। वे कार्ल मार्क्स और अराजकतावादी वकूनिन दोनों से प्रभावित थे। शास्त्रीजी के शब्दों में "उन्हें ऐसे क्रांतिकारियों ने सबसे अधिक प्रभावित किया था जो अपना बलिदान करके अपने सिद्धान्तों का प्रचार दुश्मन की अदालत में खड़े होकर किया करते थे।"

इसी समय भगतसिंह को फ्रांस के अराजकतावादी नवयुवक वेलां का वह बयान पढ़ने को मिला जो उन्होंने अदालत के सामने दिया था। यह भी उन्हें श्री राजाराम शास्त्री की कृपा से ही प्राप्त हुआ था। उसमें उसने कहा था कि "मैंने ट्रेड यूनियनों को संगठित किया, सार्वजनिक सभाओं में व्याख्यान दिए, शान्तिमय प्रदर्शन किए, पर श्रमजीवियों तथा दूसरे मेहनतकशों के शोषण पर स्थापित इस पूंजीवादी समाज के कर्णधारों पर कोई प्रभाव नहीं पड़ा। तब मेरे मन में यह विचार उत्पन्न हुआ कि क्यों न फ्रांस की असेम्बली में बम का धमाका किया जाए, जिससे बहरे शासक जग जाएं। बहरों को सुनाने के लिए ऊंची आवाज़ की आवश्यकता होती है। यही सोचकर मैंने असेम्बली में बम फेंका था...।"

शास्त्रीजी लिखते हैं.[3] "जब भगतसिंह ने उसे (बयान को) पढ़ा तो मारे खुशी के उछल पड़े। उस पुस्तक को उन्होंने कई बार पुस्तकालय से अपने नाम पर लिया। वेलां के बयान को उन्होंने याद कर डाला। कापी पर नोट कर लिया। मुझसे रोज़ आकर पूछते थे कि किस नवयुवक ने इसे पढ़ा है और उसपर क्या प्रभाव पड़ा?"

तब वे लगभग पन्द्रह वर्ष के ही तो थे, पर वेलां उनके मन

1. भगतसिंह और उनका युग, पृष्ठ 96
2. उत्तर प्रदेश के मज़दूर नेता
3. युगदृष्टा भगतसिंह, पृष्ठ 142

के क्षितिज पर सूर्य बनकर चमका। उनके सामने का मार्ग जैसे भासमान हो उठा। कई वर्ष बाद असेम्बली में बम फेंकने का प्रस्ताव उन्होंने ही तो रखा था। और जब बम फेंका तो उसके साथ जो परचा फेंका था, उसमें वेलां को याद करना वे नहीं भूले थे। वेलां उनके मंत्रदाता गुरु जो थे।

वे उमंगों की लहरों पर तेज़ी से बह रहे थे, जिज्ञासा की तीव्रता उनकी शक्ति थी जो उन्हें पथभ्रष्ट नहीं होने दे सकती थी। वे इसी समय प्रसिद्ध क्रांतिकारी शचीन्द्रनाथ सान्याल से मिले। जैसे दूर किनारा दिखाई देने लगा था। वे शीघ्र ही क्रांतिकारी दल के सदस्य बन गए, लेकिन कालेज अभी नहीं छूटा था। अभी वे देख-परख रहे थे।

कालेज में एक नेशनल नाटक क्लब भी था। भगतसिंह अभिनय में भी दक्ष थे। इतने कि उनके सम्राट चन्द्रगुप्त के अभिनय से अभिभूत होकर भाई परमानन्द ने उन्हें मंच पर ही छाती में भर लिया। कहा, "मेरा भगतसिंह सचमुच भविष्य में शशिगुप्त सिद्ध होगा।" पर सरकार ने शीघ्र ही इन प्रदर्शनों को बन्द कर दिया। उसे शशिगुप्त की कोई आवश्यकता नहीं थी।

उन्होंने एफ० ए० पास कर लिया। कालेज में दो वर्ष पूरे हुए। अब वे बी० ए० के छात्र थे और वर्ष था सन् 1923 का। दादी जयकौर ने उनके पिता किशनसिंह से कहा कि अब भगतसिंह का विवाह हो जाना चाहिए। घर में उनका वचन विधाता का वचन था, पर पिता भी अपने बेटे को जानते थे। वे विवाह के लिए आग्रही तो नहीं थे, पर चाहते अवश्य थे कि वह विवाह कर ले।

भगतसिंह के कई जीवनीकारों ने सरदार किशनसिंह के साथ न्याय नहीं किया, यूं भी हम किसीके बारे में निर्णय करते समय केवल अपने सिद्धान्तों से ही अनुप्राणित होते हैं, अपने गज से ही हर किसी को नापते हैं, यह जानते हुए भी कि वह गज पूर्ण नहीं है। यह जानते हुए भी कि क्रांतिकारियों के लिए शादी करना ठीक नहीं है, अनेकों की शादियां हो चुकी थीं। फिर सरदार किशनसिंह वैसे क्रांतिकारी कहां थे ! वे देशभक्त थे। देश की आज़ादी के लिए जेल गए थे।

भाइयों की सहायता की थी। पुत्र को स्कूल छोड़ने से नहीं रोका था। स्वयं नेशनल कालेज में जाकर दाखिल करवाया था। तब उनपर अशोभन आरोप लगाना क्या उचित कहा जाएगा? जो आपके रास्ते पर नहीं चलता वह क्या अपराधी ही हो गया? वे कांग्रेस के अनुयायी थे, लोकमान्य की कांग्रेस के अर्थात् कांग्रेस में उग्र दल के पैरोकार थे। वहीं तक भगतसिंह को जाते देखना उन्हें प्रिय था। उन्हें फांसी पर चढ़ते देखना वे नहीं चाहते थे। इसीलिए चाहते थे कि वह विवाह कर लें।

चाहे तो इसे भी एक प्रकार की दुर्बलता कह सकते हैं, पर अपराध कभी नहीं कह सकते। अपराध अगर उनका था तो वह यही था कि वे बहुत क्रोधी थे। वीरेन्द्र सिन्धु ने लिखा है, "गुस्से में वे बौखला जाते थे और गालियां तो देते ही थे, कभी-कभी मारने भी लगते थे।"

यशपाल ने इन बातों की कुछ विस्तार से चर्चा की है, "सरदारजी को इस विवाह से काफी दहेज की आशा थी, इसलिए वह इस विवाह को पक्का कर लेना चाहते थे। फिर भी भगतसिंह ने इंकार कर दिया तो वह बौखला गए।"

एक दिन क्रोधभरी आत्मीयता से यहां तक कह दिया कि तू भगतसिंह को समझाता क्यों नहीं? आखिर वह शादी क्यों नहीं करता? अभी तुम लोग बड़े भारी क्रांतिकारी बह्मचारी बने फिरते हो, चार दिन के बाद गलियों में लहंगे सूंघते फिरोगे।

और भी बहुत कुछ कहा, पर उसके पीछे आत्मीयता और पुत्र के प्रति प्रेम ही था। यह सच है कि सगाई की बात भी लगभग पक्की हो गई थी। लड़की वाले अमीर भी थे, पर विवाह का आग्रह केवल इसी कारण न था। अगर ऐसा होता तो वे फिर भी भगतसिंह से कहते। फरारी से लौटने के बाद भगतसिंह 6-7 वर्ष उनके साथ रहे। तब उन्होंने एक बार भी विवाह की बात नहीं उठाई। वास्तव में भगतसिंह की दादी के आग्रह के कारण ही बात इतनी बढ़ गई थी।

भगतसिंह अपने वचन पर अडिग थे, अडिग रहे, आग्रह ने उग्र रूप लिया तो घर से भाग गए। वह स्वयं भी गहरे सोच-विचार के

व्यक्ति थे, इसके अतिरिक्त क्रांतिकारी दल में शामिल होते समय उन्हें समझा दिया गया था कि विवाह करना ठीक नहीं होगा। भावुकता के किन्हीं क्षणों में वे और यशपाल अपने को देश के प्रति समर्पित कर चुके थे। जो देश के प्रति समर्पित हो चुका है, वह विवाह कैसे कर सकता है ! श्री शचीन्द्रनाथ सान्याल ने लिखा है, "मेरा यह एक नियम था कि दल के आदमी की परीक्षा करने की गरज़ से मैं यह देखना चाहता था कि अपने दल का व्यक्ति त्याग करने के लिए कहां तक तैयार है। हम लोग तो उसी को अपने दल का आदमी समझते थे जो व्यक्ति हर घड़ी इस बात के लिए तैयार हो कि जब कभी कहा जाए तभी घरबार छोड़कर काम करने के लिए मैदान में उतर पड़े। इस नीति के अनुसार मैंने भगतसिंह से कहा कि क्या तुम घरबार छोड़ने को तैयार हो? यदि तुम शादी कर लोगे तो आगे चलकर अधिक काम करने की आशा तुमसे नहीं रहेगी, और यदि तुम घर में रहते हो तो तुम्हें शादी करनी पड़ेगी। मैं नहीं चाहता कि तुम शादी करो। इसलिए मेरी इच्छा है कि तुम घर छोड़कर, मैं जहां रहूं वहां रहने लग जाओ। भगतसिंह घर छोड़ने के लिए तैयार हो गए।"[1]

सान्याल सरदार किशनसिंह से परिचित थे। वे उनसे मिलना भी चाहते थे, परन्तु मिले नहीं क्योंकि भगतसिंह घर छोड़ने का निर्णय ले चुके थे। एक क्रांतिकारी की दृष्टि से यह निर्णय सही था। मृत्यु को चुनौती देने वाले प्रेम की बड़ी ऊंची भूमिका पर रहते हैं। कोमल भुज पाशों का बन्धन उस प्रेम के मार्ग की सबसे बड़ी बाधा है।

यह सन् 1923 के उत्तरार्द्ध की बात है। पूर्व योजना के अनुसार भगतसिंह घर से भाग गए। जाते समय अपनी मेज़ की दराज में एक पत्र रख गए। वह ऐतिहासिक पत्र दृढ़ निश्चय और प्रेम का प्रतीक है।[2]

पूज्य पिताजी, नमस्ते।

मेरी ज़िन्दगी मकसदे-आला यानी आज़ादी-ए-हिन्द के

---

1. बन्दी जीवन—शचीन्द्रनाथ सन्यास, पृष्ठ 277
2. युगदृष्टा भगतसिंह, पृष्ठ 146

असूल के लिए वक्फ हो चुकी है। इसलिए मेरी ज़िन्दगी में आराम और दुनियावी खाहशात बायसे-कशिश नहीं हैं।

आपको याद होगा कि जब मैं छोटा था तो बापूजी ने मेरे यज्ञोपवीत के वक्त ऐलान किया था कि मुझे खिदमते-वतन के लिए वक्फ कर दिया गया है। लिहाज़ा मैं उस वक्त की प्रतिज्ञा पूरी कर रहा हूँ।

उम्मीद है, आप मुझे माफ फरमाएंगे।

आपका ताबेदार
भगतसिंह

भगतसिंह ने अपनी मंज़िल ढूंढ ली थी। कैशोर्य और यौवन का संधिकाल भावुक आवेश का काल है। अपनी शक्ति पर गर्व करने और बड़े-बड़े स्वप्न देखने का काल है। उन स्वप्नों को पूरा करने वाले विरल जन होते हैं। भगतसिंह उन्ही विरल जनों में थे।

मुक्ति-संग्राम के होता

लाहौर से भगतसिंह कानपुर गए। उन दिनों इधर का काम योगेशचन्द्र चटर्जी देख रहे थे। भगतसिंह इन्हीं के साथ काम करने लगे। अब तक उनका परिचय लाला लाजपतराय, आचार्य जुगलकिशोर, भाई परमानन्द, जयचन्द्र विद्यालंकार, राजाराम शास्त्री जैसी हस्तियों से हो चुका था। यशपाल आदि तो उनके सहपाठी थे ही। यहां आकर उनका सम्पर्क हुआ श्री सुरेशचन्द्र भट्टाचार्य से (बाद में प्रताप के सम्पादक), श्री बटुकेश्वर दत्त, श्री अजय घोष (बाद में कम्युनिस्ट पार्टी के महामंत्री) और श्री विजय कुमार सिन्हा जैसे क्रान्तिकारियों से। इनके अतिरिक्त एक और गौरवमण्डित चेहरा उभरता है और वह चेहरा है अमर शहीद गणेश शंकर विद्यार्थी का।

सान्याल के अनुसार उनके रहने की व्यवस्था श्री मन्नीलाल अवस्थी के घर पर की गई थी, पर सुरेशचन्द्र भट्टाचार्य के विवरण

से पता लगता है कि वे उनके घर में, जो मेस था, रहने लगे थे। यहीं उन्होंने बटुकेश्वर दत्त से बंगला सीखी, पर उन दिनों बंगालियों पर पुलिस की कड़ी दृष्टि थी। उनके बीच में एक सिख युवक की उपस्थिति निरापद नहीं हो सकती थी। गणेश शंकर विद्यार्थी को न जाने कैसे उनके कानपूर आने का पता चल गया। वे सरदार किशनसिंह से परिचित थे। दोनों ही अखिल भारतीय कांग्रेस कमेटी के सदस्य थे। उन्होंने सुरेशचन्द्र से कहा कि वे भगतसिंह को उनके पास ले आएं। वे उन्हें पत्रकारिता सिखाएंगे। उन्हीं के शब्दों में, "गणेशजी के इन आदेशों का उल्लंघन करना मेरे लिए सम्भव न था। दूसरे दिन सवेरे ही मैंने भगतसिंह को प्रताप प्रेस में बुला लिया। गणेशजी उनसे मिलने के लिए अपने कमरे में पहले ही से आ गए थे। उनको देखते ही मुस्कराए मानो बरसों का परिचय हो। एक चपरासी को बुलाकर कहा, 'जब तक इनके भोजन की कोई और व्यवस्था न हो जाए, तब तक इनका खाना मेरे घर से आएगा।' "

वे वहीं रहने लगे और बलवन्तसिंह के नाम से लिखने लगे। क्रान्तिकारी दल का काम भी साथ-साथ चलता था। क्या काम था वह, इस बारे में बड़ा मतभेद है। उनकी भतीजी सुश्री वीरेन्द्र सिन्धु ने 'युगदृष्टा भगतसिंह' में डकैती की चर्चा भी की है। यह भी लिखा है, "एक बड़े काम की तैयारी आरम्भ हो गई थी, इसलिए पार्टी के सदस्य बेहद सतर्कता बरत रहे थे और इधर-उधर हो गए थे। भगतसिंह को श्री गणेश शंकर विद्यार्थी ने ग्राम शादीपुर, तहसील खेंर, जिला अलीगढ़ के नेशनल स्कूल में हैडमास्टर बनवा दिया था। वे ठाकुर टोडरसह (बाद में कांग्रेसी एम० एल० ए०) के घर पर रहते थे और स्कूल का काम देखते थे।"

जो कुछ भी हो, यह उनके भावी क्रान्तिकारी जीवन का पूर्वाभ्यास मात्र था। घर वाले निरन्तर उनकी खोज में थे। दादी सख्त बीमार थीं। वे एक बार भगतसिंह को देखना चाहती थीं। उन्हें दुख था कि न तो वे विवाह का आग्रह करतीं न भगतसिंह भागते। सरदार किशनसिंह ने 'बन्दे मातरम्' में विज्ञापन छपवाया, "भगतसिंह जहां भी हो, घर लौट आवे। उसकी दादी सख्त बीमार

है।"

यह भी पता चलता है कि भगतसिंह ने अपने मित्र श्री रामचन्द्र को एक पत्र लिखा था। उसमें अपना पता भी दिया था। उसीके आधार पर वे कानपुर आकर विद्यार्थीजी से मिले। उस समय तो भगतसिंह से भेंट न हो सकी, पर उनका कानपुर में होना तो प्रमाणित हो ही गया था। इसलिए सरदार किशनसिंह ने कानपुर के कांग्रेसी नेता मौलाना हसरत मोहानी (बाद में मुस्लिम लीग के नेता) को एक पत्र लिखा। उसमें एक पत्र भगतसिंह के लिए भी था। उसमें लिखा था कि अब कोई विवाह के लिए आग्रह नहीं करेगा। यह पत्र लेकर मौलाना विद्यार्थीजी के माध्यम से भगतसिंह से मिले और उनपर घर लौटने के लिए ज़ोर डाला। भगतसिंह अपनी दादी को बहुत प्यार करते थे। उनकी बीम री का समाचार सुनकर वे विचलित हो उठे और छः महीने के निर्वासन के बाद घर लौट आए। उदासी के बादल जैसे छट गए।

दादी सचमुच बीमार थीं। सब कुछ भूलकर वे उनकी परिचर्या में जुट गए। उनको सेवा से वे धीरे-धीरे अच्छी होने लगीं। वे हंसते-हंसाते भी तो खूब थे। इसके अतिरिक्त उनके लौट आने का आनन्द क्या कम था ! वे अच्छी हो गईं और भगतसिंह अपना काम देखने लगे। कभी-कभी वे लम्बे दौरे पर निकल पड़ते थे।

इसी समय पंजाब में अकाली आन्दोलन चल रहा था। वे गुरुद्वारों का प्रबन्ध महन्तों से अपने हाथ में लेना चाहते थे। वे चढ़ावे के धन का दुरुपयोग करते थे। अकाली चाहते थे कि धन का सदुपयोग हो। जनता उनके साथ थी। सरकार महन्तों का पक्ष ले रही थी। इसी कारण यह आन्दोलन राष्ट्रीयता का प्रतीक बन गया था। पहले इसका मुख्य केन्द्र ननकाना साहब था, फिर जैतो हो गया।

सन् 1921 के प्रारम्भ में ननकाना साहब में गोली चलने के कारण कई निर्दोष यात्री मारे गए थे। उनके शोक में सारे पंजाब में हडताल हुई। लोग अपने बाजुओं पर काली पट्टी बांधकर आन्दोलन में शामिल हुए। यह आन्दोलन कई बार तो बड़ा उग्र हो उठा था। स्वामी

श्रद्धानन्द, बाबा गुरुदत्तसिंह, सरदार खड्गसिंह, सरदार शार्दूलसिंह कवीश्वर, श्री गिडवानी और डा० किचलू जैसे नेता जेलों में ठूंस दिए गए थे। गुरु का बागकाण्ड (1922) के बारे में पं० मोतीलाल नेहरू ने कहा था, 'एक घेरा डाल दिया गया था और कई दिन तक कांटेदार लोहे के तारों को भेदकर कोई अन्न का दाना भीतर न ले जा सका। जो ले गए उन्हें बुरी तरह पीटा गया।" नाभा के महाराज रिपुदमनसिंह ने भी उसमें भाग लिया था। एक शासक का इतना साहस ! वायसराय का आसन डोल उठा और रिपुदमनसिंह को गद्दी से उतारकर देहरादून में नज़रबन्द कर दिया गया। कुछ लोगों का कहना है कि उन्होंने स्वयं गद्दी त्याग दी थी।

कुछ भी हुआ हो, यह आन्दोलन के संचालकों के लिए एक चुनौती थी। उन्होंने इसे स्वीकार किया और अकालियों के जत्थे जैतो (नाभा) जाने लगे। वहां अखण्ड पाठ को लेकर झगड़ा हो गया था। स्थिति अब भयानक हो गई। जनमत समुद्र की तरह आन्दोलित हो उठा। ऐसा ही एक जत्था बंगा होकर जाने वाला था। वंगा में रहते थे सरदार किशनसिंह वे आन्दोलन के समर्थक थे। उन्हें स्वाभाविक रूप से उसका स्वागत करना था, पर बीमे के काम से तब उनका बम्बई जाना निश्चित हो चुका था, इसलिए उन्होंने यह भार भगतसिंह को सौंप दिया। स्वागत करना कुछ कठिन काम नहीं था, पर यह तो एक मोर्चा था। वह भी अपने ही एक कुटुम्बी के विरुद्ध।

दादा अर्जुनसिंह के एक छोटे भाई थे। उनके एक पुत्र थे सरदार बहादुर दिलबागसिंह। वे सरकार और महन्तों के साथ थे। वे चाहते थे कि जत्थे को इस गांव में पानी तक न मिले। वे भगतसिंह के चाचा ही तो थे, पर मोर्चे पर रिश्ते-नाते कोई अर्थ नहीं रखते। एक ही वश के दो वंशधर अमने-सामने डट गए। एक के साथ देश के शासक थे और दूसरे के साथ देश की जनता थी। एक आयु और अनुभव में प्रौढ़ था, दूसरा अभी सत्रह वर्ष का युवक ही था। दिल बागसिंह ने जत्थे को सन्देश भेजा, "खबरदार, जो इधर आए। सूखा पत्ता तक नहीं मिलेगा।" गांव वालों से कहा, "जो जत्थे का स्वागत करेगा वह मेरा दुश्मन होगा।"

दिलबागसिंह सरकार का दाहिना हाथ थे, भगतसिंह से लोग अभी पूरी तरह परिचित भी न थे। दोनों में कोई तुलना नहीं की जा सकती थी, पर मोर्चा तो मोर्चा है। मन की शक्ति उपकी असली शक्ति है। भगतसिंह के पास वही शक्ति थी। उन्होंने लोगों से कहा, "यह हमारे गांव के सम्मान का प्रश्न है। अकालियों का तेरहवां शहीदी जत्था इधर से जा रहा है। उसका स्वागत करना हमारा धर्म है। हमारा सम्मान इसी में है।"

गांव के लोग इस सत्य को स्वीकार करते थे, पर सरदार बहादुर ने जो आतंक पैदा कर दिया था, उस से वे खलकर कुछ नहीं कह सकते थे। ढिंढोरा पिट गया था कि लोग कुओं पर से डोल उठा लें जिससे जत्थे वाले पानी न पी सकें। व्यवस्था का भय बड़ा मारक होता है। पुलिस और गुण्डे सभी पूरी शक्ति के साथ उनको घेरे हुए थे।

ऐसी स्थिति थी जब जत्था गांव में पहुंचा। भगतसिंह ने उसके स्वागत में बड़ा ज़ोरदार भाषण दिया। उनकी दृढ़ आवाज़ ने कुछ लोगों को आकर्षित किया। वे पास आए। त्याग और तपस्या की बात सुनने में सभीको अच्छी लगती है। फिर उसमें तो प्रसिद्ध क्रान्तिकारी गोपीनाथ साहा की प्रशंसा की गई थी।

भगतसिंह भाषण देकर ही नहीं रह गए। उन्होंने उसके स्वागत में आतिशबाज़ी भी छोड़ी। अब और कुछ लोग पास आए, पर खुलकर सामने आने का साहस अभी भी नहीं पा सके थे। हां, भय का आतंक अवश्य मिट गया था। परिणाम यह हुआ कि रातोंरात मनों दूध, रोटियां, सब्ज़ियां जत्थे वालों के लिए भगतसिंह के घर पहुंच गईं। वहां से भगतसिंह और उनके साथी उन्हें जत्थे वालों के पास ले गए। दूसरे गांवों के लोग भी चुपचाप निश्चित स्थान पर सब सामान रख जाते थे। जत्था एक दिन के लिए आया था, तीन दिन ठहरा। केवल उन्होंने ही नहीं खाया-पिया, आसपास के गरीब लोग भी छक गए। ऐसी संगठन शक्ति थी भगतसिंह की। चाचा साहब ने सुना तो चेहरा तमतमा उठा। करारा तमाचा मारा था भतीजे ने, पर कर क्या सत ते थे?उसने कोई कानून तो तोड़ा नहीं था। झगड़ा-फसाद भी नहीं हुआ था।

जत्था जब आगे बढ़ा तो उसके कण्ठ से निकलकर गीत का यह स्वर गूंज रहा था:

लाज रख ली, लाज रख ली,
भगतसिंह प्यारे ने लाज रख ली।

दिलबागसिंह ने चोट खाकर एक और प्रयत्न किया। भगतसिंह ने गोपीनाथ साहा की प्रशंसा की थी। क्या उसके लिए उन्हें जेल नहीं भेजा जा सकता? सरकार झिझकी, वह नाबालिग जो थे। दिलबागसिंह ने कहा होगा कि भले ही वह नाबालिग हो, उसकी बुद्धि तो प्रौढ़ है। यह प्रतिष्ठा का प्रश्न था। वारंट निकल गया, पर जिसकी बुद्धि बालिग हो वह हाथ कैसे आए? भगतसिंह फिर खिसक गए। गिरफ्तार हो भी जाते तो उनपर मुकदमा नहीं चल सकता था। पुलिस के पास जो रिपोर्ट थी वह कुछ भी सिद्ध नहीं करती थी। प्रतिष्ठा का प्रश्न कानून का प्रश्न नहीं है।

2

भगतसिंह अब दिल्ली आ गए थे। वे बलवन्तसिंह के नाम से 'दैनिक अर्जुन' के सम्पादकीय विभाग में काम करने लगे थे। कुछ दिन बाद फिर कानपुर चले गए। वहां गंगा में बाढ़ आ रही थी। वे स्वयंसेवक बनकर सहायता-कार्य में जुट गए। अनेक और क्रान्तिकारी भी वहां थे। सुना है, कुछ डकैतियों में भी उन्होंने भाग लिया था, परन्तु इस बात का कोई पुष्ट प्रमाण नहीं मिलता। उनकी भतीजी सुश्री वीरेन्द्र सिन्धु के अनुसार उन्हें इस कार्य में कुरूपता नज़र आती थी। डकैतियां डालना क्रान्तिकारियों का उद्देश्य नहीं था। संस्था चलाने और हथियारों के लिए धन की आवश्यकता होती थी। उनसे सहानुभूति रखने वाले उन्हें चोरी-चोरी पैसा देते भी थे। श्री शिवप्रसाद गुप्त, पं० मोतीलाल नेहरू, राजर्षि पुरुषोत्तमदास टण्डन, डा० गोपीचन्द भार्गव, साहित्यकार शरत् चन्द्र चट्टोपाध्याय, अटर्नी निर्मलचन्द्र 'चन्द्र', एडवोकेट जनरल सर एन० एन० सरकार जैसे व्यक्तियों ने भी किसी न किसी समय इन लोगों की सहायता की थी। किसीने डरते-डरते, किसीने मुक्तहस्त से।

अपने घरों में भी वे लोग चोरी करते और डाके डालते थे। फिर भी काम पूरा नहीं होता था तो दूसरों के घरों में डाके डाले जाते थे। उनकी दृष्टि में कोरी विवशता थी यह।

एक भी पैसा व्यर्थ नहीं खोते थे वे लोग। पाई-पाई का हिसाब रखते थे। उनका जीवन अभावों से ग्रस्त रहता था। भूखे पेट सो रहना उनके लिए सहज हो गया था। उनका लक्ष्य तो बस देश की मुक्ति था। अपने पर नहीं, मुक्ति की इस चाह पर वह धन लुटाने थे। लेकिन किसी भी कारण से हो, डाके डालना अपने-आपमें अच्छा काम नहीं है। किसी क्षण हो सकता है उन्हें भी ऐसा ही लगा हो, क्योंकि मानव-मन बड़ा जटिल है। एक मनुष्य के भीतर असंख्य मनुष्य बैठे रहते हैं। न जाने कब कौन-सा जाग पड़े !

सन् 1924 में जब केन्द्रीय असेम्बली का चुनाव हुआ तब वे लाहौर में थे और सुप्रसिद्ध क्रान्तिकारी भगवतीचरण के साथ। काम कर रहे थे। लाला लाजपतराय इस समय कांग्रेस से अलग हो गए थे। उन्होंने पं० मदनमोहन मालवीयजी के साथ मिलकर एक नई पार्टी 'इण्डिपेंडेट कांग्रेस पार्टी' के नाम से बनाई थी। इसी पार्टी की ओर से वे चुनाव लड़ रहे थे। उनके विरोध में कांग्रेस ने दीवान चमनलाल को खड़ा किया था। क्रांतिकारियों ने लालाजी का विरोध करने का निश्चय किया। विरोध का स्वरूप क्या था, यह इस घटना से स्पष्ट हो जाता है।

एक दिन मालवीयजी का भाषण हो रहा था कि एक पर्चा बांटा जाने लगा। उसका शीर्षक था—'Lost Leader' (खोया हुआ नेता)। कवि ब्राउनिंग की सुप्रसिद्ध कविता का यही शीर्षक था। विषय भी यही था। इस पर्चे की पहली पंक्ति थी Just for a handful of gold he left us' (केवल मुट्ठीभर सोने के लिए वह हमें छोड़ गया)। एक और पंक्ति थी Just for a ribbon to stick in his coat he left us' (केवल मात्र अपने कोट में एक तमगा लटका सकने के लिए वह हमें छोड़ गया)।

इसी तरह के वाक्यों से लालाजी पर चोट की गई थी। इसके लिए युवकों की पिटाई भी खूब हुई। लालाजी के भक्तों ने भगतसिंह को भी खूब पीटा। भविष्य में घटनाओं ने क्या मोड़ लिया

और उनका क्या परिणाम हुआ, उसके सन्दर्भ में इस घटना का महत्त्व असाधारण है।

क्रांतिकारी आन्दोलन धीरे-धीरे आगे बढ़ रहा था। वे यह अनुभव करने लगे थे कि इसके लिए एक खुले मंच की आवश्यकता है। इसीलिए सन् 1926 में भगतसिंह, सुखदेव, भगवतीचरण और यशपाल आदि ने लाहौर में 'नौजवान भारत सभा' की स्थापना की। भगतसिंह अध्ययन खूब करते थे, पुस्तकों का भी, परिस्थितियों का भी। दो वर्ष पूर्व के लालाजी के चुनाव में उन्होंने भगवतीचरण और अपने पिता के साथ जो काम किया था उससे उनके मन में अनेक विचार आन्दोलित हो उठे थे। उन्होंने जल से किए थे भाषण दिए थे, नारे लगाए थे, हैण्डबिल बांटे थे। पिटे भी थे। अर्थात् सार्वजनिक आन्दोलन का पूरा रोमांस अनुभव किया था। उसी रोमांस को वे क्रांतिकारी आन्दोलन से जोड़ना चाहते थे। वे मुक्त वायु में सांस लेकर अपने उद्देश्यों और विचारों का प्रचार करना चाहते थे। वे मानते थे कि मात्र राजनैतिक स्वाधीनता से मुक्ति मिलने वाली नहीं है, उसके लिए अर्थिक स्वाधीनता भी अनिवार्य है। हर प्रकार के शोषण का अन्त ही हमारा लक्ष्य है और इसके लिए हमें जनता का सहयोग लेना होगा और हर उपाय से उसके पास पहुंचना होगा।

श्री शिव वर्मा[1] ने सही लिखा है, "भगतसिंह से पहले प्रचार तथा जन-सम्पर्क की दिशा में इतना बड़ा तथा संगठित कदम क्रांतिकारियों ने कभी नहीं उठाया। यहां तक कि पकड़े जाने के बाद अदालत तक को उसने अपने विचारों के प्रचार के साधन के रूप में इस्तेमाल किया। वह अच्छा योद्धा ही नहीं, अच्छा प्रचारक भी था।"

भगतसिंह का यह भी प्रयत्न रहा था कि वे मज़दूर आन्दोलन तया साम्यवादी विचारधारा के लोगों के साथ तालमेल रख सकें। इस सभा की स्थापना के पीछे सचमुच प्रौढ़ मस्तिष्क काम कर रहा था। भगवतीचरण के बारे में बहुत कम लोग, बहुत कम जानते हैं, पर उनका व्यक्तित्व और चिन्तन भी निश्चय ही प्रेरक था। भगतसिंह को उनसे सम्पर्क इस आन्दोलन के लिए सचमुच दिशासूचक रहा।

1. भगतसिंह और उनका युग, पृष्ठ 120

नौजवान भारत सभा के उद्देश्य इन नवयुवकों के चिन्तन की धारा को स्पष्ट करते हैं। वे थे:

1. समस्त भारत के मज़दूरों और किसानों का एक पूर्ण स्वतन्त्र गणराज्य स्थापित करना।

2. एक अखण्ड भारत-राष्ट्र के निर्माण के लिए देश के नौजवानों में देशभक्ति की भावना उत्पन्न करना।

3. उन आर्थिक, सामाजिक और औद्योगिक आन्दोलनों के साथ हमदर्दी रखना, सहायता करना जो साम्प्रदायिकता-विरोधी हों और किसान-मज़दूरों के आदर्श गणतांत्रिक राज्य की प्राप्ति में सहायक हों।

4. किसान और मज़दूरों को संगठित करना।

भारतीय भाषाओं और संस्कृति की रक्षा करना, शारीरिकमानसिक स्वास्थ्य बढ़ाना और कुरीतियों को दूर करना भी उनका उद्देश्य था, पर असली लक्ष्य तो ऊपर के चार उद्देश्यों में निहित था। इससे स्पष्ट है कि वे धर्मनिरपेक्षता और समाजवाद के पूर्ण समर्थक थे। उन्होंने सन् 1926 में ही पूर्ण स्वतन्त्रता की घोषणा कर दी थी। भारतीय राष्ट्रीय कांग्रेस के मंच से ऐपा प्रस्ताव सन् 1927 से पहले नहीं स्वीकृति हो सका था।

इस सभा के अध्यक्ष थे श्री रामकिशन बी०ए० (कौमी) जो स्वाधीनता के बाद के भारत में, पंजाब के मुख्यमंत्री रहे। महामंत्री हुए स्वयं भगतसिंह और प्रचारमंत्री का पद दिया गया भगवतीचरण को। इसके सदस्यों और सहयोगियों में क्रांतिकारी तो थे ही, सर्वश्री केदारनाथ सहगल, डा० सैफुद्दीन किचलू लाला पिण्डीदास, लाला लालचन्द फलक और डा० सत्यपाल अदि भी थे।

शीघ्र ही इस सभा की शाखाएं दूर दूर तक फैल गईं। इसने सबसे पहला काम जो किया, वह था गदर पार्टी के शहीद करतारसिंह सरावा का 'बलिदान दिवस' सार्वजनिक रूप से मनाना। इस युवक का बलिदान भगतसिंह को शुरू से ही प्राकर्षित करता रहा था। इस षड्यन्त्र के इकसठ अभियुक्त थे। उनमें भाई परमानन्द भी थे, पर अन्ततः जिन 17 अभियुक्तों को फांसी दी गई, उनमें सरदार करतारसिंह सरावा का

नाम क्रांतिकारियों के लिए सदा प्रेरणा देता रहा। उसीने तो कहा था, "मेरी एकमात्र उच्चवाकांक्षा यह है कि मैं अपनी मातृभूमि को स्वतन्त्र देखूं। जो कुछ भी मैंने अब तक किया है, वह इसी उद्देश्य से किया है। जहां तक मुझे याद है मैंने कोई काम किसी व्यक्ति, जाति, धर्म या नस्ल के प्रति घृणा के वश या अपने व्यक्तिगत हित सिद्ध करने के लिए नहीं किया है। बस, मुझे एक चाह है—स्वतन्त्रता, और यही मेरा एकमात्र स्वप्न है।"

इसी तेजस्वी युवक के बलिदान दिवस को मनाने के पीछे भगतसिंह का उद्देश्य मात्र व्यक्तिगत श्रद्धा उत्पन्न करना नहीं था, बल्कि समूचे देश में विशेषकर पंजाब में एक मनोवैज्ञानिक वातावरण पैदा करना था। बड़े उत्साह और उल्लास के साथ यह उत्सव मनाया गया। सरावा का बड़ा चित्र विशेष रूप से तैयार कराया गया। उसे सफेद खद्दर की चादर से ढककर रखा गया। दल की नारी सदस्यों श्रीमती दुर्गा भाभी और सुशीला दीदी ने अपनी-अपनी उंगली चीरकर रक्त से जब उस चित्र का अभिषेक किया तो उपस्थित जनता अभिभूत हो उठी। श्रीमती दुर्गा भाभी श्री भगवतीचरण की पत्नी थीं। उनका और सुशीला दीदी का क्रांतिकारी आन्दोलन के इतिहास में जो स्थान है वह किसी पुरुष से कम नहीं, किन्हीं अंशों में ऊंचा ही है।

यह एक तरह से गुप्त आन्दोलन को जनता के पास ले जाने का आन्दोलन था। उसे चिन्तन और दर्शन के साथ जोड़ने का प्रयत्न था। इसके लिए भगतसिंह ने विद्यार्थियों की एक यूनियन भी बनाई थी। परन्तु क्रांतिकारी का जीवन ही कितना होता है ! भगतसिंह की कहानी लगभग सात वर्ष की ही तो कहानी है। वह बलिदान की कहानी तो है ही, पर निरन्तर जनता से जुड़ने की भी कहानी है। इसीलिए उन्होंने अपनी लेखनी का भी पूरा उपयोग किया था। 'चांद' के सुप्रसिद्ध 'फांसी' अंक[1] में उन्होंने खूब लिखा था। किसान पार्टी के अखबार 'कीर्ति' में भी वे लिखते थे। हिन्दी साहित्य सम्मेलन पंजाब

---

1. 6 जून, 1940 को जब लेखक की तलाशी हुई थी तो सी० आई० डी० इस्पेक्टर का पहला प्रश्न था, "चांद का फांसी अंक है?" पर मैं तो पूर्वगूचना मिल जाने के कारण सब आपत्तिजनक साहित्य हटा चुका था।

की एक प्रतियोगिता में उन्होंने 'पंजाब की भाषा समस्या' पर भी एक लेख[1] लिखा था जो उनके चिन्तन की प्रौढ़ता को प्रमाणित करता है।

नौजवान भारत सभा एक युग तक सक्रिय संस्था बनी रही। वह अंधविश्वास और कुरीतियों पर चोट करती थी। सामाजिक क्रांति का आह्वान करती थी। देश की स्वतन्त्रता के लिए सशस्त्र क्रांति तो उसका लक्ष्य था ही, छुआछूत और साम्प्रदायिकता पर चोट करने के लिए सहभोज भी होते थे। एक बार झटके और हलाल का गोश्त एक ही देग में पकाया गया। उसे हिन्दू, मुसलमान और सिख सभीने खाया और साथ बैठकर खाया।

व्याख्यानों में भी धर्म की संकीर्णता पर वे खुलकर प्रहार करते थे। प्रिंसिपल छबीलदास, फज़ल और मन्सूर इलाही के नाम इस सम्बन्ध में उल्लेखनीय हैं। यशपाल ने 'सिंहावलोकन'[2] में एक घटना का जिक्र किया है। एक सभा में छबीलदास ने हिन्दू धर्म की कुरीतियों और अन्धविश्वासों पर खुलकर चोट की। फिर उठे एक मुस्लिम सज्जन इस्लाम में प्रचलित अन्धविश्वासों पर चोट करने। सभा का नियम था कि जो व्यक्ति जिस धर्म का पैरोकार है, वही उस धर्म पर चोट करेगा। जब इन मुस्लिम सज्जन ने इस्लाम के अन्धविश्वासों का ज़िक्र किया तो श्रोताओं में से एक मुसलमान छुरा निकालकर खड़ा हो गया। बोला, "मैं इसे जान से मार डालूंगा।"

किसी तरह उसे समझा-बुझाकर शान्त विया पर वह यह मानने को तैयार नहीं था कि कोई मुसलमान इस्लाम की बुराई करे। यह घटना अपवाद नहीं है। और इस बात का प्रमाण है कि इस समस्या से जूझना कितना कठिन था। (अब भी है।) किसीको दोष देना जितना सरल है, समस्या से जूझना उतना ही कठिन है।

नौजवान सभा ने उससे भी जूझने का प्रयत्न किया। कुछ लोगों ने यह लिखा है कि कालान्तर में भगतसिंह इस सभा से उदासीन हो चले थे, क्योंकि वह सार्वजनिक संगठन बनकर रह गई थी। पर घटनाएं इससे भिन्न कहानी कहती हैं। वे जेल में भी इसका मार्ग दर्शन

1. हिन्दी सन्देश, 28-2-1933
2. भगतसिंह और उनका युग (मन्मनाथ गुप्त), पृष्ठ 123

करते दिखाई देते हैं। इस सभा को स्थापित करने का उनका उद्देश्य था ही सार्वजनिक जागृति पैदा करना। केवल आतंकवाद के सहारे देश स्वतन्त्र होगा, यह वह नहीं मानते थे।

3

नौजवान भारत सभा की स्थापना से पूर्व ही 'काकोरी षड्यंत्र केस' की ओर लोगों का ध्यान खिंच चुका था। 8 अगस्त, सन् 1925 को लखनऊ के पास काकोरी स्टेशन के पास क्रांतिकारियों ने एक गाड़ी इसलिए रोक ली थी कि उसमें सरकारी खजाना ले जाया जा रहा था। उसी खज़ाने को उन्होंने लूट लिया था। वह मुकदमा डेढ़ वर्ष तक चलता रहा। अभियुक्तों के बचाव के लिए एक डिफेंस कमेटी बनी। नेहरू परिवार तथा गणेश शंकर विद्यार्थी आदि नेताओं ने उसको अपना समर्थन-सहयोग भी दिया।

इस मुकदमे ने देश को बहुत उत्तेजित किया। लेखक उस युग में विद्यार्थी था, पर उसकी चर्चा में लोग कितनी रुचि लेते थे और कैसे अनुप्राणित होते थे, यह उसे खूब याद है। उसका एक कारण यह भी था कि अभियुक्तों ने उस मुकदमे के दौरान जनता से जुड़ने के सफल प्रयत्न किए। वे अदालत में आते-जाते समय राष्ट्रीय गीत गाते थे। वे अदालत में राजनीतिक वक्तव्य देते थे। उन्होंने जेल में अच्छे बर्ताव के लिए अनशन भी किया। ये सब बातें जनता का ध्यान अपनी ओर खींचती ही नहीं थीं, उसे अनुप्राणित-उत्तेजित भी करती थीं।

भगतसिंह इस मुकदमे में शुरू से ही दिलचस्पी ले रहे थे। वे जेल में वन्द अभियुक्तों से सम्पर्क बनाए हुए थे। वे वेश बदलकर अदालत में मुकदमा सुनने भी जाते थे। श्री योगेशचन्द्र चटर्जी ने लिखा है, "सरदार भगतसिंह खाकी रंग के ब्रीचेज़ (ब्रिजिस) कोट तथा सिर पर कसीदा की हुई पगड़ी पहने अदालत में आए। वे हमारे बहुत निकट एक अगली सीट पर बैठ गए। उन्होंने ज़रा भी इस बात की चिन्ता नहीं की कि वहां अनेक सी० आई० डी० अधिकारी उपस्थित थे, जिन्होंने अदालत को

1. युगदृष्टा भगतसिंह, पृष्ठ 154

घेर रखा था। वे महान और निर्भीक क्रांतिकारी थे।"

इन केस में चार अभियुक्तों को फांसी की सज़ा सुनाई गई थी। उसके बाद कई बार रामचन्द्र बिस्मिल तथा योगेशचन्द्र चटर्जी को जेल से छुड़ाने के प्रयत्न किए गए। उन प्रयत्नों में भगतसिंह ने बराबर हिस्सा लिया, पर किन्हीं कारणों से वे सफल न हो सके। इन्हीं प्रयत्नों के दौरान उनका घनिष्ठ सम्बन्ध हुआ चन्द्रशेखर आज़ाद से जो इसी केस के एक फरार अभियुक्त थे। वे कभी पकड़े नहीं जा सके। बाद में वे ही क्रांतिकारी आन्दोलन के 'कमाण्डर-इन-चीफ' भी बने। बौद्धिक नेता के रूप में उभरकर सामने आए भगतसिंह।

आगरा में योगेशचन्द्र चटर्जी को छडाने के लिए जो व्यक्ति एकत्रित हुए थे, उनमें थे चन्द्रशेखर आज़ाद, विजयकुमार सिन्हा, बटुकेश्वर दत्त, सुवदेव, राजगुरु, शिव वर्मा, जयदेव और भगतसिंह। योगेश का तबादला आगरा जेल से कहीं और होने वाला था, पर ठीक वक्त पर वह कुछ महीनों के लिए रुक गया और इस प्रकार उनको छुड़ाने की योजना धरी रह गई।

आगरा के इस प्रवास में भगतसिंह ने अपने समय का उपयोग साथियों के साथ क्रांतिकारी दन के उद्देश्य और क्रांतिकारी सिद्धान्त व्यवस्था पर विचार-विनिमय करके किया। तभी तो बौद्धिक नेता के रूप में उनकी ख्याति फैलती जा रही थी।

रामप्रसाद बिस्मिल को छुड़ाने की योजना भी विफल हो गई। वह क्यों विफल हुई और उसका भगतसिंह पर क्या प्रभाव पड़ा, इसका बड़ा ही मामक चित्रण शिव वर्मा ने किया है[1] :

"दो-तीन दिन बाद विजय ने आकर जेल में बिस्मिल पर होने वाली सख्ती और अधिकारियों की सतर्कता का समाचार दिया और बतलाया कि फिलहाल उन्हें छुड़ाने के अपने मन्सूबे हमें त्यागने पड़ेगे। इस समाचार ने भगतसिंह की योजनाएं चौपट कर दीं, उनके सारे ख्वाब तोड़ दिए। बहुत कोशिशों के बाद बिस्मिल की लिखी एक गज़ल ही विजय के हाथ लग पाई थी। वह गजल हमारी योजनाओं को कार्यान्वित होने में देरी होते देखकर उन्होंने शायद उलाहने के

1. भगतसिंह और उनका युग (मन्मथनाथ गुप्त), पृष्ठ 120

तौर पर लिखी थी। अधिकारियों ने उसे सम्भवतः प्रेम की एक साधारण कविता समझकर पास कर दिया था। इस समय ग़ज़ल की कुछ ही पंक्तियां मुझे याद हैं। वे इस प्रकार थीं:

मिट गया जब मिटने वाला फिर सलाम आया तो क्या—
दिल की बरबादी के बाद, उनका पयाम आया तो क्या।
मिट गई जब सारी उमीदें, मिट गए जब सारे ख्याल,
उस घड़ी गर नामाबर लेकर पयाम आया तो क्या।
ऐ दिले - नादान मिट जा अब तू कू-ए-यार में
फिर मेरी नाकामियों के बाद काम आया तो क्या?
काश अपनी ज़िन्दगी में हम वो मंज़र देखते,
बरसरे-तुरबत कोई महशर - खिराम आया तो क्या?
आखिरी शब दीद के क़ाबिल थी बिस्मिल की तड़प
सुबह - दम कोई अगर बालाए - बाम आया तो क्या?

"भगतसिंह ने विजय के हाथ से लेकर पर्चा पढ़ा। बिस्मिल का इशारा साफ था। कुछ करना है तो जल्दी करो। बाद में रस्से से लटकती मेरी लाश को तुमने अगर छड़ा भी लिया तो वह तुम्हारे किस काम आएगी ! कागज़ का वह टुकड़ा उसके हाथ से छूटकर गिर पड़ा और वह माथे पर हाथ रखकर पत्थर की निर्जीव मूर्ति की भांति दीवार के सहारे लुढ़क गया। अब और अधिक बातचीत उस दिन किसीके लिए सम्भव न थी। विजय और सुरेन्द्र चले गए और भगतसिंह बगैर कुछ बोले चुपचाप उठकर गंगा की ओर चला गया।

"काफी रात बीत जाने पर जब मैं और जयदेव उसकी तलाश में गंगा के किनारे पहुंचे तो उस समय भी वह माथे पर हाथ रखे ठंडी रेत पर उसी तरह पत्थर की मूर्ति बना बैठा था। हमने पास जाकर उसके कंधे पर हाथ रखा और कमरे में चलने के लिए कहा। वह चुपचाप उठा और परछाईं की भांति हमारे पीछे हो लिया, बोला फिर भी नहीं।

"कई महीने के परिश्रम से उसने, जहां कुछ भी न था, वहां संगठन का एक ढांचा खड़ा किया, योजना बनाई, हथियार जमा किए, सायी जुटाए और जब मज़िल नज़दीक आने लगी और उसे लगा कि

वह कुछ कर सकने में समर्थ हो सकेगा तो अचानक सब कुछ उलट गया। भगतसिंह को इससे गहरा घाव लगा, लेकिन एक ही दिन में उसने अपने ऊपर काबू पा लिया।

'दूसरे दिन वह स्वयं ही बोला, 'असफलताओं के सामने सर झुकाकर बैठ जाने से तो मार्ग ही अवरुद्ध हो जाएगा और तब रास्ते के रोड़े हटाकर आगे बढ़ने के बजाय हम स्वयं ही दूसरों के लिए रोड़ा बन जाएंगे।' उसने सब साथियों को एकत्र कर संगठन तथा प्रचार की समस्याओं पर बातचीत की, आगे का कार्यक्रम बनाया और जल्दी वापस आने का वायदा करके पंजाब चला गया।

"यह 1927 के शुरू के दिनों की बात है।"

यह लम्बा उद्धरण उनके चरित्र के कई पहलुओं पर प्रकाश डालता है और प्रमाणित करता है कि वे प्रवेश में आकर बम-पिस्तौल का प्रयोग करने वाले क्रां रिकारी नहीं थे। सुना तो यह भी गया है कि स्तालिन महान को भी उनके बारे में जानकारी थी। उनको मास्को आने का संदेशा भेजा गया था।

यह सब कैसे सम्भव हुआ पता नहीं पर यह सच है कि उन दिनों सरदार गुरुमुखसिंह, पंजाब में रूसी नेतृत्व में एक संगठन बना रहे। थे। उन्होंने भगतसिंह को अपने साथ लेना चाहा था, पर ले नहीं सके थे। सम्भव है, उन्होंने भगतसिंह की चर्चा किसके द्वारा वहां चलाई हो।

पर यह सब अटकलबाज़ी ही है जिसका कोई अर्थ नहीं हो सकता।

4

अंग्रेज़ सरकार 'फूट डालो और राज करो' की नीति का भारत में बड़ी सफलता से प्रयोग कर रही थी। आए दिन होने वाले साम्प्रदायिक दंगे इसी नीति का परिणाम थे। कभी मस्जिद में सुअर का मांस और कभी मन्दिर में गाय का मांस फेंके जाने की घटनाएं छपती ही रहती थीं। इसी नीति के अन्तर्गत सन् 1926 में दशहरे के अवसर पर चन्ननदीन नामक

एक मुसलमान ने बम विस्फोट किया (बाद में वह सांप के काटने से मर गया)। इस बार सरकार ने इस घटना का उपयोग क्रांतिकारियों का दमन करने के लिए किया। भला क्रांतिकारी ऐसा कैसे कर सकते थे! स्वप्न में भी ऐसा विचार उनके मन में आना असम्भव था। फिर भी सरकार उनपर टूट पड़ी। इसी सम्बन्ध में भगतसिंह की गिरफ्तारी की कहानी अत्यन्त रोचक है।

29 जुलाई, 1927 को वे अमृतसर के स्टेशन पर उतरे ही थे कि पुलिस उनके पीछे लग गई। गली-गली देर तक चूहे-बिल्ली का खेल चलता रहा। भगतसिंह के पास पिस्तौल थी। इसीलिए वे पुलिस के हाथ में नहीं पड़ना चाहते थे।

सहसा दौड़ते-दौड़ते उनकी दृष्टि एक मकान के बोर्ड पर पड़ गई। वह सरदार शार्दूलसिंह, एडवोकेट, का घर था। वे बेधड़क अन्दर चले गए। सरदार साहब.काम कर रहे थे। भगतसिंह ने उन्हें सब कुछ बता दिया। पिस्तौल उनके आगे रख दी। सरदार साहब ने पिस्तौल उठाकर दराज में रख ली। नौकर से कहा कि वह भगतसिंह को ले जाकर नाश्ता कराए और वे स्वयं बाहर आकर टहलने लगे। कैसे-कैसे लोग थे उन दिनों !

कुछ देर बाद पुलिस वाला वहां पहुंचा। उसने भगतसिंह के बारे में उनसे पूछा। वे सहज भाव से बोले, "हां, एक नवयुवक आया तो था इधर, पर वह 'किर्ती' के दफ्तर की ओर चला गया

'किर्ती' का दफ्तर पुलिस ने घेर लिया, पर भगतसिंह वहां भी नहीं थे। वे तो दिनभर सरदारजी के घर में रहे। रात को पिस्तौल वहीं छोड़कर लाहौर चले गए। लेकिन घर पहुंच पाते इससे पूर्व ही पुलिस ने उनके हाथों में हथकड़ियां डाल दीं।

उनपर आरोप तो बम डालने का ही लगाया गया, पर वास्तव में सरकार उनसे क्रांतिकारियों के बारे में जानकारी लेना चाहती थी। पुलिस जानती थी कि काकोरी काण्ड को अन्तिम रूप देने के लिए जो बैठक मेरठ में हुई थी, उसमें भगतसिंह भी निमंत्रित थे, यद्यपि वे गए नहीं थे। एक बड़े अधिकारी वहां से भगतसिंह से पूछताछ करने आए भी थे।

उनपर कई वर्ष से निगाह थी। इसलिए अब आसानी से कैसे छूट सकते थे ! उनके वंश में जो विवरण मिलता है उसमें एक लाइन प्राती है, आपको शाही किला लाहौर में तरह-तरह की अजीतें दी गई।' पर उन्होंने शायद अपनी एक चाची को छोड़कर और किसीसे इस बात की चर्चा नहीं की। अपने क्रांतिकारी मित्रों से भी नहीं। जेल आज भी सुख की सेज नहीं है, तब तो विद्रोहियों के लिए वह नरक ही थी। लेकिन पुलिस उनसे कुछ पा न सकी। वे दशहरा बमकाण्ड की निन्दा ही करते रहते थे। पन्द्रह दिन बाद उन्हें किले से बोस्टेल जेल में भेज दिया गया।

उनके पिता सरदार किशनसह उनको छुड़ाने का बहुत प्रयत्न कर रहे थे। उनका प्रभाव काफी था। इसलिए पुलिस को उन्हें मजिस्ट्रेट के सामने पेश करने को बाध्य होना पड़ा। हाईकोर्ट ने उनकी ज़मानत मंजूर कर ली। यह ज़मानत अपने-अपमें एक कहानी है। यह 60 हज़ार की जमानत थी। सन् 1927 में 60 हज़ार का क्या मूल्य था, यह बताना नहीं पड़ेगा। कैसा भयंकर व्यक्ति समझा गया था भगतसिंह को ! जमानत इसलिए हुई थी कि पुलिस भगतसिंह से कुछ भी नहीं पा सकी थी। आखिर अदालत किस बिना पर उन्हें जेल में रखती !

जमानत देने वाले दो परस्पर विरोधी प्रवृत्तियों वाले व्यक्ति थे। 30 हजार की जमानत बैरिस्टर दुनीचन्द ने दी, क्योंकि वे सरदार किशनसिंह के मित्र थे और क्रांतिकारियों से सहानुभूति रखते थे, लेकिन 30 हज़ार के दूसरे ज़मानती थे श्री दौलतराम जो सरकारपरस्त थे। वे मानते थे कि ज़मानत देना पुण्य का कार्य है। कैसा विचित्र तर्क है! विचित्र दुनिया का विचित्र तर्क।

इस ज़मानत के बाद हम भगतसिंह को जीवन के एक और मोड़ पर देखते हैं। वह अब ऐसा कोई काम ही नहीं कर सकते थे जो ज़मानत को खतरे में डाले, इसलिए उन्होंने कुछ दिनों के लिए चुप रहने का निश्चय किया। पिता ने उन्हें खासरिया (लाहौर के पास) में एक डेरी खलवा दी। उसमें उन्होंने रस भी खूब लिया। दिन-भर मन लगाकर व्यापारी की तरह काम करते थे। रात को क्रांतिकारी मित्र आ जाते। दुध पीते रहते और योजनाएं बनाते रहते। भगतसिंह ने

इन दिनों लिखा भी खूब। नौजवान भारत सभा के तत्वावधान में जलसे भी होते रहते थे।

ज़मानत से मुक्ति का भी प्रयत्न चल रहा था। ज़मानती सरकार से कह रहे थे कि या तो मुकदमा चलाओ अन्यथा जमानत समाप्त करो। उधर पहले श्री बोधराज ने, फिर डा० गोपीचन्द भार्गव ने कौंसिल में प्रश्न किया कि अगर सरकार के पास प्रमाण है तो वह मुकदमा क्यों नहीं चलाती? लेकिन मुकदमा न तो था, न बनता ही था। सरकार उन्हें छोड़ने को विवश हो गई।

ज़मानत से क्या मुक्त हुए, डेरी से भी मुक्त हो गए। बांधने वाली रस्सी टूट गई। डरी का काम बिगड़ा तो ग्राहक भी टूट गए। घर से संबंध भी कम होने लगा। फिर भी सन् 1928 के मध्य तक किसी न किसी तरह तार जुड़ा रहा। फिर जो टूटा तो शहादत में जाकर ही जुड़ा।

इसी बीच में कई ऐसी घटनाएं घटीं जिन्होंने क्रांतिकारी आंदोलन को नई दिशा दी। नेशनल कालेज के प्राध्यापक श्री जयचन्द्र विद्यालंकार क्रांतिकारियों से पूरी सहानुभूति रखते थे, पर वे अभी कुछ करना नहीं चाहते थे। सम्भवतः वे चाहते थे कि दल को अभी और शक्तिशाली बनना चाहिए। इसलिए उन्होंने एक चाल चली। उन्होंने भगवतीचरण को खुफिया पुलिस का आदमी घोषित कर दिया। यह एक अद्‌भुत स्थिति थी। भगवतीचरण महत्त्वपूर्ण व्यक्ति थे और एक ऊंचे इंसान भी। उनके विरुद्ध ऐसी बातें सुनकर उनके साथी निराश हो उठे। प्रमाण उनके पास कोई नहीं था। बस, यही तो कि वे एक रायसाहब के बेटे थे।

बातें उड़ती हैं तो उनका अन्त नहीं होता। न जाने क्या-क्या कहा गया उनके बारे में। इतना वितण्डावाद उठा कि दल के टूट जाने का डर हो गया। भगवतीचरण और भगतसिंह दो ही तो प्रमुख स्तम्भ थे। उन्हींमें से एक विश्वासघात करता है तो क्या होगा? विश्वासघात की कहानियां युग-युग से चली आ रही थीं। आशा की किरण एक ही थी कि भगतसिंह ने अभी इस खबर पर विश्वास नहीं किया था। एक दिन उन्होंने यशपाल से कहा, "उनके घर जाकर तलाशी लो और सचाई का पता लगाओ।"

यशपाल से इसलिए कहा कि उन्होंने और भगवतीचरण की पत्नी दुर्गा भाभी ने एकसाथ 'प्रभाकर' की परीक्षा पास की थी। उनका वहां आना-जाना था। उनपर किसीको शक न होगा। अगर सचमुच वहां ऐसा कुछ निकलता है जो भगवतीचरण के विश्वास घात को प्रमाणित करता है, तो उन्हें गोली मार दी जाएगी।

यशपाल ऐसे समय उनके घर पहुंचे जब भगवतीचरण बाहर गए हुए थे। यशपाल को ज़ुकाम हो रहा था। भाभी ने सहज भाव से पूछा, "तुम्हें ज़ुकाम लगता है, दवा ली?"

यशपाल ने बताया कि दवा तो है, खसांदे की पुडिया, पर अभी उसे कूटना-उबालना है। भाभी तुरन्त यह काम करने को तैयार हो गईं। यशपाल ने पुड़िया उन्हें दे दी। वे चाहते भी यही थे। कूटने में काफी देर लगने वाली थी। भाभी ऊपर जाकर कूटने लगीं। ये नीचे तलाशी लेने लगे। लेकिन कोई भी ऐसा प्रमाण न मिला जो उन्हें दोषी प्रमाणित करता। इसके विपरीत कुछ अधूरे लेख मिले। उनसे पता लगा कि भगवतीचरण क्रांतिकारी आन्दोलन का इतिहास लिख रहे हैं।

तब तक भाभी नीचे आ गई थीं। यशपाल दो-एक क्षण इधर-उधर की बातें करते रहे। फिर बोले, "भगवती भाई तो आए ही नहीं। मुझे एक काम है, जा रहा हूं।'

और वे लौट आए। साथियों को सब कुछ बताया। वे सब पहले ही भगवतीचरण पर शक करने को तैयार नहीं थे। अब तो उनका शक जयचन्द्रजी पर ही बढ़ गया। शीघ्र ही इस शक को पुष्ट करने वाली एक घटना भी हो गई। उनके पास कुछ रिवाल्वर आए थे। उनके छिपाने के संबंध में ही यह घटना घटी। एक बार जयचन्द्रजीको रिवाल्वर ले जाने का काम करना पड़ा। उन्होंने कारतूस निकालकर अलग रूमाल में बांध लिए। उनको डर था कि कहीं रिवाल्वर छूट न जाए।

भगतसिंह ने यह बात भी साथियों को बताई। धीरे-धीरे वे लोग जयचन्द्रजी से अलग हटने लगे। भगवतीचरण पर विश्वास बढ़ने लगा। अन्ततः तय हुआ कि जयचन्द्रजी से कोई सम्बन्ध ही न रखा जाए।

इन्हीं सब बातों को लेकर 5 और 6 सितम्बर, 1928 को दिल्ली के फिरोज़शाह कोटला के खण्डहरों में क्रांतिकारियों की अखिल भारतीय सभा हुई। इसमें बंगाल के प्रतिनिधि नहीं आए थे। चन्द्रशेखर भी नहीं आ सके थे, पर उनका सन्देश आया था कि जो सब तय करेंगे वह उन्हें स्वीकार्य होगा। बंगाल के साथी क्यों नहीं आए, इसपर बड़ा मतभेद है। कुछ लोगों का मत था कि बंगाल के कुछ क्रांतिकारी समाजवादी विचारों से दूर भागते थे, इसीलिए वे नहीं आए थे। सचमुच काकोरी षड्यन्त्र के कुछ क्रांतिकारी और फिर भगतसिंह इस बात पर विचार करने लगे थे कि मात्र आज़ादी से समस्या का हल न होगा। उसके बाद सरकार किसकी होगी? उसका स्वरूप क्या होगा? इन बातों पर भी विचार करना होगा।

सभा में ये लोग शामिल हुए थे—(1) भगतसिंह,(2) विजयकुमार सिन्हा, (3) कुन्दनलाल (काकोरी षड्यन्त्र के समय के कार्यकर्ता), (4) फणीन्द्रनाथ घोष (बिहार के कार्यकर्ता जो लाहौर षड्यन्त्र केस में मुखबिर हो गए थे। अन्त में बैकुण्ठनाथ शुक्ल ने इन्हें मार डाला था), (5) मनमोहन बनर्जी, (6) सुरेन्द्र पाण्डेय, (7) ब्रह्मदत्त मिश्र, (8) सुखदेव, (6) जयदेव गुप्त और (10) शिव वर्मा।

10 व्यक्तियों की अखिल भारतीय सभा—आज कोई हंस सकता है, पर सर पर कफन बांधने वाले होते कितने हैं ! वैसे व्यक्तियों का मूल्यांकन संख्या से नहीं, कार्य से होता है। और उस युग में क्या अधिक लोगों का सम्मेलन सम्भव था? ये दस भी न जाने कैसे मिले होंगे ! दल का नाम बदलकर 'हिन्दुस्तान सोशलिस्ट रिपब्लिकन एसोसिएशन' यानी 'हिन्दुस्तानी समाजवादी प्रजातन्त्र संघ' कर दिया गया। समाजवादी शब्द जोड़ने का प्रस्ताव भगतसिंह और सुखदेव ने किया था और समर्थन दिया था उत्तरप्रदेश के शिव वर्मा और विजयकुमार सिन्हा ने। यद्यपि संविधान में कोई परिवर्तन नहीं किया गया था, फिर भी नाम बदलना कम महत्त्वपूर्ण नहीं था। समाजवाद क्या है, ये शायद वे सब भी अच्छी तरह नहीं जानते थे, पर उस दिशा में सोचने लगे थे और गहराई के साथ सोचने लगे थे।

संगठन को यथासम्भव जनवादी बनाने की चेष्टा भी हुई, अर्थात् जो पुराने नेता चले आते थे उन्हें, चाहे वे कुछ करें या न करें, सदा के लिए नेता मानने से इन्कार कर दिया। जितेन्द्रनाथ सान्याल और जयचन्द्र विद्यालंकार को तो बुलाया ही नहीं गया। बंगाल वाले स्वयं न आए। इस प्रकार पुराने नेतृत्व से मुक्ति पाकर नये नेता चुने गए। सुखदेव को पंजाब, फणीन्द्रनाथ घोष को बिहार, कुन्दनलाल को राजस्थान और शिव वर्मा को उत्तरप्रदेश के संगठन के लिए ज़िम्मेदार बनाया गया। भगतसिंह और विजयकुमार को प्रान्तों के बीच सम्बन्ध जोड़ने का भार दिया गया।

दल ने सेनापति चुनने की पद्धति का श्रीगणेश भी यहीं किया और श्री चन्द्रशेखर आज़ाद को पहला सेनापति चुना गया। यह उनके व्यक्तित्व की विजय थी, क्योंकि वे स्वयं वहां उपस्थित नहीं थे। वे उन कुछ पुराने लोगों में से थे, जो वरिष्ठ होने का दम्भ छोड़कर नये लोगों के साथ नये तरीके से काम कर सकते थे। वे शस्त्रों का उपयोग भी भली प्रकार करना जानते थे। भगतसिंह और विजयकुमार सिन्हा उनसे बात कर चुके थे।

भगतसिंह इस ऐतिहासिक बैठक के बाद एक सम्पूर्ण रूप से समर्पित क्रांतिकारी के रूप में प्रकट हुए। अब झिझक या पीछे लौटने का प्रश्न नहीं था। चूंकि अखिल भारतीय नेता के रूप में उन्हें सारे भारत में घूमने की आवश्यकता थी, इसलिए फिरोज़पुर जाकर उन्होंने बाल कटवा दिए। इस केश-कर्तन संस्कार का आरम्भ पहले मित्रों ने किया, जिससे सन्देह न हो। उसके बाद नाई आया।

वे अब सिख नहीं रहे थे। विशुद्ध क्रांतिकारी हो गए थे। नाम रखा गया रणजीत। क्रांतिकारियों में से प्रत्येक का दल का अपना एक नाम होता था। यह उनकी रणनीति का एक अंग था।

बंगाल के क्रांतिकारी बम का प्रयोग भी करते रहे थे। हथियारों का मिलना आसान भी तो नहीं था। इन लोगों ने भी यह कठिनाई अनुभव की और बम बनाना सीखने का निश्चय किया। इसके लिए भगतसिंह कलकत्ता गए। केमिकल्स वहीं मिल सकते थे। वहीं रहते थे तब कमलनाथ तिवारी। वे भगतसिंह के प्रमुख साथियों

में गिने जाते हैं। उन्हें लाहौर षड्यन्त्र केस में आजीवन कारावास की सज़ा हुई थी। बाद में वे संसद सदस्य भी हुए। कालान्तर में 'जनवाणी' आदि अनेक पत्रों के सम्पादक होने वाले हिन्दी-लेखक भाई बैजनाथसिंह 'विनोद' भी कलकत्ता में थे। आर्यसमाज मंदिर उनका केन्द्र था।

क्रांतिकारियों से सहानुभूति रखने वाले व्यक्ति जीवन के हर क्षेत्र में थे। ऐसे ही एक दुकानदार थे वी० पाल। उन्हींकी दुकान से उन दोनों ने आवश्यक सामान खरीदा। वे लोग किन परिस्थितियों में और कैसे काम करते थे, इसका परिचय इस घटना से चलता है। तिवारीजी ने लिखा है:

"उन केमिकल्स को एक भूटिया के सिर पर रखवाकर हम आर्यसमाज मंदिर लौट रहे थे कि टोकरी उसके सिर से गिरने को हुई। तब हमने ऐसे डांट-डपट करनी शुरू कर दी जैसे उससे कोई सम्बन्ध न हो। बात यह थी कि सामने ही एक सार्जेण्ट खड़ा था। हमें भय हुआ कि यदि कहीं उसको केमिकल्स के बारे में सन्देह हो गया तो हम दोनों उसके चंगुल मे न बच सकेंगे। हमारी डांट-डपट काम आ गई। भूटिया संभलकर आगे बढ़ गया और सार्जेण्ट का ध्यान उसकी ओर से हटकर हमपर लग गया। उसने हमको समझाया कि मामूली-सी बात पर गरीब भूटिया को डांटने की क्या ज़रूरत थी। थोड़ी दूर जाकर उसने वह सामान रिक्शा पर रख दिया और हम दोनों सकुशल आर्यसामज पहुंचे।

"दूसरे दिन भगतसिंह, फणीन्द्रनाथ घोष और यतीन्द्रनाथ दास एकसाथ आर्यसमाज आए। तीनों ने मिलकर देशी बम में काम आने वाली 'गनकाटन' तैयार की। शेष केमिकल्स और गनकाटन लेकर भगतसिंह आगरा के लिए रवाना हो गए।"

इस यात्रा में भगतसिंह का परिचय यतीन्द्रनाथ दास से हुआ। वे बाद में भूख-हड़ताल करके शहीद हुए। वे बम बनाना जानते थे और भगतसिंह को ऐसे व्यक्ति की अत्यन्त आवश्यकता थी। इसीलिए वे आगरा केन्द्र में यह शिक्षा देने के लिए आए भी थे। 'गनकाटन' कलकत्ता में इसलिए तैयार की थी कि उसके लिए बर्फ की आव श्यकता

होती है और जाड़े के उन दिनों में आगरा में उतनी बर्फ मिलना असम्भव था।

भगतसिंह अब व्यस्त हो उठे थे। नाना रूपों में, नाना स्थानों पर जाना पड़ता था। यूं वे काफी नफासतपसन्द थे, पर संघर्ष का भी अपना एक आनन्द होता है। जो मिला, खालिया। रोटी न सही, चने सही। वे भी न हों तो पानी से भी काम चल सकता है। पहनने के वस्त्रों में कोट-पैंट-कमीज़ हो सकती है। कमीज़ न भी हो तो कोट ही काम देगा। उसमें पाजामे के पायंचे आस्तीन का काम भी दे सकते हैं। ध्येय के सामने ये बातें कोई अर्थ नहीं रखतीं। आवश्यकता और परिस्थिति के अनुसार सभी कुछ करने पर भी सफलता धोखा दे सकती है, पर फिर भी वह साहस नहीं खोता। वह तो बस कर्म करता है। भगतसिंह इस समय सच्चे अर्थों में कर्मयोगी थे। अर्जुन की तरह लक्ष्य-सन्धान करने वाले। लक्ष्य सत्य था, शेष सब मिथ्या।

5

असहयोग आन्दोलन के स्थगन के बाद राष्ट्रीय कांग्रेस में 'स्वराज्य पार्टी' का उदय हुआ था। उसके नेताओं में प्रमुख थे बंगाल के देशबन्धु चितरंजनदास और उत्तरप्रदेश के पं० मोतीलाल नेहरू। उन्होंने गांधीजी के विरुद्ध युद्ध घोषणा कर दी थी, पर बाद में समझौता हो गया था। गांधीजी ने उन्हें व्यवस्थापिका सभाओं में जाने की आज्ञा दे दी थी। चुनाव हुए और कांग्रेस प्रचण्ड बहुमत से जीती। प्रान्तीय कौंसिलों और केन्द्रीय असेम्बली, सब कहीं, उनके धुमधार भाषण होने लगे। गोरी चमड़ी का आतंक जैसे दूर हो गया। लोग कहने लगे, "टोपधरों को मात किया इन गांधी टोपीवालों ने।" स्वयं लार्ड रीडिंग ने उपनिवेश मन्त्री के नाम अपने एक पत्र में लिखा, "इस समय तो बस स्वराज्यी का बोलबाला है, न कोई उसकी बराबरी करने वाला है और न कोई उसपर वार करने वाला...स्वराजियों के मुकाबले में नरमदली (मांडरेट) तो बड़ा ही सुस्त और घोंघाबसन्त मालूम पड़ता है।"

लगभग दो वर्ष यूरोप में बिताकर जब पं० जवाहरलाल नेहरू भारत लौटे तो उन्हें भी वातावरण बदला हुआ दिखाई दिया। सन् 1926 के शुरू में भारत सुन्न और खामोश पड़ा था, मानो सन् 1916-22 के धक्के से पूरी तरह से भल न पाया था, लेकिन सन् 1928 में चारों ओर ताज़गी, हलचल और बेताबी नज़र आती थी।

साम्प्रदायिक दंगे भी हो रहे थे और गुलामी के विरुद्ध खड़ा होने का साहस भी जाग रहा था। सरकार समझ गई थी कि शीघ्र ही कुछ होने वाला है। सभी किसी आन्दोलन की आवश्यकता अनुभव कर रहे थे। ऐसी स्थिति में ब्रिटिश सरकार ने एक कमीशन की घोषणा की। उसे भारत आकर यह पता लगाना था कि शासन में कसे और कितने सुधारों की आवश्यकता है। इस कमीशन में सात सदस्य थे और अध्यक्ष थे सर जान साइमन। इन्हींके नाम पर यह 'साइमन कमीशन' के नाम से विख्यात हुआ।

चूंकि उसके सातों सदस्य अंग्रेज़ थे इसलिए सभी उसका विरोध कर रहे थे। तब सरकार ने यह निश्चित किया कि जहां भी कमीशन जाएगा वहीं के कुछ स्थानीय व्यक्ति कमीशन में ले लिए जाएंगे, पर यह प्रस्ताव भी देश को संतुष्ट न कर सका। कुछ नरम दली नेताओं को छोड़कर समूचा देश एकस्वर में पुकार उठा—'साइमन गो बैक'।

सोया हुआ शेर फिर जाग उठा। कमीशन की क्या स्थिति थी, इस बारे में पं० जवाहरलाल नेहरू ने एक रोचक संस्मरण लिखा है—"जहां-जहां कमीशन गया, वहां-वहां विरोधी जनसमूहों ने 'साइमन गो बैक' के नारे लगाकर उसका स्वागत किया और इस तरह भारत के तमाम लोगों की बहुत बड़ी संख्या न सिर्फ सर जान साइमन का नाम ही जान गई, बल्कि अंग्रेजी के 'गो बैक' ये दो शब्द भी उसे मालूम हो गए। ऐसा मालूम पड़ता है कि इन शब्दों से कमीशन के मैम्बरों के कान भड़कते थे और अपनी उसी भड़क की वजह से वे चौंक पड़ते थे। कहते हैं कि एक मर्तबा जब वे नई दिल्ली के वेस्टर्न होटल में ठहरे हुए थे, तब उन्हें रात के अंधेरे में 'साइमन गो बैक' का नारा सुनाई देने लगा। इस तरह रात में भी पीछा किए जाने पर मैम्बर

लोग बहुत चिढ़े, जब कि असल बात यह थी कि वह आवाज़ उन गीदड़ों की थी जो शाही राजधानी के ऊजड़ प्रदेश में रहते हैं।"

क्रांतिकारी दल भी शांत नहीं था। उसने भगतसिंह के सुझाव पर कमीशन पर बम फेंकने का निश्चय किया; परन्तु प्रस्ताव पास करना जितना सरल था, उतना ही कठिन था उसके लिए साधन जुटाना। आर्थिक संकट के कारण वे ऐसा न कर सके। तब लाहौर के क्रांतिकारियों ने यह निश्चय किया कि इस सम्बन्ध में जो प्रदर्शन हो उसमें पूरी शक्ति के साथ भाग लिया जाए।

ऐसी स्थिति थी जब अक्तूबर, 1928 के अंतिम सप्ताह में साइमन कमीशन लाहौर आया। जनता उसके बहिष्कार के लिए सागर की लहरों की तरह उमड़ उठी थी। योजना थी कि कमीशन के स्टेशन पर उतरते ही पूरी भीड़ काले झण्डे लेकर 'गो बैक' के नारों से आकाश गूंजा दे। उस योजना में सभी दल शामिल थे, पर सूत्र था 'नौजवान भारत सभा' के हाथों में।

उस दिन शहर में पूर्ण हड़ताल थी। चारों तरफ काले झण्डे लहरा रहे थे। लोग नंगे सिर होकर विरोध प्रकट कर रहे थे। भगतसिंह स्वयं लाला लाजपतराय के पास गए थे और उन्हें राज़ी कर आए थे कि वे जुलूस का नेतृत्व करेंगे। जब वे आए तो बूढ़े शेर को क्रांतिकारियों की टोली ने अपने घेरे में ले लिया। एक युवक ने उनपर छतरी भी तान ली। यह टोली स्टेशन पर उस जगह जम गई थी जहां से गुजरने के सिवा कमीशन के सदस्यों के पास कोई और चारा ही न था।

पुलिस सुपरिटेण्डेण्ट स्कॉट अपने दल के साथ स्वयं स्टेशन पर था। स्थिति का निरीक्षण करने के बाद वह इस निश्चय पर पहुंचा कि जब तक लालाजी और नौजवानों की टोली यहां से नहीं हटती तब तक कमीशन के सदस्यों को जाने का सुरक्षित मार्ग नहीं मिल सकेगा। उसने अपने विश्वस्त असिस्टेंट पुलिस सुपरिटेंडेंट साण्डर्स को आदेश दिया कि वह रास्ता साफ कराए और आवश्यकता हो तो भीड़ पर लाठीचार्ज करे।

पुलिस ने उन लोगों से पीछे हटने के लिए कहा, पर नौजवान हटने के लिए तो आए नहीं थे, नहीं हटे। हटने की गुंजाइश ही नहीं

थी। तब पुलिस ने जनता पर लाठी बरसानी शुरू कर दी। जैसा कि हो सकता था, एक बार भीड़ बिखरी, पीछे हटी, फिर आगे आई। लालाजी अभी अपनी जगह पर थे, रायज़ादा हंसराज और डा० सत्यपाल आदि नेता भी उनके साथ थे। नौजवान तो थे ही। सरदार किशनसिंह और भगतसिंह मोर्चे को शक्ति दे रहे थे। धन्वन्तरी, एहान इलाही, भगवतीचरण, सुखदेव, यशपाल सब कहीं न कहीं डटे थे।

स्कॉट से सलाह करके साण्डर्स उनके सामने आया और सिपाहियों से कहा कि वे इस टोली को पीछे धकेल दें; पर वह क्या रेत की दीवार थी? साण्डर्स तिलमिला उठा। वह स्वयं डण्डा लेकर आगे बढ़ा और जिधर भी हाथ उठा, बरसाने लगा। लालाजी को भी उसने नहीं छोड़ा। रायज़ादा उनके आगे आ गए, डा० सत्यपाल भागे, भगतसिंह और उनके साथियों ने जो कुछ कर सकते थे, किया, पर लालाजी बच नहीं सके। उनपर तना हुआ छाता टूट गया। उनके कन्धे और छाती पर डण्डे पड़े।

नगर के दूसरे भागों में भी प्रदर्शन हुए। कुछ दुकानें खुली थीं। नौजवान उन्हें बन्द करवाते घूम रहे थे। आकाश 'साइमन गो बैक' के नारों से गूंज उठा। 'भारत भारतवासियों का', 'महात्मा गांधी की जय', 'पंजाबकेसरी की जय' चिल्लाते जनता थकती ही नहीं थी।

उसी संध्या को मोरी दरवाज़े के मैदान में कांग्रेस के आह्वान पर एक विशाल सार्वजनिक सभा हुई। लालाजी ने एक क्रांतिकारी के रूप में जीवन शुरू किया था। बाद में अनेक उतार-चढ़ाव उनके जीवन में आए। वे दक्षिण पंथ की ओर मुड़ चले थे। हिन्दू महासभा में उनकी रुचि बढ़ रही थी। पर तभी आ गया साइमन कमीशन। नौजवानों ने उन्हें घेर लिया। उनके भीतर का क्रांतिकारी फिर जाग उठा। चोट खाकर तो जैसे नाग फुंकार उठा हो। भाषणकला के तो वे पंडित थे हीं। उन्होंने घोषणा की, "आई डिक्लेयर दैट द ब्लोज़ स्ट्रक ऐट मी विल बी द लास्ट नेल्स इन द काफिन आव द ब्रिटिश रूल इन इण्डिया" अर्थात् "मैं घोषणा करता हूं कि मुझपर जो चोट पड़ी है वह भारत में अंग्रेजी राज के कफन की आखिरी कील साबित होगी।"

यह वाक्य अंग्रेज़ी में इसलिए कहा गया कि वहां खड़े अंग्रेज़ अधिकारी उसे सुन लें। सुखदेव और यशपाल भी भीड़ में थे। उन्होंने देखा कि अंग्रेज़ अफसर नील लालाजी की यह बात सुनकर हंस रहा है। वे क्रुद्ध हो उठे। इस स्थिति ने उन्हें सोचने को विवश कर दिया।

लालाजी को चोटें तो आई थीं, पर शारीरिक उतनी नहीं, जितनी मानसिक। वह कल्पना भी नहीं कर सकते थे, पुलिस खुले आम इस तरह उनपर डण्डे बरसा सकती है। अब भी वे घूमते-फिरते थे। कांग्रेस वर्किंग कमेटी की बैठक में वे दिल्ली गए थे। वहां वे पं० जवाहरलाल नेहरू से उलझ गए थे। लौटकर उन्होंने उनके विचारों के विरोध में एक लेखमाला लिखनी शुरू की थी, पर उसका दूसरा लेख लिख रहे थे कि 17 नवम्बर, 1928 को उनकी मृत्यु हो गई। देश को उनपर पड़ी चोटों की याद ताज़ा थी। क्रोध की एक तूफानी लहर चारों ओर फैल गई। उनकी अर्थी के साथ लगभग डेढ़ लाख व्यक्ति थे और रो रहे थे। जुलूस सवेरे दस बजे रवाना हुआ था और जब चार मील का फासला तय करके श्मशान घाट पहुंचा तो पांच बज रहे थे। संस्कार के बाद डा० गोपीचन्द भार्गव ने रोते हुए कहा था, "विता को ऐसा न छोड़ो, न जाने कोई अपमान कर दे।" तब भगवतीचरण और यशपाल रात-भर वहां रहे थे।

सारा भारत इस मृत्यु से क्षुब्ध था। कलकत्ता में श्रीमती वासन्तीदेवी ने शोक सभा में कहा था, "लालाजी की चिता ठण्डी होने से पहले ही कोई युवक इस अपमान का बदला लेगा।"

भगतसिंह के पास सचमुच दृष्टि थी। यही तो अवसर था चोट करने का। उन्होंने दल के सामने प्रस्ताव रखा कि लालाजी पर आघात करके गोरी सरकार ने राष्ट्र का जो अपमान किया है उसका बदला लिया जाए। 9-10दिसम्बर कोलाहौर में दल की मीटिंग हुई। इस प्रस्ताव पर बड़ी गहराई से विचार किया गया और अन्ततः उसे स्वीकार कर लिया गया।

इन लोगों ने स्कॉट को मारने का निश्चय किया या साण्डर्स को, इस बारे में मतभेद हैं; पर यह सच है कि पहले पोस्टरों में स्कॉट का नाम था। बाद में उसे काट दिया गया। इस योजना को सफल

बनाने का काम सौंपा गया चन्द्रशेखर आज़ाद को। व्यूह-रचना में वे अप्रतिम थे। वह योजना भी वैसी ही अप्रतिम प्रमाणित हुई। उसके तीन भाग थे। पहले भाग का संबंध जयगोपाल से था। उसका काम था पुलिस पर नज़र रखना और स्कॉट के आने-जाने की सही जानकारी देना। दूसरे भाग के हीरो थे भगतसिंह और राजगुरु। उन्हें ठीक समय पर गोली चलानी थी। एक चूक जाए तो दूसरे को चलानी थी। इतने पर भी पुलिस अफसर अपनी मोटरसाइकल पर बच निकलता है तो भगतसिंह को साइकल पर उसका पीछा करके उसे मारना था। तीसरे भाग को भार स्वयं चन्द्रशेखर पर था। यदि कोई दूसरा पुलिस अफसर या आदमी इन दोनों का पीछा करता है तो वे उसे रोकेंगे और उन दोनों को भागने में मदद देंगे।

सब बातों पर पूरी सावधानी से विचार करने के बाद चन्द्रशेखर आज़ाद व भगतसिंह स्वयं मौका देखने गए। सभी क्रांतिकारी उस पुलिस अफसर को निशाना बनाने को आतुर थे, पर सेनापति आज़ाद की उपर्युक्त योजना को सभीने स्वीकार कर लिया। पुलिस स्टेशन के सामने ही डी० ए० वी० कालेज था। उसमें से होकर उन्हें भागना था।

17 दिसम्बर, सन् 1928 को स्थिति अनुकूल लगी। सभी पूर्व-योजना के अनुसार अपने-अपने स्थान पर सतर्क थे ! आज़ाद के पास उनकी माउज़र थी। उस मे दस गोलियां भरी जाती हैं और एक हजार गज़ से राइफल की तरह चलाई जाती है।

साइकल ठीक करने के बहाने जयगोपाल ठीक पुलिस स्टेशन के सामने सड़े थे। सहसा उन्होंने साण्डर्स की लाल मोटरसाइकल देखी और देखा उसपर बैठते साण्डर्स को। उन्होंने तुरन्त साथियों को इशारा किया। साण्डर्स फाटक पर आ चुका था कि राजगुरु ने निशाना लिया और गोली उसके सिर में लगी। वह लुढ़क गया। गोली अपना काम कर चुकी थी; पर क्रांतिकारी सावधान रहते थे, इसलिए भगतसिंह ने पांच गोलियां चलाकर उसका शरीर छेद दिया।

तभी इंस्पेक्टर फर्न और दूसरे सिपाहियों ने यह सब देखा। उन्होंने

राजगुरु और भगतसिंह का पीछा किया। भगतसिंह ने गोली चलाई। फर्न सैनिक-प्रशिक्षण के अनुसार तुरन्त लेट गया। शेष सिप ही भी रुक गए। भगतसिंह और राजगुरु उन्हें भी समाप्त करना चाहते थे, पर सेनापति ने कड़ककर आज्ञा दी, "चलो !"

और वे चल पड़े। अब अज़ाद ने मोर्चा संभाला। हैड कांस्टेबल चाननसिंह दो साथियों के साथ भगतसिंह और राजगुरु को पकड़ने के लिए दौड़ा। वे अहाता पार कर चुके थे, पर चाननसिंह अभी भी दौड़ रहा था। आज़ाद ने पिस्तौल उठाया और ललकार कहा, "ऐ, पीछे हटो, भागो।"

पर वह नहीं रुका। आज़ाद की अंगुलियां हिलीं, माउज़र से गोली छूटी, चाननसिंह धड़ाम से गिर पड़ा। अब किसमें साहस था कि आगे बढ़ता। कुछ ही क्षणों में दो साइकले डी० ए० वी० कालेज के छात्रावास से रवाना हुईं। एक पर आज़ाद और राजगुरु थे, दूसरी पर भगतसिंह। वे सकुशल अपने अड्डे, मौजंग हाउस, पहुंच गए। सरकार स्तब्ध रह गई, जनता रोमांचित हो उठी, लेखक स्वयं उस युग का साक्षी रहा है। अहिंसा और हिंसा सभीके उपासकों को उस दिन कितना हर्ष हुआ, यह स्मरण कर आज भी रोमांच हो आता है। पं० जवाहरलाल नेहरू ने इसका विश्लेषण करते हुए अपनी 'आत्मकथा' में लिखा है—"जब लालाजी का देहान्त हुआ तो उनकी मृत्यु अनिवार्य रूप से उनपर जो हमला हुआ था, उसके साथ संयुक्त हो गई और देश के लोगों में दुख से कहीं बढ़कर क्रोध भड़क उठा। इस बात को समझने की आवश्यकता है, क्योंकि उसके समझने पर ही हमें बाद की घटनाएं, विशेषकर भगतसिंह और उत्तर भारत में उनकी आकस्मिक और अद्‌भुत ख्याति, समझ में आ सकती है। किसी कार्य की नींव का कारण समझे बिना उसे करने वाले की प्रशंसा या उसकी निन्दा करना आसान है। भगतसिंह को पहले बहुत-से लोग नहीं जानते थे। उनकी प्रसिद्धि एक हिंसात्मक या आतंकवादी कार्य के लिए नहीं हुई। भगतसिंह इसलिए प्रसिद्ध हुए, कि ऐसा ज्ञात हुआ, कि उन्होंने कम से कम समय के लिए लाला लाजपतराय की और इस प्रकार उनके ज़रिये सारे देश के सम्मान

की रक्षा की। वह एक प्रतीक बन गए। लोग उस कार्य को तो भूल गए, किन्तु यह प्रतीक ही कुछ समय में चारों ओर विख्यात हो गया और पंजाब का हर गांव, सम्पूर्ण उत्तर भारत उनके नाम से गूंजने लगा।"

अगले दिन ही क्रांतिकारी दल की ओर से जो पर्चा निकला उसमें भी लालाजी के अपमान और राष्ट्र के सम्मान की चर्चा थी। उसमें लिखा था:

हिन्दुस्तानी समाजवादी प्रजातंत्र सेना

नोटिस

नौकरशाही सावधान।

जे० पी० साण्डर्स की मृत्यु से लाला लाजपतराय की हत्या का बदला ले लिया गया।

यह सोचकर कितना दुख होता है कि जे० पी० साण्डर्स जैसे एक मामूली अफसर के कमीने हाथों, देश की तीस करोड़ जनता द्वारा सम्मानित एक नेता पर हमला करके, उनके प्राण ले लिए गए। राष्ट्र का यह अपमान हिन्दुस्तानी नवयुवकों और मर्दों को चुनौती थी।

आज संसार ने देख लिया है कि हिन्दुस्तान की जनता निष्प्राण नहीं हो गई है। हिन्दुस्तानियों का खून जम नहीं गया, वे अपने राष्ट्र के सम्मान के लिए प्राणों की बाज़ी लगा सकते हैं। यह प्रमाण देश के उन युवकों ने दिया है जिनकी इस देश के नेता निन्दा और अपमान करते हैं।

अत्याचारी सरकार सावधान।

इस देश की दलित और पीड़ित जनता की भावनाओं को ठेस मत लगाओ। अपनी शैतान हरकतें बन्द करो। हिन्दुस्तानियों को हथियार न रखने देने के लिए बनाए तुम्हारे सब कानूनों और चौकसी के बाद भी पिस्तौल और रिवाल्वर इस देश की जनता के हाथ में आते ही रहेंगे। यदि ये हथियार सशस्त्र क्रांति के लिए पर्याप्त न भी हुए तो भी राष्ट्रीय अपमान का बदला लेते रहने के लिए तो काफी रहेंगे ही। हमारे अपने लोग हमारी निन्दा और अपमान करें, विदेशी सरकार हमारा कितना भी दमन कर ले, परन्तु हम

राष्ट्रीय सम्मान की रक्षा के लिए और विदेशी अत्याचारियों को सबक सिखाने के लिए सदा तत्पर रहेंगे, हम सब विरोध और दमन के बावजूद क्रांति की पुकार को बुलन्द रखेंगे और फांसी के तख्तों से भी पुकारते रहेंगे—'इंकलाब ज़िन्दाबाद'।

हमें एक व्यक्ति की हत्या का खेद है, परन्तु वह व्यक्ति उस निर्दयी, नीच और अन्यायपूर्ण व्यवस्था का एक अंग था जिसे समाप्त कर देना आवश्यक है। इस व्यक्ति की हत्या हिन्दुस्तान में ब्रिटिश शासन के कारिन्दे के रूप में की गई है। यह सरकार संसार की सबसे अत्याचारी सरकार है।

मनुष्य का रक्त बहाने के लिए हमें खेद है, परन्तु क्रांति की वेदी पर रक्त बहाना अनिवार्य हो जाता है। हमारा उद्देश्य ऐसी क्रांति से है जो मनुष्य द्वारा मनुष्य के शोषण का अन्त कर देगी।

इंकलाब ज़िन्दाबाद !

ह०: बलराज

18 दिसम्बर, 1928 सेनापति, पंजाब हि० स० प्र० स०

मनुष्य द्वारा मनुष्य के शोषण का अन्त हर क्रांति का लक्ष्य रहा है। हिंसा और अहिंसा से परे एक और वस्तु होती है, वह है दर्द। इस दर्द के आगे मनुष्य के सिर सदा झुका है। भारत की जनता के हर्ष का कारण यही दर्द था। महात्मा गांधी के दिल में भी और भगतसिंह के दिन में भी यह दर्द बरकरार था।

उस दिन सरकार हिल गई, पर जिन्होंने हिलाया उनके पास खाने को रोटी भी न थी। जयगोपाल ने लिखा है, "मैं आज़ाद के कहने पर जब अपने मित्र वंशीलाल से मांगकर दस रुपये लाया तो खाने-पीने की व्यवस्था हुई।"

वैसे भी खाने के लिए उन्हें एक वक्त के लिए एक ववन्नो ही तो मिलती थी। उसमें भी कभी सिनेमा देखने को मन कर आए तो कैसी-कैसी तिकड़म लड़ानी पड़ती थी ! तब पंडितजी (आज़ाद) को पटाना भगतसिंह का ही काम था। और ये पण्डितजी क्या खाते थे, यह भगवानदास माहौर के शब्दों में सुनिए। यह उसी दिन की घटना है

जिस दिन साण्डर्स की हत्या की गई थी। माहौर ने लिखा है—"सवेरे आज़ाद ने अपने खाने के लिए कुछ नान रोटियां और शायद एक आने का गुड़ मंगवाया। आज़ाद गुड़ और रोटियां खाकर रहें, भगतसिंह को यह अच्छा न लग रहा था। अतएव मज़ाक करते हुए उसने गुड़ में से एक डली उठा ली और हम लोगों को इशारा किया कि एक-एक हम भी उठा लें। आज़ाद ने जो देखा तो मुझसे कहा, 'देखो, हैरान न करो, और भी बहुत काम करना है। मैं जो कुछ खाता हूं, जैसे खाता हूं, खाने दो।' मगर भगतसिंह ने गुड़ की डली न रखी। आज़ाद ने झुंझलाकर सारा गुड़ फेंक दिया। वह नावदान के पास जा गिरा। अस्तु लोगों ने मनाया। आज़ाद मान गए। गुड़ उठाकर ले आया गया। आजाद खुश्क नान गुड़ के साथ खाने बैठे। भगतसिंह ने कहा, 'गुड़ नावदान के पास जा पड़ा था, अब ज़िद ही हो तो कम से कम धो तो लीजिए ही।' गुड धोया गया और आज़ाद उसके साथ नान खाकर डकार लेकर उठ बैठे और बोले, 'हूं लो।' और काम में लग गए।"[1]

साण्डर्स की हत्या के बाद भगतसिंह कैसे लगते थे इसका चित्रण भी माहौर ने किया है। यद्यपि उसमें भावना की मुलायमियत कुछ अधिक आ गई है, पर उन परिस्थितियों में वह स्वाभाविक ही है। वे लिखते हैं—"उनकी वह आकृति हमेशा आंखों में झूला करती है। एक ऐसी भावना उनके प्रशस्त ललाट पर आलोकित थी, जिसका वर्णन मैं कर ही नहीं सकता। भगतसिंह दो व्यक्तियों के वध में भाग लेकर आए थे। कितना उद्वेलित था उनका मानस ! उनके संयत कण्ठ से उनका उद्वेग उभरा पड़ता था। बात करतेकरते वे रुक जाते थे और देर तक चुप रहकर फिर बात का सूत्र पकड़कर मुस्कराने का प्रयत्न करते आगे बढ़ते थे। मानस-जीवन का मूल्य और उसकी महत्ता और सर्वोपरि उसका सौन्दर्य उनके हृदय में असीम था। लाला लाजपतराय पर सरकार द्वारा घातक लाठीप्रहार किए जाने से राष्ट्र का जो अपमान हुआ था उसका प्रतिशोध अवश्य किया जाए और क्रांतिकारियों के सक्रिय अस्तित्व का परिचय दिया जाए, यह भगतसिंह का ही प्रस्ताव था और वही आज कार्यान्वित हो चुका था। साण्डर्स-वध के बाद

1. यश की धरोहर, पृष्ठ 48

पुलिस की दौड़-धूप का जो आतंक लाहौर में छाया था, उसे हम लोग लाहौर की गलियों में आम नर-नारियों के चेहरों पर देख चुके थे। परन्तु आतंक की काली छाया में से भी राष्ट्र के अपमान का बदला लिए जाने की प्रसन्नता फूटी पड़ती थी, इसे देखकर हम सभीका चित्त प्रसन्न होता था। भावप्रवीण भगतसिंह का चेहरा इस समय उनकी भावशबलता का दर्पण बना हुआ था। मानवता के उस पुजारी की उस दिन की छवि को देखकर हृदय अपने-आप ही श्रद्धावनत होकर उसकी चरण-रज मस्तक पर लगा लेने को लालायित हो उठता था..."[1]

6

हत्या करना आसान हो सकता है, पर हत्या करके निकल भागना आसान नहीं है। इस हत्याकाण्ड के बाद क्या होगा इसकी कल्पना चन्द्रशेखर आज़ाद कर चुके थे। सभी प्रमुख क्रांतिकारी उस समय लाहौर में थे। उन्हें तुरन्त वहां से चले जाना था और पुलिस तथा सी० आई० डी० की आंखों में धूल झोंककर जाना था। भगतसिंह और आज़ाद के लिए यह काम अपेक्षाकृत कठिन था, क्योंकि पुलिस उन्हें खूब पहचानती थी। पंडितजी अपने डीलडौल के कारण दूर से ही पहचाने जा सकते थे और भगतसिंह तो सिख थे ही। उस हत्या के समय एक सिख युवक को उसने देखा भी था।

सचमुच बाल कटवाने के बाद भी उस दिन भगतसिंह ने बाकायदा एक सिख युवक की तरह साफा बांध रखा था। वही चाल उनके काम आई। पुलिस सबसे अधिक उन्हींपर शक कर रही थी। उन्हें एक सिख युवक की तलाश थी, पर सिख युवक तो तिरोहित हो चुका था। उसके स्थान पर जन्म लिया एक साहब बहादुर ने जो तिरछा फैल्ट हैट लगाए थे और ऊंचे कालर का ओवरकोट पहने थे। वे विवाहित थे, क्योंकि उनके साथ एक सुन्दर पत्नी थी। वे पिता भी थे, क्योंकि उनके बायें कन्धे से उनका पुत्र चिपका हुआ था। ऐसे कि उनके मुख का वह भाग छिप-सा गया था। पीछे-पीछे एक

1. यश की धरोहर, पृष्ठ 49

फटी दरी। में लिपटा बिस्तरा लिए एक नौकर भी था। वे प्रथम श्रेणी के रिज़र्व कूपे में कलकत्ता जा रहे थे। सामान भी उन्हींकी शान के अनुरूप था।

कौन थे ये सब लोग? साहब तो भगतसिंह थे ही। नौकर के रूप में राजगुरु थे और पत्नी के रूप में थीं दुर्गा भाभी। बेटा उन्हींका था। इतिहास जितना भगतसिंह को जानता है, उतना दुर्गा भाभी को नहीं। एक साधारण गृहवधू के रूप में वे एक दिन राय साहब के बेटे भगवतीचरण के घर आई थीं। लगभग अशिक्षित थीं, पर जब उन्होंने पति को और उनके मार्ग को पहचान लिया और यह भी जान लिया कि उस मार्ग पर संकट ही संकट हैं, प्रतिक्षण मौत से साक्षात्कार करना है तो वे ज़रा भी नहीं झिझकीं। उन्होंने पढ़ना शुरू किया, 'प्रभाकर' हुईं और अध्यापिका बन गईं। पति के मार्ग को निरापद करने के लिए ही तो। और केवल पति नहीं, पति के सभी साथियों को भी अपना लिया था उन्होंने। वह व्यक्ति को नहीं, लक्ष्य को अपनाने की बात थी। उसी लक्ष्य को अपनाते-अपनाते वे एक साधारण अर्द्धशिक्षित वधू से अत्यन्त उग्र क्रांतिकारिणी बन गई थीं। हत्याकाण्ड के प्रमुख सूत्रधार के साथ उनकी पत्नी बनकर इतनी लम्बी यात्रा करना किस साहस की अपेक्षा रखता है, इसकी कल्पना ही की जा सकती है।

और इतना ही नहीं, उन्होंने सुखदेव के कहने मात्र पर पांच सौ रुपये भी दे दिए थे। क्रांतिकारियों ने इस हत्याकाण्ड का भेद डाक्टर गोपीचन्द भार्गव को भी बता दिया था, और उनसे दो सौ रुपये भी पाए थे, पर यह समर्थन का नहीं, मात्र सहानुभूति का प्रश्न था। दुर्गा भाभी के पति भगवतीचरण स्वयं उन दिनों कलकत्ता में थे। मेरठ षड्यन्त्र के सम्बन्ध में उनपर शक था। उनकी तलाशी भी हो चुकी थी। यद्यपि उसमें कुछ नहीं मिला था फिर भी वे अर्द्ध-फरारी की अवस्था में कलकत्ता पहुंच गए थे। वहीं वे लोग जा रहे थे।

इसी ट्रेन में कहीं सेनापति चन्द्रशेखर भी थे। वे भजन गाने वालों की मण्डली में रामनामी दुपट्टा ओढे भजन गाने में लीन थे। उनके माथे पर चन्दन पुता था और वे बार-बार 'हरिओ3म्'-'हरिओ3म्' कहकर डकार ले रहे थे।

रास्ते में सब उतरते चले गए। भगतसिंह जब कलकत्ता स्टेशन पर उतरे तो उन्होंने भगवतीचरण और सुशीला दीदी को उनके स्वागत को उपस्थित पाया। दुर्गा भाभी ने रास्ते से तार दे दिया था कि वे भाई के साथ आ रही हैं। नाम लिखा था दुर्गावती। भगवतीचरण कुछ समझ न पाए, परन्तु स्टेशन पहुंचकर सब कुछ जान गए। तार सुशीला दीदी के नाम था। वे सुप्रसिद्ध दानवीर सेठ छज्जूराम की बेटी की शिक्षिका होकर उन्हींकी कोठी पर रहती थीं।

चालीस घण्टे की वह यात्रा, प्रतिक्षण संकट से साक्षात्कार, प्रतिक्षण सहज होने का अभिनय, पति और पिता होने का अहसास, किसी दूसरे की पत्नी बन जाने का रोमांस, वह सब अनुभव करने की बात है, कल्पना करने की नहीं। पत्नी को इस रूप में देखकर भगवतीचरण कितने उत्फुल्ल हुए। वे सच्चे अर्थों में उनकी संगिनी बन गई थीं।

उस दिन तो वे होटल में रहे। दूसरे दिन सेठ छज्जूराम की कोठी पर चले गए। सुशीला दीदी ने सेठजी की पत्नी लक्ष्मीदेवी को सब कुछ बता दिया। उन्होंने न केवल उनको वहां लाने की अनुमति दे दी, बल्कि उनके भोजन की व्यवस्था वे स्वयं करती थीं। एक सप्ताह वे वहां रहे। सी० आई० डी० उनके वहां होने की कल्पना भी नहीं कर सकती थी। परदे के पीछे रहकर इस प्रकार क्रांतिकारियों की सहायता करने वाले क्या कम वन्दनीय हैं!

इन दिनों कलकत्ता बहुत उत्तेजित था। सारे विश्व की आंखें उसपर टिकी थीं। अखिल भारतीय राष्ट्रीय कांग्रेस का वार्षिक अधिवेशन वहां हो रहा था। पण्डित मोतीलाल नेहरू उसके अध्यक्ष थे। वह अधिवेशन इसलिए अत्यन्त महत्वपूर्ण था कि उसमें दो पीढ़ियां एक-दूसरे के सामने खुलकर आ गई थीं। महात्मा गांधी और पण्डित मोतीलाल नेहरू आदि नेता चाहते थे कि सरकार को अल्टीमेटम दिया जाए कि यदि वह एक वर्ष के भीतर नेहरू कमेटी की रिपोर्ट को स्वीकार नहीं करती तो फिर कांग्रेस पूर्ण स्वराज्य की घोषणा कर देगी। नेहरू रिपोर्ट का अर्थ था औपनिवेशिक स्वराज्य। युवक नेता पण्डित जवाहरलाल नेहरू और सुभाषचन्द्र बोस नेतृत्व में

सरकार को एक दिन का समय भी देने के पक्ष में नहीं थे। जीत पूर्व पक्ष की ही हुई, पर इसने देश को उत्तेजित कर दिया। साण्डर्स-काण्ड ने देश की चेतना को झकझोर दिया था, कलकत्ता कांग्रेस ने उसके चिन्तन की धारा स्पष्ट कर दी। सभी कुछ न कुछ करने को आतुर हो उठे। इतिहास साक्षी है कि उसके बाद जिस तीव्रता से घटनाएं घटनी शुरू हुईं उनका पर्यावसान भारत की स्वाधीनता में ही हुआ।

भगतसिंह, हरिनाम धारण किए बंगाली वेश में उस अथाह भीड़ के बीच घूमते रहते थे। उस भीड़ में देश-भर की सी० आई० डी० थी; पर वह तो सिख युवक के पीछे हो सकती थी, एक बंगाली बुद्धिजीवी सद्गृहस्थ से उसे क्या काम था! इसलिए वे घूमते थे। सोचते थे कि क्या कांग्रेस पीछे नहीं हट रही है? युद्ध-शास्त्र में कभी-कभी पीछे हटना भी आगे बढ़ने के लिए होता है, पर क्या यह अवसर वैसा करने के लिए उपयुक्त था?

ये तर्क उन्हें परेशान करते थे और कुछ करने की प्रेरणा भी देते थे। इस प्रवास में वे बंगाली क्रांतिकारियों से मिले। विचारविनिमय किया। उनमें प्रमुख थे त्रैलोक्य चक्रवती, प्रतुल गांगुली, अध्यापक ज्योतिष घोष और यतीन्द्रनाथ दास। यतीन्द्र से उनका पूर्व-परिचय था जो इस प्रवास में और भी प्रगाढ़ हो उठा। यह मिलना मात्र औपचारिक नहीं था। उनके मन में एक निश्चित योजना की रूपरेखा उभर रही थी। उसीकी चर्चा उन्होंने प्रतुल गांगुली से की थी। गांगुली अनुशीलन समिति के गुप्त संगठन के प्रमुख नेता थे। भगतसिंह अपने अध्ययनकाल में फ्रांसीसी अराजकतावादी वेलां से बहुत प्रभावित हुए थे। आज भी वह उनके मनमस्तिष्क पर छाया हुआ था। उसने शासकों को जगाने के लिए फ्रांस की असेम्बली में बम का धमाका किया था। वैसा ही धमाका करने की उनकी योजना थी। श्री योगेशचन्द्र चटर्जी ने लिखा है— 'श्री गांगुली ने भगतसिंह की योजना को पसन्द किया। असेम्बली में बम फेंकने के बाद गिरफ्तार होने पर जो रिवाल्वर उनके पास पकड़ा गया था, वह भगतसिंह को श्री गांगुली ने ही दिया था। कुछ बम भी कलकत्ता से ही दिए गए थे। भगतसिंह का जो प्रसिद्ध चित्र फैल्ट हैट पहने हुए मिलता है वह भी

कलकत्ता में ही लिया गया था।"

वे अब सेठजी की कोठी छोड़कर नये मकान में आकर रहने लगे थे। बंगाल के क्रांतिकारी उनसे बड़े प्रभावित हुए थे। कुछ दिन उस योजना पर विचार होता रहा। फिर वे संगठन के कार्य से उत्तर भारत के भ्रमण पर निकल पड़े। चलते समय सुशीला दीदी ने अपने रक्त से उनके मस्तक पर टीका किया। यह मिलन ही तो शेष मिलन था।फिर तो वे सम्पूर्ण रूप से देश को समर्पित हो गए।

वे आगरा आए। और भी साथी वहां थे। वे सब अब निश्चित योजना के अनुसार काम कर रहे थे। आगरा (नीम की व हींग की मण्डी) में बम बनाने की शिक्षा दी जाती थी। बनाए भी जाते थे। ऐसी ही व्यवस्था सहारनपुर और लाहौर में थी। दिल्ली के सीताराम बाज़ार में भी उनका अड्डा था। वहां जयदेव कपूर परिस्थिति का अध्ययन करने के लिए रहते थे। भगतसिंह भी आतेजाते रहते थे। केन्द्रीय समिति ने उनकी योजना स्वीकार कर ली थी और स्वयं चन्द्रशेखर आज़ाद ने सूत्र अपने हाथ में ले लिया था। जयदेव कपूर भी असेम्बली के कई सदस्यों का विश्वास प्राप्त करने में सफल हो गए थे। कई बार पास लेकर भगतसिंह, आज़ाद और दूसरे साथी स्थिति का निरीक्षण कर आए थे। व्यूह-रचना के कुशल कलाकार पण्डित चन्द्रशेखर आज़ाद प्रत्येक काम को उसकी पूरी बारीकियों का अध्ययन करके करते थे। आश्चर्य इस बात का है कि इस नये रूप में भी एक व्यक्ति ने भगतसिंह को पहचान लिया था। वे थे डाक्टर किचलू। जब पहचान लिए गए तो भगतसिंह प्रकट रूप में उनसे मिले। सब बातें उन्हें बताईं। डाक्टर किचलू ने उन्हें हर प्रकार की सहायता देने का वचन दिया। देते भी रहे।

नक्शा तैयार था। अब तीन प्रश्नों पर निर्णय लेना था। बम कौन फेंके, कब फेंके, और फेंकने के बाद गिरफ्तार हुआ जाए या बच निकला जाए। तीनों मुद्दों पर बड़ी बहस हुई। मतभेद काफी था। आज़ाद चाहते थे कि बम फेंककर बच निकलना उचित होगा। उन्होंने इसकी पूरी योजना भी बना ली थी। पर भगतसिंह तो वेलां को अपना आदर्श स्वीकार कर चुके थे। वे गुप्त आन्दोलन को एक दिशा देकर जन-आन्दोलन से जोड़ देना चाहते थे। इसीलिए वे

भागना ठीक नहीं समझते थे। वे गिरफ्तार होकर मुकद्दमे और अदालत को अपने विचारों के प्रचार का मंच बनाना चाहते थे। दल के दूसरे सद्धांतिक नेताओं में विजयकुमार सिन्हा उनका समर्थन कर रहे थे। यह योजना भगतसिंह की थी इसलिए उनकी बात को महत्त्व दिया जा रहा था। स्वयं वे ही बम फेंकने जाने वाले थे, तब उनके प्रस्ताव का विरोध कौन करता !

इसी बीच में समाचार मिला कि असेम्बली के कुछ सरकार परस्त सदस्य होली के उपलक्ष्य में एक दावत दे रहे हैं और वायसराय उसमें आ रहे हैं। दल ने सोचा, क्यों न इस अवसर का लाभ उठाकर उनपर बम फेंका जाए। लेकिन वे पूर्व-निर्धारित मार्ग से आए ही नहीं, इसलिए यह योजना पूरी न हो सकी और वे फिर से असेम्बली में बम फेंकने की योजना पर विचार करने लगे।

दल की केन्द्रीय समिति ने अपने प्रथम निर्णय में भगतसिंह को यह काम नहीं सौंपा था। पुलिस उनके पीछे थी। वे पकड़े जाएं तो फांसी निश्चित थी। उनके बार-बार कहने पर भी दल ने उनकी बात नहीं मानी। उस बैठक में सुखदेव नहीं थे। उन्हें पता लगा तो उन्होंने इस निर्णय का विरोध किया। उनका कहना था कि पकड़े जाने के बाद अदालत के मंच से दल के सिद्धांतों, आदर्शों, उद्देश्यों को जितनी कुशलता से भगतसिंह जनता तक पहुंचा सकते हैं, उतना कोई और नहीं। पर किसीने उनकी बात नहीं सुनी। तब वे भगतसिंह को एकान्त में ले गए। उनसे बड़ी कठोरता से पेश आए। उन्हें अहंकारी, कायर और न जाने क्या-क्या कहा। श्री शिववर्मा के शब्दों में—भगतसिंह ने जितना ही सुखदेव के आरोपों का प्रतिरोध किया, वह उतना ही कठोर होता गया। भगतसिंह के यह कहने पर कि तुम मेरा अपमान कर रहे हो, उसने कठोर शब्दों में उत्तर दिया, "मैं अपने मित्र के प्रति अपना कर्तव्य पूरा कर रहा हूं।" अन्त में भगतसिंह यह कहकर उठ पड़ा, "आगे से तुम मुझसे कभी बात न करना।"

भगतसिंह के आग्रह पर केन्द्रीय समिति की बैठक फिर से बुलाई गई, सुखदेव केवल बैठा रहा। बोला एक शब्द भी नहीं। भगतसिंह की ज़िद के सामने समिति को अपना फैसला बदलना पड़ा। सुखदेव उसी

शाम, किसीसे बात किए बगैर लाहौर चला गया। दूसरे दिन जब वह लाहौर पहुंचा तो उस समय भी उसकी आंखें सूजी हुई थीं। शायद वह बहुत रोया था। उस दिन उसने न कोई कमज़ोरी दिखाई और न एक आंसू बहाया, लेकिन अन्दर से वह काफी हिल गया था। उसने ध्येय की पूर्ति में अपनी सबसे प्रिय वस्तु की बाज़ी लगा दी थी।[1]

पर तसवीर का एक और पहलू भी था। सदस्यों में परस्पर ईर्ष्य-द्वेष का भाव काफी प्रबल था। चरित्रहीनता के आरोप भी लगाए जाते थे। चन्द्रशेखर आज़ाद चरित्र के सम्बन्ध में बड़े कठोर थे। यशपाल ने लिखा है, "ब्रह्मचर्य का बहुत रूढ़िवादी आदर्श उस समय तक आज़ाद के मस्तिष्क में था। इससे पहले दो-एक बार ऐसे काण्ड हो चुके थे कि साथियों ने नारी के आकर्षण के कारण अपने कर्तव्य में निर्बलता दिखा दी थी। आज़ाद को नारी, प्रेम और सौन्दर्य से चिढ़ हो गई थी। उन्हें अच्छी-अच्छी पुस्तकें लाकर साथियों को पढ़ाने का बहुत शौक था, परन्तु उपन्यास या यौन विषय सम्बन्धी पुस्तक देखकर उन्हें बहुत चिढ़ उठती थी।"

आज़ाद ने स्वयं यशपाल को इसी अपराध के लिए प्राणदण्ड की सज़ा दी थी। कई कारणों से वह दण्ड दिया नहीं जा सका, परन्तु बाद की घटनाओं ने प्रमाणित कर दिया था कि आज़ाद के विचार व्यावहारिक दृष्टि से बहुत ही स्वस्थ और सही थे। इस समय भगतसिंह पर भी ऐसे आरोप लगाए जा रहे थे। और वे बहुत दुखी हो उठे थे। इसलिए और भी अधिक दुखी थे कि ये आरोप उनके और दुर्गा भाभी के सम्बन्धों को लेकर लगाए जा रहे थे। बम कब फेंका जाए, इस बारे में अभी कोई निर्णय नहीं हो सका था। वे लाहौर लौट गए थे। सुखदेव के व्यवहार से उन्हें धक्का लगा था। वे साहसपूर्वक कोई कार्य करके गिरफ्तार होने की योजना पर गम्भीरता से विचार कर रहे थे कि उन्हें सुखदेव का एक पत्र मिला। वह पत्र बहुत भयानक था। सुखदेव ने स्पष्ट लिखा था—"तुम एक स्त्री (दुर्गा भाभी) के चक्कर में फंसकर क्रांति से भटक गए हो। देश के लिए कुछ कर सकना तुम्हारे बस का रोग नहीं है।"

1. यश की धरोहर, पृष्ठ 175-6

भगतसिंह ने वह पत्र पढ़ा। स्तब्ध रह गए। कोई और ऐसी बात कहता तो वे चुप रह जाते, पर सुखदेव ने यह सब लिखा, सुखदेव जो उनके इतना निकट था। सुखदेवराज ने लिखा है:

"उन्होंने पत्र लिया और सीधे भगवतीचरण के घर जा पहुंचे। दुर्गा भाभी का कहना है कि जब भगतसिंह मेरे पास पहुंचे तो उनकी आंखें डबडबा रही थीं और गला भरा हुआ था। जब मैंने पूछा, 'क्या बात है?' तो वह कोई जवाब नहीं दे सके। सुखदेव का पत्र मेरे हाथ में थमाकर अपने-आपको सम्हालते हुए वे बोले—'देख लो मेरे और तुम्हारे सम्बन्धों को लेकर कैसी-कैसी वाहियात बातें वे लोग कर रहे हैं।'

"भगवतीचरण उस समय सोए हुए थे। उनके चरणों की ओर बैठे हुए ही भगतसिंह रोते रहे और भाभी से कहते रहे—'एक ओर ये (सुखदेव आदि) लोग हैं जो अकारण ही रात-दिन कीचड़ उछालने में व्यस्त हैं, दूसरी ओर यह भगवतीचरण देवता हैं कि अपनी पत्नी और मेरे बीच ऐसे सम्बन्धों की बात सुनकर भी कभी खिन्न नहीं हुए। कभी इनके माथे पर कोई शिकन नहीं पड़ी।' बातों ही बातों में उन्होंने यह भी कहा कि इस प्रकार के लांछनपूर्ण जीवन से तो मर जाना अधिक अच्छा है।'

"भगतसिंह की मनोदशा का अनुमान केवल इस बात से लगाया जा सकता है कि यद्यपि वह भगवतीचरण से बात करने के लिए ही उनके घर गए थे, परन्तु उनसे बात किए बगैर ही रोते-रोते उनके घर से वह चले आए। उसी समय मन में यह संकल्प उन्होंने कर लिया कि अब पब्लिक सेफ्टी बिल और ट्रेड डिस्प्यूट बिल के प्रश्न को लेकर मैं स्वयं असेम्बली में बम डालूंगा और बम डालकर भागूंगा नहीं, साहस के साथ गिरफ्तार हो जाऊंगा। इस तरह मेरे बलिदान से एक तो राष्ट्र के प्रति मेरी निष्ठा में कमी का आरोप निराधार सिद्ध हो जाएगा, दूसरे क्रांतिकारियों का स्टैंड जनता तक पहुंचेगा और तीसरे भाभी और मेरे सम्बन्ध में जो कहानियां आए दिन गढ़ी जा रही हैं वे बन्द हो जाएंगी।" (जब जोत जगी-सुखदेवराज)[1]

भगतसिंह के निर्णय के पीछे कौन से तत्त्व काम कर रहे थे यह

1. भगतसिंह और उनका युग, पृष्ठ 180

निश्चित रूप से कहना कठिन है। वेलां उनका आदर्श था यह सत्य है, पर इन घटनाओं ने उन्हें निर्णय लेने में शक्ति दी, इस सम्भावना से भी इन्कार नहीं किया जा सकता। व्यक्तिगत घटनाओं ने इतिहास को कई बार मोड़ दिया है। दूसरा साथी कौन हो, इसपर भी मतभेद था। मन-मुटाव भी हुआ। राजगुरु चाहते थे कि वे जाएं। भगतसिंह से पूर्व बटुकेश्वर दत्त और विजयकुमार सिन्हा को यह काम सौंपा गया था। पर जब भगतसिंह का जाना निश्चित हो गया तो उन्होंने बटुकेश्वर दत्त को अपना साथी चुना।

योजना को अन्तिम रूप दिया जा चुका था। साथी अपने-अपने स्थान पर जाने को तैयार हो गए। चन्द्रशेखर आज़ाद को झांसी जाना था। शिव वर्मा उन्हें स्टेशन छोड़ने चले। रास्ते में सहसा उन्होंने शिव वर्मा से कहा, ''प्रभात (शिव वर्मा का पार्टी का नाम), अब कुछ ही दिनों में दोनों (भगतसिंह और दत्त) देश की सम्पत्ति हो जाएंगे। तब हमारे पास इनकी याद रह जाएगी। तब तक के लिए मेहमान समझकर इनके आराम-तकलीफ का ध्यान रखना।" उस दिन रात-भर वे भगतसिंह और दत्त की बातें करते रहे। वे भगतसिंह को भेजने के पक्ष में नहीं थे। भगतसिंह और सुखदेव की ज़िद के सामने सिर झुकाकर ही उन्होंने वह फैसला स्वीकार किया। था, लेकिन अन्दर से भगतसिंह को खोने के विचार से वे दुखी थे।

इस बात का भी निर्णय हो चुका था कि बम कब फेंके जाने हैं। उन दिनों केन्द्रीय असेम्बली में दो बिल पेश थे। एक पब्लिक सेफ्टी बिल (जन सुरक्षा बिल) और दूसरा ट्रेड डिस्प्यूट्स बिल (औद्योगिक विवाद बिल)। पहले बिल का उद्देश्य जन-आन्दोलन को, विशेषकर युवक-आन्दोलन को, कुचलना था और दूसरा मज़दूरों को हड़ताल करने के अधिकार से वंचित करना था। क्रांतिकारी, विशेषकर भगतसिंह मज़दूर-आन्दोलन में बहुत रुचि लेते थे। वे जानते थे कि ये जन-विरोधी विधेयक पास नहीं हो सकते। कांग्रेसी सदस्य दूसरे प्रगतिशील दलों से मिलकर इन्हें नामंजूर कर देंगे। तब वायसराय इन्हें अपने विशेषाधिकार से पास करेंगे। उनकी प्रतिष्ठा का प्रश्न है न? जिस समय इन बिलों को स्वीकार करने की सूचना असेम्बली

को दी जाए उसी समय बम फेंके जाएं—ऐसा क्रांतिकारी दल का अन्तिम निर्णय था। वह 8 अप्रैल, 1926 का दिन था। तब साथी निश्चित समय पर असेम्बली में पहुंचे। भगतसिंह और दत्त ऐसे स्थान पर बैठे जहां से किसी सदस्य को हानि पहुंचाए बिना बम फेंका जा सकता था। उन दोनों ने खाकी कमीज़ और नीकर पहने हुए थे। कुछ और साथी भी साथ गए थे, पर जैसे ही सर जार्ज शुस्टर वायसराय की स्वीकृति की सूचना देने खड़े हुए तो वे सब बाहर चले गए। साथ में भगतसिंह व दत्त के पास भी ले गए जिससे यह पता न लग सके कि वे किसकी सिफारिश पर वहां गए थे।

जैसे ही सर जार्ज शुस्टर ने सूचना देनी शुरू की, भगतसिंह और दत्त खड़े हो गए। बड़ी फुर्ती से भगतसिंह ने अखबार में लिपटा बम सरकारी बेंचों के पीछे खाली जगह पर फेंक दिया। बड़े ज़ोर का धमाका हुआ। कानों के परदे फटने को हुए और दिल की धड़कन तो जैसे एकाएक तेज़ होकर बन्द हो चली हो। तभी दूसरा धमाका हुआ। भगदड़ मच गई। दर्शक और सदस्य सभी जिधर मुंह उठा, भाग चले। सर जार्ज शुस्टर डेस्क के नीचे छिप गए। सर जान साइमन वायसराय की गैलरी में बैठे थे। सबसे पहले वे ही भागे। कुछ गैलरी में गए, कुछ बाथरूम में जा छिपे। वातावरण में नीला धुआं घुमड़ता रहा। जब वह साफ हुआ तो भवन में केवल सर्वश्री विट्ठलभाई पटेल, मोतीलाल नेहरू, मदनमोहन मालवीय और मुहम्मद अली जिन्ना ये चारों ही अपने स्थानों पर बैठे थे। दर्शकगैलरी में खड़े थे भगतसिंह और दत्त। भगतसिंह छत की ओर पिस्तौल से दो गोलियां छोड़ चुके थे। अब नारे लगा रहे थे। ये नारे अंग्रेजी में थे-(इंकलाब ज़िन्दाबाद) Long live Revolution' (साम्राज्यवाद का नाश हो) Down with Imperialism.(दुनिया के मज़दूरो एक हो) Workers of the World Unite. उन्होंने कुछ परचे भी फेंके थे। लाल रंग के वे परचे अंग्रेज़ी में थे। सबसे पहले इस परचे में फ्रांसीसी अराजकतावादी शहीद वेलां को श्रद्धांजलि अर्पित की गई थी। लिखा था:

हिन्दुस्तान समाजवादी प्रजातन्त्र सेना

"बहरों को सुनाने के लिए धड़ाके की आवश्यकता होती

है।" प्रसिद्ध फ्रांसीसी अराजकतावादी शहीद वेलां के ये अमर शब्द हमारे काम के औचित्य के साक्षी हैं।

"शासन-सुधारों के नाम पर ब्रिटिश हुकूमत द्वारा पिछले दस वर्षों में हमारे देश का जो अपमान किया गया है उस निन्दनीय कहानी को हम दोहराना नहीं चाहते। हम इस असेम्बली द्वारा, जिसे भारत की पालियामेंट कहते हैं, किए गए भारतीय राष्ट्र के नेताओं के अपमान का भी उल्लेख नहीं करना चाहते। वे सर्वविदित हैं।

"साइमन कमीशन द्वारा सुधारों के नाम पर जो जूठे टुकड़े मिलने की संभावना है, जिनको लेकर लोग आपस में झगड़ रहे। हैं, इस समय भी विदेशी सरकार सार्वजनिक सुरक्षा और औद्योगिक विवाद जैसे कानूनों के रूप में अपने दमनचक्र को और भी तेज़ कर रही है। इसके साथ ही अगले अधिवेशन में समाचारपत्रों द्वारा राजद्रोह रोकने के कानून (प्रेस सेडीशन ऐक्ट) को लाने की धमकी दे रही है। सार्वजनिक काम करने वाले मज़दूर नेताओं की अन्धाधुंध गिरफ्तारियां यह स्पष्ट कर देती हैं कि सरकार का रवैया क्या है।

"राष्ट्रीय दमन और अपमान की इस उत्तेजनापूर्ण परिस्थिति में अपने उत्तरदायित्व की गम्भीरता को अनुभव करके, हिन्दुस्तानी समाजवादी प्रजातन्त्र संघ ने अपनी सेना को यह कदम उठाने की आज्ञा दी है। इस कार्य का प्रयोजन यह है कि कानून के नाम पर यह प्रहसन बन्द कर दिया जाए। विदेशी सरकार की शोषक नौकरशाही जो चाहे करे, परन्तु उसका नग्न रूप जनता के सामने प्रकट होना ही चाहिए।

"जनता के प्रतिनिधियों से हमारा आग्रह है कि वे इस पाखण्ड से मुक्ति पाकर अपने निर्वाचन क्षेत्रों में लौट जाएं और जनता को विदेशी दमन और शोषण के विरुद्ध क्रांति के लिए तैयार करें। हम विदेशी सरकार को यह बता देना चाहते हैं। कि हम देश की जनता की ओर से सार्वजनिक सुरक्षा कानून, औद्योगिक विवाद कानून जैसे दमनकारी कानूनों और लाला लाजपतराय

की नृशंस हत्या के विरोध में यह कदम उठा रहे हैं, हम जनता का ध्यान इतिहास में बार-बार दोहराए गए इस सबक की ओर दिलाना चाहते हैं कि गुलामी और बेबसी से कराहती जनता को कुचलना आसान है, परन्तु विचार अमर होते हैं। दुनिया की कोई ताकत इन्हें कुचल नहीं सकती। बड़ेबड़े साम्राज्य नष्ट हो गए, पर जनता ने जिन विचारों से प्रेरित होकर उन्हें नष्ट किया वे आज भी जीवित हैं। ब्रबां और ज़ार समाप्त हो गए, परन्तु क्रांतिकारी विजयघोष करते हुए आज भी आगे बढ़ रहे हैं।

"हम मनुष्य के जीवन को पवित्र समझते हैं। हम ऐसे उज्ज्वल भविष्य में विश्वास रखते हैं जिसमें प्रत्येक व्यक्ति को पूर्ण शांति और स्वतन्त्रता का अवसर मिलेगा। हम मानवरक्त बहाने के लिए अपनी विवशता पर दुखी हैं, परन्तु क्रांति द्वारा सबको समान स्वतन्त्रता देने और मनुष्य द्वारा मनुष्य के शोषण को समाप्त कर देने के लिए क्रांति के अवसर पर कुछ न कुछ रक्तपात अनिवार्य है। इंकलाब जिन्दाबाद।

बलराज

कमांडर-इन-चीफ"

एक घटना घट गई थी। एक ऐसी घटना जो इतिहास का निर्माण करती है। सुप्रसिद्ध कांग्रेसी नेता बैरिस्टर अफसअली उस घटना के दर्शक थे। वे बाद में भगतसिंह के वकील भी हुए। वे भगतसिंह के ठीक सामने खड़े थे। उन्होंने बम फटने और गोली चलने को आवाज़ सुनी थी। सारा भवन धुएं से भर गया था। उन्होंने तब भगतसिंह को भी देखा था। वे कहते हैं, "भगतसिंह के चेहरे पर गहरा तनाव था और वे इंस्पेक्टर मिस्टर जानसन से कह रहे थे—'चिन्ता मत करो, हम सारे संसार को बता देंगे कि यह हमने किया है।"

सचमुच वे तो यह निश्चय करके ही गए थे कि संसार को सब कुछ बताना है। बताना है कि साम्राज्यवादी अंग्रेज़ भारत में क्या कर रहे हैं। जो परचे उन्होंने फेंके थे उनमें सब स्पष्ट शब्दों में तिखा था। सरकार नहीं चाहती थी कि वे परचे बाहर जाएं। इसलिए वे बटोर लिए गए। परन्तु अंग्रेज़ी दैनिक 'हिन्दुस्तान टाइम्स' का

सम्वाददाता भी कम सजग नहीं था। उसने फुर्ती से एक परचा उड़ा लिया और वह सांध्य संस्करण में छप भी गया।

सरकार ने तो बाहर खबर भेजने पर भी रोक लगा दी थी, पर वह डाल-डाल तो समाचारपत्रों के सम्वाददाता पात-पात। स्टेट्समैन के सम्वाददाता थे सुप्रसिद्ध लाला दुर्गादास। उन्होंने यह समाचार स्टेट्समैन' के लन्दन कार्यालय को भेज दिया। वहां से वायरलेस द्वारा वह कलकत्ता आया। जिस समय 'एसोसिएटेड प्रेस आफ इण्डिया' द्वारा यह समाचार दूसरे पत्रों को मिला तब तक 'स्टेट्समैन' का विशेषांक भी बाज़ार में आ चुका था।

सार्जेण्ट टेरी और इंस्पेक्टर जानसन एकदम ही उनके पास नहीं आ गए थे। टेरी भगतसिंह को बच्चों की तरह अपनी उंगलियों के सहारे पिस्तौल से खेलते देखते रहे। उसमें अब भी कई गोलियां थीं। वह चाहते तो कुछ और कर सकते थे, पर उन्हें इन्सान का लहू बहाने का शौक नहीं था। उनका उद्देश्य तो अन्याय का प्रतिकार था। अब पुलिस अफसर पास आए तो उन्होंने पिस्तौल डेस्क पर रख दी थी। चाहते तो वे निकल सकते थे। आज़ाद ने सब प्रबन्ध कर लिए थे, पर वे शांतिपूर्वक गिरफ्तार हो गए। जब पुलिस उन्हें कोतवाली ले जा रही थी तो उन्होंने एक बार फिर पुकारा 'इंकलाब जिन्दाबाद'। और उसके बाद यह नारा जनता का नारा बन गया।

जब वे जा रहे थे तो उनकी मोटर के पास भगवतीचरण, दुर्गा भाभी, सुशीला दीदी और सुखदेव खड़े थे। भाभी की गोद में उनका बेटा शक्ति भी था। उसने भगतसिंह को पहचान लिया। वहीं से चिल्लाया—'लम्बे चाचा जी।" परन्तु भाभी ने तुरन्त उसका मुंह बन्द कर दिया। उस समय क्या सोच रहे होंगे वे लोग ! समझ गए होंगे कि भगतसिंह और दत्त अब उनके बीच में नहीं आ सकेंगे। यह सोचना कैसा त्रासदायक, कैसा ऊंचा उठाने वाला !

उस समय की एक घटना उनके साथियों की मन:स्थिति को स्पष्ट करती है।

शिव वर्मा ने लिखा है, "फांसी केन्द्र पर उस दिन काफी भीड़ थी। सभी लोग दिल्ली के बारे में अधिक से अधिक जानने को

उत्सुक थे। खासकर दत्त और भगतसिंह के बारे में। भगतसिंह और दत्त के चित्र देखकर सभी साथियों की आंखों में आंसू आ गए, लेकिन आज़ाद अपने ऊपर काबू किए बैठे रहे। इसी बीच एक साथी किसी काम से उठकर कमरे से बाहर जाने लगा तो उसका पैर सामने पड़े अखबार पर पड़ गया जिसे मैं अपने साथ ले गया था। उसमें हमारे दोनों साथियों के चित्र छपे थे। हम लोग बातों में काफी भूले हुए थे, पर आज़ाद ने चित्रों पर पैर पड़ते देख लिया। वे गरज उठे। शीघ्र ही अपने पर काबू पाकर उन्होंने उस साथी का हाथ पकड़कर अपने पास बिठा लिया। उनकी आंखों में आंसू छलछला आए थे। बोले, 'ये लोग अब देश की सम्पत्ति हैं. शहीद हैं, देश इनको पूजेगा। अब इनका दरजा हम लोगों से बहुत ऊंचा है। इनके चित्रों पर पैर रखना देश की आत्मा को रौंदने के बराबर है।' कहते-कहते उनका गला भर आया।"

आज़ाद उस क्षण बहुत ऊंची भूमिका पर से बोल रहे थे। वह कालपुरुष का स्वर था। भगतसिंह और दत्त इतिहास का पवित्र अंग बन चुके थे।

यहां एक अर्थहीन विवाद की ओर संकेत करना आवश्यक है। कुछ लोग कहते हैं कि दोनों बम भगतसिंह ने फेंके थे। कुछ मानते हैं कि पहला बम भगतसिंह ने फेंका था, दूसरा दत्त ने। बैरिस्टर आसफअली का कहना है कि दत्त ने बम नहीं फेंका था। वे छुट सकते थे, पर वे भगतसिंह के बिना रहने की कल्पना भी नहीं कर सकते थे, इसलिए उन्होंने यह मानने का आग्रह किया कि एक बम उन्होंने फेंका था। इसके विपरीत दत्त से जिन मित्रों की बात हुई उनके अनुसार दूसरा बम सचमुच उन्होंने ही फेंका था। लेखक उनसे सन् 1940 में कन्खल—हरिद्वार में मिला था। तब वे कांग्रेस में शामिल हो चुके थे। पर उन्होंने जो कुछ किया था उसपर उन्हें गर्व था। उसकी चर्चा करते-करते उनका सौम्य-शान्त कविमुख गौरव के दर्प से चमक आया था। जहां तक लेखक को स्मरण है उन्होंने स्वयं बम फेंकने की बात कही थी।

न भी फेंका हो तो क्या उससे उनका गौरव कुछ कम होता है!

इस घटना के 18 दिन बाद 26-4-1929 को भगतसिंह ने अपने पिता को एक पत्र लिखा। उसमें 'नमस्ते' का स्थान 'वन्देमातरम्' ने ले लिया। यह परिवर्तन और जो कुछ उन्होंने लिखा वह उनकी मन:स्थिति को स्पष्ट करने के लिए काफी है। तनिक भी तो दुविधा नहीं, चंचलता नहीं, सभी कुछ सहज शांत और गरिमामय। पत्र इस प्रकार है:

दिल्ली जेल

26-4-1926

"पूज्य पिताजी महाराज'

वन्दे मातरम्।

"अर्ज़ है कि हम लोग 22 अप्रैल को पुलिस की हवालात से दिल्ली जेल में मुत्तकिल (तबदील) कर दिए गए थे और इस वक्त दिल्ली जेल में ही हैं। मुकदमा 7 मई को जेल के अन्दर ही शुरू होगा। गालिबन (सम्भवतः) एक माह में सारा ड्रामा खत्म हो जाएगा। ज़्यादा फिक्र करने की ज़रूरत नहीं है। मुझे मालूम हुआ कि आप यहां तशरीफ लाए थे और किसी वकील वगैरह से बातचीत की थी और मुझसे मिलने की कोशिश भी की थी, मगर तब सब इंतज़ाम न हो सका। कपड़े मुझे परसों मिले। मुलाकात आप जिस दिन तशरीफ लाएं, हो सकेगी। वकील वगैरह की कोई खास ज़रूरत नहीं है। दो-एक आमूद पर थोड़ा-सा मशवरा लेना चाहता हूं, मगर वे कोई खास अहमियत नहीं रखते। आप खामखाह ज़्यादा तकलीफ न कीजिएगा। अगर आप मिलने के लिए आएं तो अकेले ही आइएगा। वालिदा साहिबा को साथ न लाइएगा। खामखाह वोह रो देंगी और मुझे भी कुछ तकलीफ ज़रूर होगी। घर के सब हालात आपसे मिलने पर ही मालूम हो सकेंगे।

"हां, अगर हो सके तो गीता रहस्य, नेपोलियन की मोटी सुनाने-उमरी (जीवन-चरित्र) जो आपको मेरी कुतुब में मिल जाएगी, अंग्रेज़ी के कुछ आला नावेल लेते आइएगा। द्वारकादास लायब्रेरी वालों से शायद कुछ नावेल मिल सकें। खैर, देख लीजिएगा। वालिदा साहिबा, भाभी साहिबा, माताजी (दादीजी)

और चाची साहिबा के चरणों में नमस्कार। रणवीरसिंह और कुलतारसिंह को नमस्ते। बापूजी (दादाजी) के चरणों में नमस्ते अर्ज़ कर दीजिएगा। इस वक्त पुलिसहवालात और जेल में हमारे साथ निहायत अच्छा सलूक हो रहा है। आप किसी किस्म की फिक्र न कीजिएगा। मुझे आपका एड्रेस मालूम नहीं है, इसलिए इस पते(कांग्रेस दफ्तर) पर लिख रहा हूं।

आपका ताबेदार
भगतसिंह"

सरदार किशनसिंह 3 मई, 1926 को दिल्ली जेल में भगतसिंह से मिले। बैरिस्टर आसफअली भी साथ थे; पर भगतसिंह अपनी हठ पर अटल रहे। उन्होंने बचाव की दृष्टि से मुकदमा लड़ने से साफ इंकार कर दिया। वे तो इसे अपने सिद्धान्तों के प्रचार का एक मोरचा-मात्र बनाना चाहते थे। उन्होंने कुछ विधि-सम्बन्धी बातें पूछी और चर्चा समाप्त कर दी।

महात्मा गांधी के जीवन-चरित्र के लेखक बी० आर० नन्दा ने इस घटना की चर्चा करते हुए कहा है—"देश के कई हिस्सों में आतंकवादी कार्रवाइयां होने लगीं, सरकार ने नौजवानों और क्रांतिकारियों की अन्धाधुन्ध गिरफ्तारियां कर सबपर षड्यन्त्र केस चला दिए। देश के बच्चे-बच्चे की ज़ुबान पर क्रांतिकारियों का नाम हो गया। जो आतंकवाद के समर्थक नहीं थे वे भी आतंकवादियों के उद्देश्य की सराहना करने लगे।"[1]

लगभग दो माह पूर्व जो सुप्रसिद्ध 'मेरठ षड्यन्त्र केस' नाम का मुकदमा सरकार ने चलाया था, उसपर टिप्पणी करते हुए स्वयं महात्मा गांधी ने लिखा था, "मुझे तो इस मुकदमे का उद्देश्य साम्यवाद को खत्म करना नहीं, लोगों के दिलों में आतंक पैदा करना ही लगता है।... सरकार अपने खूनी पंजे दिखा रही थी।"

उन खूनी पंजों का साया निरन्तर बढ़ता जा रहा था, पर सरकार शायद यह नहीं अनुभव कर पा रही थी कि यह साया भस्मासुर की तरह एक दिन उसीको लील जाएगा। केवल अठारह

1. महात्मा गांधी, बी० आर० नन्दा, पुष्ठ 202

वर्ष ही तो शेष रहे थे।

भस्मासुर अगर इस तथ्य को पहचान पाता तो वह भस्मासुर कहलाता ही क्यों !

कसौटी पर

मुकदमे का आरम्भ 7 मई, 1929 को हुआ और बहुत शीघ्र ही वह 'ऐतिहासिक' बन गया। उसने न केवल देश का बल्कि संसारभर का ध्यान अपनी ओर आकर्षित कर लिया। जनता और समाचारपत्र सभीने सहज भाव से उसमें रुचि ली। भगतसिंह और बटुकेश्वर दत्त को जैसी ख्याति मिली वैसी शायद पहले किसीको न मिली थी। उन्होंने एडीशनल मजिस्ट्रेट श्री पूल की अदालत में, जो जेल में लगती थी, बयान देने से इंकार कर दिया। कहा, "हम लोग अपना बयान सेशन जज की अदालत में देंगे।"

इसलिए केस, भारतीय दण्ड विधान की धारा 3 के अनुसार सेशन जज श्री मिडलटन की अदालत में भेज दिया गया।4 जून, 1929 को दिल्ली जेल में इसकी सुनवाई आरम्भ हुई। पहले सरकारी गवाहों के बयान हुए। फिर 6 जून, 1929 को भगतसिंह ने अपनी और दत्त की ओर से जो बयान दिया, वह इसलिए भी महत्त्वपूर्ण है कि वह उनके दल के उद्देश्य और लक्ष्य को पूरी तरह स्पष्ट करता है।

वह इस प्रकार है:

हमारे विरुद्ध गम्भीर अपराधों के आरोप लगाए गए हैं। हम इस समय अपने आचरण का स्पष्टीकरण करना चाहते हैं।

"इस सम्बन्ध में निम्न प्रश्न उठते हैं:

1. क्या सदन में बम फेंके गए थे? यदि ऐसा हुआ तो इसका क्या कारण था?

2. नीचे की अदालत ने जो आरोप लगाया है, वह सही है अथवा

नहीं?

"प्रथम प्रश्न के पूर्वार्द्ध के लिए हमारा उत्तर स्वीकारात्मक है, परन्तु कुछ गवाहों ने घटना का असत्य विवरण प्रस्तुत किया है। हम बम फेंकने का दायित्व स्वीकार करते हैं अतः हम यह अपेक्षा करते हैं कि हमारे इस वक्तव्य का सही मूल्यांकन किया जा सकेगा। उदाहरणार्थ हम इस बात की ओर सकेत करना चाहते हैं कि सार्जेण्ट टेरी का यह कथन कि उन्होंने हममें से एक के हाथ से पिस्तौल छीन ली, जान-बूझकर बोला गया असत्य है। वस्तुतः जिस समय हमने आत्मसमर्पण किया, उस समय हम दोनों में से किसी के पास पिस्तौल नहीं थी। जिन गवाहों ने यह कहा कि उन्होंने हमें बम फेंकते हुए देखा, उन्हें भी बेसिर-पैर का झूठ बोलने में कोई झिझक नहीं हुई। हमें आशा है कि जिन लोगों का ध्येय न्यायिक शुद्धता तथा निष्पक्षता की रक्षा करना है वे इन तथ्यों से स्वयं निष्कर्ष निकाले। साथ ही हम स्वीकार करते हैं कि अभी तक सरकारी पक्ष ने औचित्य की रक्षा की है तथा न्यायालय ने न्यायपूर्ण रवैया अपनाए रखा है।

"प्रथम प्रश्न के उत्तरार्द्ध का उत्तर कुछ विस्तार से देना होगा, जिससे कि हम उन प्रयोजनों और परिस्थितियों को पूरी तरह स्पष्ट कर सकें, जिनके परिणामस्वरूप यह घटना हुई है और जिसने अब ऐतिहासिक स्वरूप ले लिया है। जेल में हमारे साथ पुलिस-अधिकारियों ने भेंट की। उनमें से कुछ ने जब हमें यह बताया कि विचाराधीन घटना के पश्चात् दोनों सदनों के संयुक्त अधिवेशन को सम्बोधित करते हुए लार्ड इरविन ने यह कहा कि हम लोगों ने बम फेंककर किसी व्यक्ति पर नहीं, वरन् स्वयं संविधान पर आक्रमण किया है, उस समय हमें तुरन्त यह विश्वास हो गया कि उस घटना के वास्तविक महत्त्व का सही मूल्यांकन नहीं किया गया है।

"मनुष्य के प्रति हमारा प्रेम किसी से भी कम नहीं है, अतः किसी व्यक्ति के प्रति द्वेष रखने का प्रश्न ही नहीं उठता। हमारी दृष्टि में मानव-जीवन इतना अधिक पवित्र है कि उस पवित्रता का वर्णन शब्दों में नहीं किया जा सकता। छद्म समाजवादी दीवान चमनलाल ने हमें व्यावसायिक और जघन्य आतंकवादी तथा देश के

लिए कलंक बताया है, साथ ही लाहौर के समाचारपत्र 'ट्रिब्यून' तथा कुछ अन्य लोगों की यह धारणा भी असत्य है कि हम पागल है।

"हम नम्रतापूर्वक यह दावा करते हैं कि हमने इतिहास, अपने देश की परिस्थिति तथा मानवीय अशा-आकांक्षाओं का गम्भीरतापूर्वक अध्ययन किया है एवं हम पाखण्ड से घृणा करते हैं।

"हमारा ध्येय उस संस्था के विरुद्ध अपना व्यावहारिक प्रतिरोध प्रकट करना था, जिसने अपने प्रारम्भ से न केवल अपने निकम्मेपन का बल्कि हानि पहुंचाने की अपनी बर्बर शक्ति का भी नग्न प्रदर्शन किया है। हमने जितना अधिक चिन्तन किया है, उतने ही अधिक इसे परिणाम पर पहुंचे हैं कि इस संस्था—(विधानमंडल) के अस्तित्व का प्रयोजन संसार के सामने भारत की दीनता और असहायता का प्रदर्शन करना है। यह एक अनुत्तरदायी और स्वेच्छाचारी शासन की तथा दमनकारी सत्ता की प्रतीक बन गई है।

"जनता के प्रतिनिधियों ने बार-बार अपनी राष्ट्रीय मांगों को दोहराया और हर बार उनका अन्त रद्दी की टोकरी में फेंके जाने में हुआ। सदन द्वारा पारित पवित्र प्रस्तावों को वहीं पर निरादरपूर्वक पांवों तले रौंदा गया है। दमनकारी एवं स्वेच्छाचारी कानूनों के निवारण से सम्बन्धित प्रस्तावों की सबसे अधिक अपमानपूर्वक उपेक्षा की गई। निर्वाचित प्रतिनिधियों ने जिन सरकारी कानूनों और प्रस्तावों को अस्वीकार कर दिया, उनको भी सरकारी तंत्र ने कल म के झटके से स्वीकृति प्रदान कर दी।

"संक्षेप में, ईमानदारी के साथ प्रयत्न करने पर भी हमारी समझ में यह नहीं आ रहा है कि एक ऐसी संस्था का अस्तित्व किस प्रकार न्यायसंगत माना जा सकता है, जिसकी शान-शौकत बनाए रखने के लिए भारत के करोड़ों लोगों के गाढ़े पसीने की कमाई व्यय की जाती है। वह एकदम मारहीन और धोखा है।

"साथ ही हम उन नेताओं की मनोवृत्ति के औचित्य को भी नहीं समझ पा रहे हैं जो भारत की इस असहाय पराधीनता के पूर्व-नियोजित प्रदर्शन पर जनता का समय और धन नष्ट कर रहे हैं। हम इस विषय पर तथा ट्रेड डिस्प्यूट विधेयक प्रस्तुत किए जाने के समय श्रमिक आन्दोलन

के नेताओं की व्यापक गिरफ्तारियों पर गम्भीरता से चिन्तन करते रहे हैं और जब इस विषय पर होने वाले विवाद की आंखोंदेखी जानकारी प्राप्त करने के लिए हम असेम्बली में आए तो हमारी यह धारणा और भी पुष्ट हो गई कि भारत के करोड़ों मेहनतकशों को एक ऐसी संस्था से कुछ भी प्राप्त नहीं हो सकता जो शोषकों की दम घोंटने वाली सत्ता और असहाय श्रमिकों की पराधीनता का एक खतरनाक स्मारक-मात्र बनकर रह गई है।

"समूचे देश के प्रतिनिधियों को जिस प्रकार अपमानित किया गया है, तथा देश के करोड़ों भूखे तथा दरिद्र लोगों को जिस प्रकार उनके मौलिक अधिकारों तथा आर्थिक हित के साधनों से वंचित कर दिया गया है. उसे अमानवीय और बर्बर ही कहा जा सकता है।

"कोई भी ऐसा व्यक्ति जिसके हृदय में मूक और पराधीन श्रमिकों की दुर्दशा के प्रति हमारे जैसी सहानुभूति है, इस दृश्य को शान्ति से नहीं देख सकता। जिसके हृदय में उन श्रमिकों के लिए करुणा है, जिन्होंने उन शोषकों के आर्थिक ढांचे के निर्माण के लिए मूक रहकर अपना रक्त बहाया है, जिनकी यह सरकार समर्थक है, वह इस निर्दयी-निर्दलन के फलस्वरूप उठने वाले अपनी आत्मा के क्रन्दन को दबा नहीं सकता। हमने गवर्नर जनरल की कार्यकारी परिषद् के भूतपूर्व विधि-सदस्य स्वर्गीय श्री एस० आर० दास के उन शब्दों से प्रेरणा ग्रहण की है जो उन्होंने अपने पुत्र के नाम एक पत्र में लिखे थे, 'इंग्लैण्ड को उसके दुःस्वप्नों से जगाने के लिए बम का धमाका आवश्यक है। इसीलिए हमने उन लोगों की ओर से प्रतिरोध प्रकट करने के लिए असेम्बली के फर्श पर बम फेंका, जिनके पास अपनी हृदयविदारक व्यथा की अभिव्यक्ति का कोई दूसरा मार्ग नहीं रह गया था। हमारा एकमात्र उद्देश्य यह था कि हम बहरों को अपनी आवाज़ सुनाएं और समय की चेतावनी उन लोगों तक पहुंचाएं जो उसकी उपेक्षा कर रहे हैं।

"दूसरे लोग भी हमारी ही तरह सोच रहे हैं। यद्यपि भारतीय जनता ऊपर से एक शान्त समुद्र की भांति दिखाई दे रही है तथापि भीतर ही भीतर एक भयंकर तूफान उफन रहा है। हमने उन

लोगों को खतरे की चेतावनी दी है जो सामने आने वाली गम्भीर परिस्थितियों की चिन्ता किए बिना आंखें मीचे सरपट दौड़े जा रहे हैं। हमने उस स्वप्रिल अहिंसा की समाप्ति की घोषणा की है जिसकी निरर्थकता के बारे में नई पीढ़ी के मन में किसी प्रकार का सन्देह नहीं बचा है। हमने ईमानदारी, पूर्ण सद्भावना तथा मानव-जाति के प्रति अपने प्रेम के कारण ही उन भयंकर खतरों के विरूद्ध चेतावनी देने के लिए यह मार्ग चुना है, जिसको देश के करोड़ों लोगों की भांति हम भी स्पष्ट रूप से देख रहे हैं।

"हमने ऊपर कल्पना-विलासी (स्वप्रिल) अहिंसा शब्द का प्रयोग किया है। हम उसकी व्याख्या करना चाहते हैं। हमारी दृष्टि में बलप्रयोग उस समय अन्यायपूर्ण होता है, जब वह आक्रामक रीति से किया जाए और यह हमारी दृष्टि में हिंसा है। परन्तु जब शक्ति का उपयोग किसी विशिष्ट उद्देश्य की पूर्ति के लिए किया जाए तो वह नैतिक दृष्टि से न्यायसंगत हो जाता है। बलप्रयोग का पूर्ण बहिष्कार कोरी काल्पनिक भ्रांति है। इस देश में जो एक नया आन्दोलन उठ खड़ा हुआ है और जिसकी पूर्व-सूचना हम दे चुके हैं, वह आन्दोलन गुरु गोविन्दसिंह और शिवाजी, कमालपाशा और रिज़ाखां, वाशिंगटन, गैरीबाल्डी, लाफायेते और लेनिन के कार्यों से प्रेरणा ग्रहण करता है।

"हमें ऐसा लगा कि विदेशी सरकार और भारत के जन-नायकों ने इस आन्दोलन की ओर से आंखें मूंद ली हैं तथा उनके कानों में इसकी आवाज़ नहीं पहुंच रही है। इसलिए हमने ऐसे स्थान पर चेतावनी देने का निश्चय किया जहां हमारी आवाज़ अनसुनी न रह सके।

"हमने अभी तक विचाराधीन घटना के पीछे निहित प्रयोजनों की चर्चा की है। अब हम अपने उद्देश्यों की मर्यादा के बारे में भी कुछ कहना चाहते हैं।

"हमारे मन में उन लोगों के प्रति कोई व्यक्तिगत द्वेष अथवा वैर नहीं था, जिनको इस घटना के दौरान मामूली चोटें आई हैं। इतना ही नहीं, असेम्बली में उपस्थित किसी भी व्यक्ति से हमें कोई शिकायत नहीं थी। हम तो यहां तक कह सकते हैं कि हम

मानवीय जीवन को इतना पवित्र मानते हैं कि शब्दों में उसका वर्णन नहीं किया जा सकता। हम किसीको चोट पहुंचाने के बजाय मानव-जाति की सेवा के लिए अपने प्राण देने को तत्पर हैं। हम साम्राज्यवादी सेनाओं के उन भड़ै त सैनिकों की भांति नहीं हैं जो हत्या करने में रस लेते हैं। इसके विपरीत हम मानव-जीवन की रक्षा का प्रयत्न करेंगे। इसके बावजूद भी हम यह स्वीकार करते हैं कि हमने जानबूझकर असेम्बली भवन में बम फेंके। तथ्य स्वयं प्रमाण हैं। अतः हमारा अनुरोध है कि हमारे प्रयोजनों को हमारे कार्य के परिणाम से आंका जाना चाहिए न कि काल्पनिक परिस्थितियों तथा पूर्व-मान्यताओं के आधार पर।

"सरकारी विशेषज्ञ के बयान के बावजूद सत्य यह है कि हमने असेम्बली भवन में जो बम फेंके, उनसे एक खाली बेंच को मामूली क्षति पहुंची और आधा दरजन से भी कम लोगों को मामूली खरोंचें आईं। सरकार के वैज्ञानिकों ने इसे एक चमत्कार कहा है, परन्तु हमारी दृष्टि में यह पूर्णतया एक वैज्ञानिक प्रक्रिया है। पहली बात तो यह कि दोनों बम डैस्कों और बेंचों के बीच खाली जगह में फटे, दूसरी यह कि जो लोग विस्फोट से केवल दो फुट दूर थे—जैसे श्री राऊ, श्री शंकर राव तथा श्री जार्ज शुस्टर, उन लोगों को या तो बिलकुल चोट नहीं आई या केवल कुछ खरोंचें आईं। यदि बमों के भीतर पोटेशियम क्लोरेट और पिक्रेट के घातक तत्त्व भरे होते तो उन्होंने न केवल अवरोधों को नष्ट कर दिया होता, बल्कि विस्फोट-स्थल से कई गज़ की दूरी पर बैठे बहुत-से लोग आहत हो गए होते। यदि उनके भीतर उससे भी अधिक घातक विस्फोटक तथा विनाशकारी तत्त्व भरे होते तो वे असेम्बली के अधिकांश सदस्यों की जीवन-लीला को समाप्त कर सकते थे। हम यह भी कर सकते थे कि हम उन्हें सरकारी बॉक्स में फेंकते, जहां अनेक महत्त्वपूर्ण लोग बैठे थे। और हम यह भी तो कर सकते थे कि उस समय अफसर दीर्घा में बैठे हुए सर जान साइमन पर चोट करते, जिसके नेतृत्व में बने अभागे कमीशन को देश के सभी विवेकशील लोग घृणा की दृष्टि से देखते हैं, परन्तु हमारा इरादा यह सब करने का नहीं था। बमों का जिस प्रयोजन के लिए निर्माण किया गया था, उन्होंने उससे अधिक

काम नहीं किया। इसमें कोई चमत्कार नहीं था। हमने जान-बूझकर ही यह ध्येय निश्चित किया था कि सभी लोगों का जीवन सुरक्षित रहे।

"इसके पश्चात् हमने अपने काम के परिणाम को भोगने के लिए स्वेच्छा से आत्मसमर्पण कर दिया और साम्राज्यवादी शोषकों को यह बता दिया कि वे व्यक्तियों को कुचल सकते हैं, विचारों की हत्या नहीं कर सकते। दो साधारण इकाइयों को कुचल देने से राष्ट्र नहीं कुचला जा सकता। हम इस ऐतिहासिक निष्कर्ष पर ज़ोर देना चाहते हैं कि फ्रांस में सम्राट के हस्ताक्षर से जारी किए गए गिरफ्तारी के बार एट वास्तील (जेल) की धमकियों और अत्या. चारों के बावजूद क्रांतिकारी आन्दोलन को कुचला नहीं जा सकता। फांसी की रस्सी और साइबेरिया में बिछाई गई सुरंगें रूसी क्रांति की ज्वाला को नहीं बुझा सकी। इसी प्रकार यह भी असम्भव है। कि अध्यादेश और सुरक्षा विधेयक भारतीय स्वाधीनता की लपटों को बुझा सकें। षड्यन्त्रों का भेद खोजने, उनकी ज़ोरदार शब्दों में निन्दा करने तथा महत्तर आदर्शों का स्वप्न देखने वाले सभी नौजवानों को फांसी के तख्ते पर चढ़ा देने से क्रांति की गति अवरुद्ध नहीं की जा सकती। यदि हमारी इस चेतावनी की उपेक्षा नहीं की गई तो यह जीवन की हानि और व्यापक उत्पीड़न को रोकने में सहायक सिद्ध हो सकती है। यह चेतावनी देने का भार हमने स्वयं अपने कन्धों पर लिया था। इसे हमने पूरा कर दिया है।"

निचली अदालत में उनसे पूछा गया था कि क्रांति से वे क्या समझते हैं। उनका उत्तर था, "क्रांति में रक्तपात का अनिवार्य स्थान नहीं है, न उसमें व्यक्तिगत रूप से प्रतिशोध लेने की ही गुंजाइश है। क्रांति बम और पिस्तौल की संस्कृति नहीं है। क्रांति से हमारा मतलब यह है कि अन्याय पर आधारित वर्तमान व्यवस्था में परिवर्तन होना चाहिए। उत्पादक अथवा श्रमिक समाज के अत्यन्त आवश्यक तत्त्व हैं। शोषक लोग उन्हें उनके श्रम के फल और मौलिक अधिकारों से वंचित कर रहे हैं। एक ओर सबके लिए अन्न उगाने वाले कृषक सपरिवार भूखों मर जाते हैं. सारी दुनिया के बाज़ारों में कपड़े की पूर्ति करने वाले बुनकर अपने और अपने बच्चों के शरीर को ढांपने

के लिए पूरे वस्त्र प्राप्त नहीं कर पाते, भवन-निर्माण, लोहारी और बढ़ईगिरी के कामों में लगे लोग शानदार महलों का निर्माण करके भी गन्दी बस्तियों में रहते और मर जाते हैं; दूसरी ओर पूंजीपति, शोषक और समाज पर घुन की तरह जीने वाले लोग अपनी सनक पूरी करने के लिए करोड़ों रुपया पानी की तरह बहा देते हैं। ये भयंकर विषमताएं और विकास के अवसरों की कृत्रिम समानताएं समाज को अराजकता की ओर ले जा रही हैं। यह स्थिति सदा नहीं रह सकती। वर्तमान समाज निश्चित होकर ज्वालामुखी के कगार पर बैठा है। शोषक अबोध बच्चों की तरह एक खतरनाक दरार की ओर बढ़ रहे हैं। यदि सभ्यता के ढांचे को समय रहते नहीं बचाया गया तो वह नष्ट-भ्रष्ट हो जाएगा, अतः क्रांतिकारी परिवर्तन की आवश्यकता है। और जो लोग इस आवश्यकता को अनुभव करते हैं, उनका यह कर्तव्य है कि वे समाज को समाजवादी व्यवस्था के अधार पर पुनर्गठित करें।

"जब तक यह नहीं होगा और एक मनुष्य के द्वारा दूसरे मनुष्य का तथा एक राष्ट्र के द्वारा दूसरे राष्ट्र का शोषण होता रहेगा, दूसरे शब्दों में जिसे साम्राज्यवाद कहा जा सकता है, तब तक उससे उत्पन्न होने वाले भीषण कष्टों और विनाश से मानव-जाति को नहीं बचाया जा सकता। युद्ध रोकने तथा सार्वभौम शान्ति के युग का सूत्रपात करने के बारे में की जाने वाली समस्त चर्चाएं कोरा पाखण्ड मात्र हैं। क्रांति से हमारा मतलब अन्ततः एक ऐसी सामाजिक व्यवस्था की स्थापना करना है, जिसको इस प्रकार के घातक खतरों का सामना न करना पड़े और जिसमें सर्वहारा-वर्ग का वर्चस्व स्वीकार किया जाए। इसका परिणाम यह होगा कि विश्व संघ मानव-जाति को पूंजीवाद के शोषण तथा युद्ध से उत्पन्न होने वाली बरबादी और मुसीबतों से बचा सकेगा।

"यही हमारा उद्देश्य है। इसी आदर्श से प्रेरणा ग्रहण करके हमने एक समुचित और काफी ज़ोरदार चेतावनी दी है। यदि इसकी भी उपेक्षा कर दी जाती है तथा वर्तमान शासन-व्यवस्था के विरुद्ध उठती हुई स्वाभाविक शक्तियों के मार्ग को अवरुद्ध करने का क्रम

जारी रखती है तो एक भीषण संघर्ष उत्पन्न होना निश्चित है। उसके परिणामस्वरूप सारे अवरोव नष्ट हो जाएंगे और सर्वहारा वर्ग का आधिपत्य हो जाएगा। क्रांति के लक्ष्य की उपलब्धि इसी प्रकार होती है। क्रांति मानव-जाति का सहज स्वाभाविक अधिकार है। स्वतन्त्रता सभी मनुष्यों का एक ऐसा जन्मसिद्ध अधिकार है जिसे किसी भी स्थिति में छीना नहीं जा सकता। मज़दूर समाज का वास्तविक आधार है। जनता की प्रभुसत्ता की स्थापना उनका अन्तिम ध्येय है। इन आदर्शों तथा इस आस्था के लिए हम हर प्रकार के कष्टों का स्वागत करेंगे। क्रांति की इस वेदी पर हम अपनी तरुणाई का धूप-दीप प्रज्वलित करने के लिए सन्नद्ध हैं। इस महान ध्येय के लिए कोई भी बलिदान बड़ा नहीं म ना जा सकता। हम धैर्य के साथ क्रांति की प्रतीक्षा करेंगे। इंकलाब जिन्दाबाद।"

यह वक्तव्य समाचारपत्रों में छपा तो देश का ध्यान भगतसिंह पर केन्द्रित हो गया। वह तो चाहते ही यही थे। उनका उद्देश्य जनता तक अपने विचार पहुंचाना था। इसलिए उन्होंने बराबर अदालत को एक मंच के रूप में इस्तेमाल किया। उन्होंने अपने वक्तव्य में अपने विचारों की सैद्धान्तिक विवेचना की है। उसकी पृष्ठभूमि को समझने के लिए विश्व में कुछ समय पूर्व हुई क्रांतियों की याद आना स्वाभाविक है। फ्रांस, अमेरिका और रूस की क्रांतियों के प्रभाव से भारत भी अछूता नहीं रहा। विवेकानन्द के आह्वान के पीछे अमेरिका के प्रजातंत्र की प्रेरणा है तो क्रान्तिकारी रूस के समानता के सिद्धान्त से अनुप्राणित थे। श्री शचीन्द्रनाथ सान्याल ने 'द हिन्दुस्तान रिपब्लिकन एसोसिएशन के उद्देश्य को इस प्रकार स्पष्ट किया था—"सार्वजनिक मताधिकार की नींव पर इस प्रजातन्त्र का संगठन होगा और इसमें उन सब व्यवस्थाओं का अन्त कर दिया जाएगा जिनसे एक मनुष्य के द्वारा दूसरे के शोषण का अवसर मिल सकता है।"

पंजाब में एक और संगठन अस्तित्व में आया था। उसका आधार साम्यवाद होते हुए भी वह शुद्ध सिख-संगठन था, लेकिन इस वक्तव्य ने तत्कालीन क्रान्तिकारियों की चिन्तनधारा को स्पष्ट कर दिया।

बचाव की ओर से वे पूर्णतः निर्लिप्त रहे। उनका उद्देश्य अपने को बचाना नहीं था, बल्कि उद्देश्य के प्रति अपने को होम देना था। 10 जून, 1929 को उनका मुकदमा समाप्त हो गया और 12 जून को सेशन जज ने उन दोनों को आजन्म कारावास का दण्ड सुना दिया। भगतसिंह मियांवाली और दत्त लाहौर सेंट्रल जेल में भेज दिए गए।

लेकिन अभी तो नाटक के कई दृश्य शेष थे। उन्हें बचाव में कोई रुचि नहीं थी, फिर भी हाईकोर्ट में अपील की गई। क्रांतिकारी आन्दोलन को जनता से जोड़ने का यह एक सबल साधन था।

अपील पेश हुई जस्टिस फोर्ड और जस्टिस एडीसन के सामने। हाईकोर्ट में जैसे जीवन जाग उठा। उन्होने यहां जो दूसरा बयान दिया, वह और भी प्रखर तथा महत्त्वपूर्ण था। वे निरे आतंकवादी नहीं थे, बल्कि उनके सामने समाज की संरचना की एक सुस्पष्ट विचारधारा थी। उससे मतभेद हो सकता है, पर उसकी सच्चाई पर शंका नहीं की जा सकती।

उन्होंने कहा:

"माई लार्ड,

"हम न वकील हैं, न अंगरेज़ी के विशेषज्ञ और न हमारे पास डिग्रियां ही हैं, इसलिए हमसे शानदार भाषणों की आशा न की जाए। हमारी प्रार्थना है कि हमारे बयान की भाषा-सम्बन्धी त्रुटियों पर ध्यान न देते हुए उसके वास्तविक अर्थ को समझने का प्रयत्न किया जाए। दूसरे तमाम मुद्दों (प्वाइंट्स) को अपने वकीलों पर छोड़ते हुए मैं स्वयं एक मुद्दे पर अपने विचार प्रकट करूंगा। यह मुद्दा इस मुकदमे में बहुत महत्वपूर्ण है। मुद्दा यह है कि हमारी नीयत क्या थी और हम किस हद तक अपराधी हैं।

"यह बड़ा पेचीदा मामला है, इसलिए कोई व्यक्ति भी आपकी सेवा में विचारों के विकास की वह ऊंचाई प्रस्तुत नहीं कर सकता, जिसके प्रभाव में हम एक खास ढंग से सोचने और व्यवहार करने लगे थे। हम चाहते हैं कि इसे दृष्टि में रखते हुए ही हमारी नीयत और अपराध का अनुमान लगाया जाए। प्रसिद्ध कानून-विशारद सालोमन के अनुसार किसी भी व्यक्ति को, उसके अपराधी उद्देश्यों को जाने बिना

उस समय तब सज़ा नहीं मिलनी चाहिए, जब तक वे कानून-विरोधी आचरण सिद्ध न हों।

"सेशन जज की अदालत में हमने जो लिखित बयान दिया था, वह हमारे उद्देश्य की व्याख्या करता था और इस रूप में हमारी नीयत की व्याख्या करता था, लेकिन सेशन जज महोदय ने कलम की एक ही नोक से यह कहकर कि 'प्रामतौर पर अपराध को व्यवहार में लाने वाली बात कानून के कार्य को प्रभावित नहीं करती और इस देश में कानूनी व्याख्याओं में कभी-कभार उद्देश्य और नीयत की चर्चा होती है—' हमारी सब कोशिशें बेकार कर दीं।

"माई लार्ड, इन परिस्थितियों में सुयोग्य सेशन जज के लिए उचित था कि या तो अपराध का अनुमान परिणाम से लगाते या हमारे बयान की मदद से मनोवैज्ञानिक पहलू का फैसला करते, पर उन्होंने इन दोनों में से एक भी काम न किया।

"पहली बात यह है कि असेम्बली में हमने जो दो बम फेंके, उनसे किसी भी व्यक्ति की शारीरिक या आर्थिक हानि नहीं हुई। इस दृष्टिकोण से जो सज़ा हमें दी गई है वह कठोरतम ही नहीं है, बदला लेने की भावना वाली भी है। यदि दूसरे दृष्टिकोण से देखा जाए, तो जब तक अभियुक्त की मनोभावना का पता न लगाया जाए, उसके असली उद्देश्य का पता ही नहीं चल सकता। यदि उद्देश्य को पूरी तरह भुला दिया जाए, तो किसी भी व्यक्ति के साथ न्याय नहीं हो सकता, क्योंकि उद्देश्य को नजरों में न रखने पर संसार के बड़े-बड़े सेनापति साधारण हत्यारे नज़र आएंगे, सरकारी कर वसूल करने वाले अधिकारी चोर-जालसाज़ दिखाई देंगे और न्यायाधीशों पर भी अमल करने का अभियोग लगेगा। इस तरह तो समाज-व्यवस्था और सभ्यता, खून-खराबा, चोरी और जालसाज़ी बनकर रह जाएगी। यदि उद्देश्य की उपेक्षा की जाए, तो किसी हुकूमत को क्या अधिकार है कि समाज के व्यक्तियों से न्याय करने को कहे? उद्देश्य की उपेक्षा की जाए. तो हर धर्म-प्रचारक झूठ का प्रचारक दिखाई देगा और हरेक पैगम्बर पर अभियोग लगेगा कि उसने करोड़ों भोले और अनजान लोगों को गुमराह किया। यदि उद्देश्य को भुला दिया जाए, तो हज़रत

ईसामसीह गड़बड़ कराने वाले, शान्ति भंग करने वाले और विद्रोह का प्रचार करने वाले दिखाई देंगे और कानून के शब्दों में 'खतरनाक व्यक्तित्व माने जाएंगे।

"लेकिन हम उनकी पूजा करते हैं, उनका हमारे दिलों में बेहद आदर है, उनकी मूर्ति हमारे दिलों में अध्यात्मिकता को स्पन्दन पैदा करती है। यह क्यों? यह इसलिए कि उनके प्रयत्नों का प्रेरक एक ऊंचे दरजे का उद्देश्य था। उस युग के शासकों ने उनके उद्देश्य को नहीं पहचाना, उन्होंने उनके बाहरी व्यवहार को ही देखा, लेकिन उस समय से लेकर इस समय तक उन्नीस शताब्दियां बीत चुकी हैं। क्या हमने तब से लेकर अब तक कोई तरक्की नहीं की? क्या हम ऐसी गलतियां दोहराएंगे? अगर ऐसा हो तो इंसानियत की कुर्बानियां, महान शहीदों के प्रयत्न बेकार रहे और आज भी हम उसी स्थान पर हैं, जहां आज से बीस शताब्दियां पहले थे।

"कानूनी दृष्टि से उद्देश्य का प्रश्न खास महत्व रखता है। जनरल डायर का उदाहरण लीजिए, उन्होंने गोली चलाई और सैकड़ों निरपराध और शस्त्रहीन व्यक्तियों को मार डाला, लेकिन फौजी अदालत ने उन्हें गोली का निशाना बनाने के हुक्म की जगह लाखों रुपये इनाम दिए। एक और उदाहरण पर ध्यान दीजिए—श्री खड्गबहादुर सिंह ने, जो एक नौजवान गोरखा है, कलकत्ता में एक अमीर मारवाड़ी को छुरे से मार डाला। यदि उद्देश्य को एक तरफ रख दिया जाए, तो खड्गसिंह को मौत की सज़ा मिलनी चाहिए। थी, लेकिन उसे कुछ वर्षों की सज़ा दी गई और अवधि से बहुत पहले ही मुक्त कर दिया गया। क्या कानून में कोई दरार रखनी थी जो उसे मौत की सज़ा दी गई? या उसके विरुद्ध हत्या का अभियोग सिद्ध न हुंआ? उसने हमारी ही तरह अपना अपराध स्वीकार किया था, लेकिन उसका जीवन बच गया और वह स्वतंत्र है। मैं पूछता हूं, उसे फांसी की सज़ा क्यों न दी गई?उसका कार्य नपा-तुला था। उसने पेचीदा ढंग की तैयारी की थी। उद्देश्य की दृष्टि से उसका कार्य (ऐक्शन) हमारे कार्य की अपेक्षा ज़्यादा घातक और संगीन था। उसे इसलिए बहुत ही नर्म सज़ा मिली, क्योंकि उसका मक्सद नेक

था। उसने समाज को एक ऐसी जोंक से छुटकारा दिलाया, जिसने कई एक सुन्दर लड़कियों का खून चूस लिया था। श्री खड्गसिंह को महज़ कानून की प्रतिष्ठा बचाए रखने के लिए कुछ वर्षों की सज़ा दी गई। यह इस सिद्धान्त की अवहेलना है कि—'कानून आदमियों के लिए है, आदमी कानून के लिए नहीं है।' इस स्थिति में क्या कारण है कि हमें भी वे रियायतें न दी। जाएं, जो श्री खड्गबहादुर को मिली थीं, क्योंकि उसे नर्म सज़ा देते समय उसका उद्देश्य दृष्टि में रखा गया था, अन्यथा कोई भी व्यक्ति जो किसी दूसरे को कत्ल करता है, फांसी की सज़ा से नहीं बच सकता। क्या इसलिए हमें आम कानूनी अधिकार नहीं मिल रहा कि हमारा कार्य हुकूमत के विरुद्ध था या इसलिए कि इस कार्य का राजनीतिक महत्त्व है।

"माई लार्ड, मुझे यह कहने की आज्ञा दी जाए कि जो हुकूमत इन कमीनी हरकतों का सहारा लेती है, जो हुकूमत व्यक्ति के कुदरती अधिकार छीनती है तो उसे बने रहने का हक नहीं। अगर वह कायम है तो आराज़ी तौर पर और हज़ारों बेगुनाहों का खून उसकी गरदन पर है। यदि कानून उद्देश्य नहीं देखता, तो न्याय नहीं हो सकता और न ही स्थायी शान्ति स्थापित हो सकती है।

"आटे में संखिया (ज़हर) मिलाना जुर्म नहीं, बशर्ते कि इसका उद्देश्य चूहों को मारना हो, लेकिन यदि उससे किसी आदमी को मार दिया जाए, तो वह कत्ल का अपराध बन जाता है। लिहाजा ऐसे कानूनों पर, जो युक्ति (दलील) पर आधारित नहीं और न्याय के सिद्धान्त के विरुद्ध हैं, उन्हें समाप्त कर देना चाहिए। ऐसे ही न्याय-विरोधी कानूनों के विरुद्ध बड़े-बड़े श्रेष्ठ बुद्धिजीवियों ने विद्रोह किया है।

"हमारे मुकदमे के तथ्य बिलकुल सरल हैं। 8 अप्रैल, 1929 को हमने सेंट्रल असेम्बली में दो बम फेंके। उनके धमाके से चन्द लोगों को खरोंचें आईं। चैम्बर में हंगामा हुआ, सैकड़ों दर्शक और सदस्य बाहर निकल गए। कुछ देर बाद खामोशी छा गई। मैं और साथी बी० के ० दत्त खामोशी के साथ दर्शक-गैलरी में बैठे रहे और हमने स्वयं अपने को गिरफ्तारी के लिए प्रस्तुत किया। हमें गिरफ्तार कर लिया गया। अभियोग लगाए गए और हत्या करने के अपराध

में सज़ा दी गई। सेशन जज ने स्वीकार किया कि यदि हम भागना चाहते तो भाग सकते थे। हमने अपना अपराध स्वीकार किया और अपनी स्थिति स्पष्ट करने के लिए बयान दिया। हमें सज़ा का भय नहीं है, लेकिन हम यह नहीं चाहते कि हमें गलत समझा जाए। हमारे बयान से कुछ पैराग्राफ काट दिए गए हैं। यह वास्तविक स्थिति की दृष्टि से हानिकारक है।

"समग्र रूप से हमारे वक्तव्य के अध्ययन से साफ प्रकट होता है। कि हमारे दृष्टिकोण से हमारा देश एक नाज़ुक दौर से गुज़र रहा है। इस दशा में काफी ऊंची आवाज़ में चेतावनी देने की ज़रूरत थी और हमने अपने विचारों के अनुसार चेतावनी दी है। सम्भव है कि हम गलती पर हों, हमारा सोचने का ढंग जज महोदय के सोचने के ढंग से भिन्न हो, लेकिन इसका अर्थ यह नहीं कि हमें अपने विचार प्रकट करने की इजाज़त न दी जाए और गलत बातें हमारे साथ जोड़ी जाएं।

"'इंकलाब ज़िन्दाबाद' और 'साम्राज्यवाद मुरदाबाद' के संबंध में हमने जो व्याख्या अपने बयान में दी है, उसे उड़ा दिया गया है, हालांकि यह हमारे उद्देश्य का खास भाग है। 'इंकलाब ज़िन्दाबाद से हमारा वह उद्देश्य नहीं था जो आम तौर पर गलत अर्थ में समझा जाता है। पिस्तौल और बम इंकलाब नहीं लाते, बल्कि इंकलाब की तलवार विचारों की सान पर तेज़ होती है और यही चीज़ थी जिसे हम प्रकट करना चाहते थे। हमारे इंकलाब का अर्थ पूंजीवाद और पूंजीवादी युद्धों की मुसीबतों का अन्त करना है। मुख्य उद्देश्य और उसे प्राप्त करने की प्रक्रिया को समझे बिना किसीके सम्बन्ध में निर्णय देना उचित नहीं है। गलत बातें हमारे साथ जोड़ना साफ-साफ अन्याय है।

"यह चेतावनी देना बहुत आवश्यक था। बेचैनी रोज़-रोज़ बढ़ रही है। यदि उचित इलाज न किया गया, तो रोग खतरनाक रूप ले लेगा। कोई भी मानवीय शक्ति इसकी रोकथाम न कर सकेगी। अब हमने इस तूफान का रुख बदलने के लिए यह कार्यवाही की है। हम इतिहास के गम्भीर अध्येता हैं। हमारा विश्वास है कि यदि सत्ताधारी शक्तियां ठीक समय पर सही कार्यवाही करतीं, तो फ्रांस

और रूस की खूनी क्रांतियां न होतीं। दुनिया की कई बड़ी-बड़ी हुकूमते विचारों के तूफान को रोकते हुए खून-खराबी के वातावरण में डूब गई। सत्ताधारी लोग परिस्थितियों के प्रवाह को बदल सकते हैं। हम चेतावनी देना चाहते थे। यदि हम कुछ व्यक्तियों की हत्या करने के इच्छुक होते, तो हम अपने मुख्य उद्देश्य में असफल हो जाते।

"माई लार्ड, इस नीयत (भावना) और उद्देश्य को दृष्टि में रखते हुए हमने कार्यवाही की और इस कार्यवाही के परिणाम हमारे बयान का समर्थन करते हैं। एक और नुक्ता (प्वाइंट) स्पष्ट करना आवश्यक है। यदि हमें बमों की ताकत के सम्बन्ध में कोई ज्ञान न होता, तो हम पंडित मोतीलाल नेहरू, श्री जयकर, श्री जिन्ना जैसे सम्माननीय राष्ट्रीय व्यक्तित्वों की उपस्थिति में क्यों बम फेंकते? हम नेताओं के जीवन को किस तरह खतरे में डाल सकते थे? हम पागल तो नहीं हैं और अगर पागल होते, तो जेल में बन्द करने के बजाय हमें पागलखाने में बन्द किया जाता। बमों के सम्बन्ध में हमें निश्चित जानकारी थी। उसी के कारण ऐसा साहस किया। जिन बेंचों पर लोग बैठे थे, उनपर बम फेंकना निहायत मुश्किल काम था। अगर बम फेंकने वाले सही दिमाग के न होते तो बम खाली जगह की बजाय बेंचों पर गिरते। मैं तो कहूंगा कि खाली जगह के चुनाव के लिए जो हिम्मत हमने दिखाई, उसके लिए हमें इनाम मिलना चाहिए। इन हालतों में माईलार्ड, हम सोचते हैं, हमें ठीक तरह समझा नहीं गया। आपकी सेवा में हम सज़ाओं की कमी कराने नहीं आए बल्कि अपनी स्थिति स्पष्ट करने के लिए आए हैं। हम तो चाहते हैं कि न तो हमसे अनुचित व्यवहार किया जाए और न ही हमारे सम्बन्ध में अनुचित राय दी जाए। सज़ा का सवाल हमारे लिए गौण है।"

इतिहास में जो बयान युग-युग तक स्मरण किए जाएंगे उनमें इस बयान का अपना अलग व्यक्तित्व है। वह व्यक्तित्व सम्बद्ध है। भगतसिंह से और उनके उस स्वप्न से जो उन्होंने भावी भारत की तसवीर बनाते समय देखा था। लेकिन यह गुलाम देश के निवासी का स्वप्न था, इसलिए गोरे न्यायाधीशों ने उसे स्वीकार नहीं किया। उन्होंने

सेशन जज के निर्णय को ही मान्य किया। 13 जनवरी, 1930 को उन दोनों की अपील रद्द कर दी गई।

फिर भी न्यायमूति एफ० फोर्ड ने अपने निर्णय में इन लोगों के बारे में जो कुछ लिखा वह बहुत ही महत्त्वपूर्ण है। अपने विरोधी की इससे अधिक प्रशंसा कोई क्या करेगा ! उन्होंने लिखा है, "यह कहना कोई गलती न होगी कि ये लोग दिल की गहराई और पूरे अवेग के साथ वर्तमान समाज के ढांचे को बदलने की इच्छा से प्रेरित थे। भगतसिंह एक ईमानदार और सच्चे क्रांतिकारी हैं। मुझे यह कहने में कोई झिझक नहीं है कि वे इस स्वप्न को लेकर पूरी सच्चाई से खड़े हैं कि दुनिया का सुधार वर्तमान सामाजिक ढांचे को तोड़कर ही हो सकता है। वे कानून के ढांचे की जगह मनुष्य की स्वतन्त्र इच्छा को स्थापित करना चाहते हैं। अराजकतावादियों की सदा यही मान्यता रही हैं, परन्तु जो अपराध इन्होंने और इनके साथी ने किया है, उसकी यह कोई सफाई नहीं है।

"इसपर टिप्पणी करने की कोई आवश्यकता नहीं।"

2

भगतसिंह ने इन दिनों एक और ऐसा काम किया जिसके कारण देश और विदेश में उनका नाम ऊपर आ गया। उस समय राजनैतिक बंदियों के साथ बहुत बुरा व्यवहार किया जाता था, विशेषकर गोरे अपराधियों से तुलना करने पर तो उसे दुर्व्यवहार की ही संज्ञा दी जा सकती है। कभी-कभी तो यह दुर्व्यवहार नरक की यातना की सीमा को भी पार कर जाता था। न जाने कितने बंदी इन यातनाओं को न सहकर दिवंगत हो गए, कितनों का ही शेष जीवन उसकी कड़वी याद से, मानसिक और शारीरिक दोनों रूप से, जर्जरित हो उठा।

समय-समय पर इस यातना के विरुद्ध आवाज़ उठाई गई। काकोरी केस के अभियुक्तों ने इस प्रश्न को लेकर अनशन भी किया था। उन्हें गोरों के समान कुछ सुविधाएं भी मिली थीं, पर वे तभी तक मिलीं जब तक उन्हें सज़ा न हो गई। उसके बाद वह विशेष

व्यवहार समाप्त हो गया।

भगतसिंह और दत्त के साथ दिल्ली जेल में तो बहुत अच्छा व्यवहार किया गया, पर फिर भी उन्होंने भूख-हड़ताल करने का निश्चय किया, क्योंकि प्रश्न केवल उन दोनों का नहीं था, सिद्धान्त का था। सन् 1927 में दशहरा बम केस में भगतसिंह लाहौर किले में रखे गए थे। वहां उन्हें जो यातनाएं दी गई थीं वे उन्हें याद थीं —निरन्तर जिरह और प्रश्न, सोने न देना, घण्टों खड़े रहने को विवश करना, सबसे बढ़कर तारकोल से भरा तोबरा मुंह पर बांधकर नीचे से सेंकना। उस गरम सांस से शरीर और मन की क्या अवस्था होती थी, उसे शब्द देना व्यर्थ है। जलियांवाला काण्ड व अण्डेमान की कहानियां उन्होंने पढ़ी थीं। बराबर एक तसवीर उनके मानस पर उभरती आ रही थी। आखिर उन्होंने निश्चय किया कि इस अन्याय का विरोध प्राणों की बाज़ी लगाकर ही किया जा सकता है और किया जाना चाहिए।

श्री दत्त के शब्दों में, "12 जून, 1929 को हम दोनों को असेम्बली बमकाण्ड में आजीवन कारावास का दण्ड सुनाया गया। हम दोनों को दिल्ली से एक ही ट्रेन के अलग-अलग डिब्बों में ले जाया गया, मुझे लाहौर जेल में और भगतसिंह को मियांवाली जेल में रखा गया। रास्ते में अंग्रेज़ सार्जेण्ट हमपर बहुत प्रसन्न रहा और लाहौर पहुंचने से कुछ स्टेशन पहले ही वह सरदार को मेरे डिब्बे में ले आया। मुझे इसकी तनिक भी आशा न थी। हम दोनों मिले तो भगतसिंह ने मुझे फिर यह बात याद दिलाई कि हमें जेल पहुंचते ही भूख-हड़ताल प्रारम्भ कर देनी है। इस प्रकार 14 जून, 1929 से हमारी भूख-हड़ताल आरम्भ हो गई और अक्तूबर के प्रथम सप्ताह तक चली।"[1]

लगभग चार महीने के इस तप की कहानी बड़ी मार्मिक है। इसी बीच में लाहौर षड्यन्त्र केस प्रारम्भ हो चुका था। 10 जुलाई, 1929 को सभी क्रांतिकारी कैदी अदालत में मिले। उनकी बड़ी इच्छा थी कि वे भी भगतसिंह और दत्त की सहानुभूति में भूख-हड़ताल कर दें, पर यतीन्द्रनाथ दास ने उन्हें चेतावनी दी कि एक माने में यह

1. युगदृष्टा भगतसिंह, पृष्ठ 200-1

रिवाल्वर और पिस्तौल की लड़ाई से कहीं अधिक कठिन है। अनशन के द्वारा तिल-तिल करके अपने-आपको खपाकर इंच-इंच मौत की ओर सरकने की अपेक्षा पुलिस की गोली का शिकार होकर या फांसी पर लटक मर जाना आसान है... एक बार अनशन के मैदान में उतरकर पीछे हटना क्रांतिकारियों की प्रतिष्ठा को नीचे गिराना होगा। इस स्थिति में संघर्ष में कूदकर पीछे हटने की अपेक्षा प्रारम्भ से ही इसमें शरीक न होना बेहतर है।

इस अन्तर्मंथन में तीन दिन लगे और 13 जुलाई को वे सब भी अनशन करके इस ऐतिहासिक संघर्ष में शामिल हो गए। 10जुलाई को जब भगतसिंह और दत्त स्ट्रेचर पर अदालत में लाए गए तो दर्शक भी 'हा', 'हा' कर उठे थे। श्रीमती वीरेन्द्र सिन्धु[1] के अनुसार उनके बोर्स्टल जेल के साथियों ने तो अनशन करने की घोषणा अदालत में ही कर दी थी।

उनकी मांगें क्या थीं, यह 14 जुलाई, 1929 के उस पत्र से स्पष्ट हो जाता है जो उन्होंने भारत सरकार के गृह-सदस्य को लिखा था। वे आठ मांगे थीं:

1. राजनैतिक कैदी होने के नाते हमें अच्छा खाना दिया जाना चाहिए, इसलिए हमारे भोजन का स्तर यूरोपियन कैदियों जैसा होना चाहिए। हम उसी तरह की खुराक की मांग नहीं करते, बल्कि खुराक का स्तर वैसा चाहते हैं।

2. हमें मशक्कत के नाम पर जेलों में सम्मानहीन काम करने के लिए बाध्य नहीं किया जाना चाहिए।

3. बिना किसी रोकटोक के पूर्व-स्वीकृत (जिन्हें जेल-अधिकारी स्वीकृत कर ले) पुस्तकें और लिखने का सामान लेने की सुविधा मिलनी चाहिए।

4. कम से कम एक दैनिक पत्र हरेक राजनैतिक कैदी को मिलना चाहिए।

5. हरेक जेल में राजनैतिक कैदियों का एक विशेष वार्ड होना चाहिए, जिसमें उन सभी आवश्यकताओं की पूर्ति की सुविधा होनी चाहिए जो यूरोपियनों के लिए होती है। और एक जेल में रहने वाले

---

1. युगदृष्टा भगतसिंह, पृष्ठ 202

सभी राजनैतिक कैदी उस वार्ड में इकट्ठे रहने चाहिए।

6. स्नान के लिए सुविधाएं मिलनी चाहिए।

7. अच्छे कपड़े मिलने चाहिए।

8. यू० पी० जेल सुधार कमेटी में श्री जगतनारायण और खानबहादुर हाफिज़ हिदायत हुसैन की इस सिफारिश का कि राजनैतिक कैदियों के साथ अच्छी क्लास के कैदियों जैसा व्यवहार होना चाहिए, हमपर भी लागू किया जाए।

यह प्रार्थना-पत्र भेजने के दूसरे दिन और भूख-हड़ताल शुरू होने के एक माह बाद पंजाब सरकार ने स्वास्थ्य की दृष्टि से भोजन में कुछ सुधार किए, पर वे इस योग्य भी नहीं थे कि उनपर विचार किया जाता। बाद में जब 'स्वास्थ्य की दृष्टि' वाली बात हटा ली गई तब भगतसिंह ने कहा, "ये सुधार सरकारी गजट में छपें और सब राजनैतिक कैदियों के लिए स्थायी रूप से हों तो हम इनपर विचार करेंगे।"

यह भूख-हड़ताल सरकार के लिए प्रतिष्ठा का प्रश्न बन गई थी। क्या-क्या चाले उसने चलीं, कैसे-कैसे हथकण्डे उसने अपनाए। बरबस नली से दूध पिलाना तो साधारण बात थी। उससे बचने के लिए ये लोग क्या करते थे, सोचकर रोमांच हो आता है। किशोरीलाल ने तेज़ गरम पानी से अपना गला जलाकर लाल मिर्च खा ली थी। ऐसा करने से गला इतना खराब हो गया कि नली डालते ही खांसी का दौरा पड़ जाता था। नली न निकालें तो मृत्यु का डर था। श्री अजय घोष को जैसे ही डाक्टर दूध पिलाकर हटते वे दो मक्खियां निगल लेते। सारा दूध बाहर आ जाता।

तपस्वियों का तप भंग करने के लिए इन्द्र क्या-क्या करते थे, यह हमने पुराणों में पढ़ा है। गोरी सरकार कैसे पीछे रहती ! उसने पानी के घड़ों में दूध भरवा दिया। पीना ही तो है, न सही पानी, दूध सही, लेकिन अनशनकारी भी कैसे अहसानफरामोश थे कि वे घड़ों को फोड़ देते और पानी बिना रह जाते। अन्त में सरकार झुकी और घड़ों में पानी भरा जाने लगा। लेकिन प्रलोभन का कोई अन्त थोड़े ही था। दूध नहीं पीते तो फल और मिठाई तो खा ही सकते हैं। सब सामान उनकी कोठरियों में रखवा देते और हट जाते। उसकी सुगन्ध

उन्हें मोह लेगी और वे व्रत तोड़ देंगे।

लेकिन सरकार डाल-डाल तो क्रांतिकारी पात-पात। कर्मचारी हटते और खाना बाहर फेंक दिया जाता। न रहेगा बांस, न बजेगी बांसुरी। उनमें एक ऐसा भी था जो किसी बात की चिन्ता ही नहीं करता था। वह था यतीन्द्रनाथ दास। सुना है, उन्होंने न कभी खाना फेंका, न उसकी ओर देखा ही। उनकी हालत बहुत अच्छी नहीं थी। इस अनशन को लेकर समूचा देश आंदोलित हो रहा था। क्रांतिकारियों के परम मित्र गणेश शंकर विद्यार्थी लाहौर आए, पर वे भूख-हड़ताल नहीं तुड़वा सके। अगस्त के प्रारम्भ में मोतीलाल नेहरू ने वक्तव्य दिया, "भगतसिंह, दत्त आदि के अनशन का आज बावनवां दिन है। वे और उनके साथी यह व्रत अपने लिए नहीं कर रहे हैं। विद्यार्थीजी ने अपनी आंखों से लाहौर षड्यन्त्र के अभियुक्तों के शरीर पर चोटों के निशान देखें हैं, जो उन्हें बलात्पान कराते समय बने।"

जवाहरलाल नेहरू भी उनसे मिलने आए। उन्होंने उस भेंट की चर्चा करते हुए कहा, "यतीन्द्रनाथ दास की हालत बहुत खराब हो गई है। वह बहुत दुर्बल हो गए हैं, करवट तक नहीं ले पाते। वे बहुत धीरे-धीरे बोलते हैं। यथार्थ में वे रोज़ मौत की ओर बढ़ रहे हैं। मुझे इन असाधारण वीरों के कष्टों को देखकर बड़ा दुख हुआ। वे प्राणों की बाज़ी लगाकर इस लड़ाई में शामिल हुए हैं। वे राजनीतिक कैदियों को राजनीतिक कैदियों का सा व्यवहार दिलाना चाहते हैं। मुझे पूरीआशा है कि उनका यह आत्मोत्सर्ग सफल होगा।"

यतीन्द्रनाथ की अवस्था बराबर बिगड़ रही थी। 28 जुलाई को स्थिति इतनी चिन्तातुर हो उठी कि भगतसिंह ने बोर्स्टल जेल में सन्देश भेजा कि वहां के सभी अभियुक्त अनशन तोड़ दें। केवल मैं और दत्त ही यह लड़ाई लड़ेगे; परन्तु यह सम्भव न हो सका। हो ही नहीं सकता था। भगतसिंह भी जानते थे; पर वे किसी भी तरह यतीन्द्रनाथ के प्राण बचाना चाहते थे। जब जेल के अधिकारी यतीन्द्रनाथ को एनिमा लेने को भी राज़ी न कर पाए तो उन्होंने फिर भगतसिंह की शरण ली। गवर्नर की आज्ञा से वे उन्हें बोस्टेल जेल में ले आए। उनके आग्रह पर दास एनिमा लेने को तैयार हो गए।

एक अधिकारी के इसका कारण पूछने पर यतीन्द्र ने कहा, "आप नहीं जानते, भगतसिंह एक वीर पुरुष हैं। मैं उनके शब्दों का असम्मान नहीं कर सकता।"

इससे स्पष्ट हो जाता है कि अपने दल में भगतसिंह की स्थिति क्या थी। एक ओर ये प्रयत्न हो रहे थे, दूसरी ओर जनमत के उमड़ते तूफान से घबराकर सरकार ने जेल जांच कमेटी की स्थापना की। इससे पूर्व भी वह अनेक विज्ञप्तियां निकालती रही थी, परन्तु उनमें तत्त्व की बात कम, धमकी अधिक रहती थी। जांच कमेटी के सदस्य जेल जाकर भगतसिंह से मिले। उस समय उनका मुख्य उद्देश्य यतीन्द्रनाथ दास को बचाना था जो तिल-तिल कर मृत्यु की ओर बढ़ रहे थे। उनकी सहानुभूति में देश की दूसरी जेलों में भूख-हड़ताल हो रही थी। वातावरण में तनाव था। उन्होंने सुझाव रखा कि यदि सब लोग अनशन समाप्त कर दें तो सरकार यतीन्द्रनाथ को छोड़ देगी।

भगतसिंह निरे सिद्धांतवादी नहीं थे मानव भी थे। उन्हें लगा, एक साथी के प्राण बचाने के लिए समझौता कर लेना उचित होगा। वे और उनके साथी तैयार हो गए। 2 सितम्बर को उन लोगों ने अनशन भंग कर भी दिया, पर जिसके लिए यह सब हुआ वह तो प्राणों को विसर्जन करने का निर्णय ले चुका था। उनकी अवस्था इतनी खराब हो चुकी थी कि रक्त का दौरा केवल हृदय के आसपास ही हो रहा था। शेष अंग निर्जीव हो चुके थे। परन्तु फिर भी उन्होंने ज़मानत पर रिहा होने से इंकार कर दिया। उनके सम्बन्धी भी जमानत देने के लिए आगे नहीं आए। तब सरकार ने एक चाल चली। किन्हीं दो सज्जनों ने अदालत में जाकर श्री दास के लिए मुचलका दाखिल कर दिया। उसपर भी दास ने इन्कार कर दिया। स्वीकार करने का प्रश्न ही नहीं था।

जिस उद्देश्य के लिए भूख-हड़ताल तोड़ी गई थी वह पूरी नहीं हुआ तो सभीने 4 सितम्बर को फिर से अनशन आरम्भ कर दिया। 2 सितम्बर को भगतसिंह और दत्त के अनशन का 81वां दिन था और दूसरे साथियों का 53वां दिन।

इस बीच मुकदमे की सुनवाई बराबर हो रही थी। संघर्ष भी होता

था। बीच-बीच में मुकदमा स्थगित भी हो जाता था। भगतसिंह ने अदालत के मंच को अपने विचारों के प्रचार का साधन बनाने का जो निर्णय लिया था वह रंग ला रहा था। समूचे देश का ध्यान उनपर केन्द्रित हो गया था। अनशन के दूसरे दौर में स्थिति जटिल से जटिलतर हो रही थी। यतीन्द्रनाथ दास को बचाने के सारे प्रयत्न विफल हो रहे थे। मृत्यु पास और बहुत पास आ रही थी। देश अवाक् था, वातावरण स्तब्ध। 13 सितम्बर, 1926 को एक बजकर पांच मिनट पर यतीन्द्रनाथ दास इतिहास की सम्पत्ति बन गए।

उस दिन पाषाणहृदय मनुष्य की आंखें भी भीग आई थीं। दल के दल लोग, जिनमें सरकारी, गैर-सरकारी, राजनीतिज्ञ और धर्मप्राण सभी वर्ग और सभी जातियों के लोग थे, सड़कों पर इकट्ठे होकर यही चर्चा करते दिखाई देते थे। दास की कलकत्ता-यात्रा तो उन कुछ इतिहास-प्रसिद्ध यात्राओं में थी जिन्होंने मानव-मन को एकसाथ ज्वाला और जल से सिंचित किया था।

पूर्ण यतीन्द्र यतीन्द्रनाथ के गुन गुन कर गुणगान
तड़प उठते नहीं किसके प्राण।
न हो उठता है पागल कौन,
देखकर बटुक भगत की शान।

दास चले गए, परन्तु भगतसिंह और उनके शेष साथी अनशन करते रहे। ऐसी हालत में भी वे मूंज के सख्त पट्टे पर लेटे रहते। बड़ी कठिनता से डाक्टर उनको स्वास्थ्य के नाम पर दरी दिलाने में सफल हो सके।

भगतसिंह चक्रव्यूह-निर्माणकला में कितने दक्ष हो गए थे, उसका एक उदाहरण देना पर्याप्त होगा। उन्होंने सरकार को भेजने के लिए एक प्रार्थना-पत्र तैयार किया था, परन्तु जेल-अधीक्षक ने उसे नहीं भेजा। उसकी राय में उसमें कुछ आपत्तिजनक पंक्तियां थीं। भगतसिंह उन्हें निकालने को तैयार नहीं थे। पत्र नहीं गया, परन्तु दूसरे दिन सवेरे ही वह अक्षरशः दैनिक ट्रिब्यून में छपा हुआ था।

उन लोगों के साथ सरकार किस तरह बलप्रयोग करती थी और

वे कैसे प्रतिकार करते थे, इस सम्बन्ध में श्री शिव वर्मा ने एक घटना का उल्लेख किया है, "डाक्टर हमें ज़बर्दस्ती दूध पिलाना चाहता था, लेकिन एक-एक को काबू में करने का काम था जेल-अधिकारियों का। जेल का बड़ा दारोगा बारह पन्द्रह तगड़े सिपाही और कैदी लिए एक-एक को कोठरियों से अस्पताल पहुंचाने में व्यस्त था। उसने सुखदेव की कोठरी खुलवाई। खुलते ही सुखदेव तीर की तरह निकल भागा। दस दिन के अनशन के बाद भी उसने ऐसी दौड़ लगाई कि अधिकारी परेशान हो गए... बड़ी कठिनाई से जब वह काबू अआया तो मारपीट शुरू कर दी... इन सब बातों से दारोगा बेहद चिढ़ गया था। डाक्टर के पास ले जाने से पहले उसने सुखदेव की खूब मरम्मत करवाई। वह मार खाता रहा और दारोगा की ओर देखकर उपेक्षा के भाव से मुस्कराता रहा... दारोगा और भी चिढ़ गया। जो कैदी उसकी टांग पकड़े हुए था, उसके बिलकुल पास आकर, हंटर से धमकाते हुए, दारोगा ने उसे ठीक से पकड़ने का आदेश दिया... 'सुखदेव ने ज़ोर से झटका दिया और एक टांग छुड़ा ली और उससे दारोगा के सीने पर इतने ज़ोर का धक्का दिया कि बेचारा दो कदम पीछे जा गिरा। देखने वालों का विचार था कि इसके बाद सुखदेव पर बेहद मार पड़ेगी, लेकिन दारोगा झेप मिटाने के लिए ठीक तरह से ले जाने का आदेश देकर वहां से चला गया। सुखदेव नफरतभरी निगाह से मुस्कराता रहा।"[1]

यतीन्द्रनाथ दास की शहादत के बाद सरकार और नेता सभी भूख-हड़ताल की समाप्ति के लिए कृतसंकल्प हो उठे। जांच कमेटी ने भी अपनी सिफारिशें सरकार को दे दी थीं। वे अब सार्वजनिक हो चुकी थीं। सबकी दृष्टि अब भगतसिंह पर थी। उन्होंने देखा कि जो कुछ वह चाहते थे, बहुत कुछ प्राप्त हो रहा है। अब अड़ना किसीके हित में न होगा। इसलिए वे भूख-हड़ताल तोड़ने को तैयार हो गए। उनकी एक शर्त थी, "हम सबको एकसाथ ऐसा करने का अवसर मिलना चाहिए।"

अधिकारी प्रसन्न हो उठे। उन्होंने जैसे मुक्ति की सांस ली। सब साथी एक स्थान पर इकट्ठे हुए। फलों के रस के गिलास तैयार किए

1. यश की धरोहर, पृष्ठ 162

गए, पर भगतसिंह ने अपने लिए मांगा दाल और फुल का। ऐसा करना स्वास्थ्य के नियमों के विरुद्ध था, पर भगतसिंह तो भगतसिंह थे। उनके लिए अन्ततः दाल, फुलका और चावल का प्रबन्ध किया गया।

अन्तिम क्षण में प्रश्न उठा, पहले कौन अनशन तोड़े। भगतसिंह चाहते थे, उनके साथी पहल करें। साथी कहते थे, "नेता तुम हो, तुम ही शुरू करो।"

जेल के अधिकारी सोचते होंगे, किस धातु के बने हैं ये दीवाने। पर वह शक्ति धातु से नहीं, उत्सर्ग की भावना से प्राप्त होती है। डाक्टर ने सुझाव दिया कि नेता होने के नाते भगतसिंह पहल करें, भले ही वह प्रतीक रूप में हो।

और तब 114वें दिन 5 अक्तूबर, 1929 को भगतसिंह ने अन्न ग्रहण करके अनशन समाप्त कर दिया। देश के मन पर जो असह्य बोझ था वह कैसे उतर गया ! चारों ओर हर्ष की लहर दौड़ गई। लेकिन वह हर्ष यतीन्द्रनाथ दास की याद से भीग आया था।

3

क्रान्तिकारी आन्दोलन के इतिहास में लाहौर षड्यंत्र केस का स्थान कई दृष्टियों से बहुत महत्त्वपूर्ण है। विभिन्न स्थानों पर छापे मारकर पुलिस ने जिन क्रांतिकारियों को गिरफ्तार किया उनमें थे—1. सुखदेव, 2. किशोरीलाल, 3. शिव वर्मा, 4. गयाप्रसाद, 5.यतीन्द्रनाथ दास, 6. जयदेव कपूर, 7. कमलनाथ तिवारी, 6. जितेन्द्रनाथ सान्याल, 6. आशाराम, 10. देसराज, 11. प्रेमदत्त, 12.महावीरसिंह, 13. सुरेन्द्र पाण्डेय, 14. अजय घोष, 15. विजयकुमार सिन्हा, 16. राजगुरु और 17. कुन्दनलाल।

भगतसिंह और बटुकेश्वर दत्त तो असेम्बली में बम फेंकने के अपराध में सज़ा पा ही चुके थे, लेकिन बाद में सरकार ने बटुकेश्वर, दत्त को मुकदमे से अलग कर दिया और 18 अभियुक्तों पर ही मुकदमा चलाया। इनके अतिरिक्त सात क्रांतिकारी मुखबिर बन गए थे-1. जयगोपाल, 2. हंसराज बोहरा, 3. ललितकुमार मुखर्जी, 4.

फणीन्द्रनाथ घोष, 5. मनमोहन मुखर्जी, 6. रामशरणदास, 7. ब्रह्मदत्त। इनमें से रामशरणदास और ब्रह्मदत्त बाद में बदल गए। उन्होंने कोई रहस्य नहीं खोला। बस कुछ साधारण बातें ही बताईं उन्होंने।

भगतसिंह ने जैसा कि वह पहले सोच चुके थे, इस मुकदमे का पूरा लाभ उठाने का निश्चय किया। वे अपनी कार्य-प्रणाली और अपने दल के उद्देश्यों से जनता को परिचित करना चाहते थे। चाहते थे कि उनका आन्दोलन चन्द देश-दीवानों का आन्दोलन न रहकर जनता का अन्दोलन बने। इस कार्य के लिए उन्होंने एक समति का गठन किया था। उसके सदस्य थे—1. वे स्वयं, 2. सुखदेव, 3. विजयकुमार सिन्हा।

वस्तुतः क्रांतिकारियों में मात्र बम और पिस्तौल का उपयोग करने वाले साहसी (या दुस्साहसी) ही नहीं थे, बल्कि व्यूह-रचना के विशेषज्ञ और संगठन-शक्ति के धनी भी थे। जानते थे, सुनियोजित युद्ध कैसे लड़ा जाता है। राजनैतिक कैदियों का अपना एक व्यक्तित्व होता है—यह प्रमाणित करने के लिए वे भूख-हड़ताल कर चुके थे और बाज़ी जीत चुके थे। उन्हें प्रायः वे सभी सुविधाएं मिलने लगी थीं जो गोरों को मिलती थीं। वे देशभक्त हैं, यह बात स्वीकार कर ली गई थी।

वे अब अदालत को प्रचार-मंच के रूप में इस्तेमाल करना चाहते थे। वे चाहते थे कि अधिक से अधिक लोग वहां आवें, पर सरकार चाहती थी कि जनता इस मुकदमे के बारे में कुछ न जाने। संघर्ष का बिन्दु यही था, परन्तु समय क्रांतिकारियों के साथ था। अदालत में निरन्तर दर्शकों की भीड़ बढ़ती जा रही थी। क्रांतिकारी जब भी वहां आते तो मस्ती में झूमते आते। फिर अनेक कण्ठों से एक नारा गूंजता—'इंकलाब ज़िन्दाबाद'। वह नारा आकाश में प्रतिध्वनित होकर कण-कण में समा जाता। उसके बाद राष्ट्रीय गान 'वन्दे मातरम्' मुखरित होता और अन्त में वे दीवाने बलिदान की कामना करते हुए गा उठते:

सरफरोशी की तमन्ना अब हमारे दिल में है।
देखना है ज़ोर कितना, बाज़ुए-कातिल में है॥

वक्त आने दे बता देंगे तुझे ऐ आस्मां।
हम अभी से क्या बताएं क्या हमारे दिल में है॥
ए शहीदे-मुल्को-मिल्लत मैं तेरे ऊपर निसार।
अब तेरी हिम्मत की चर्चा गैर की महफिल में है॥
सरफरोशी की तमन्ना अब हमारे दिल में है।

गीत के बाद फिर नारे गूंजते, 'इंकलाब जिन्दाबाद', 'साम्राज्यवाद मुर्दाबाद', 'दुनिया के मजदूरो एक हो।'

'इंकलाब जिन्दाबाद' के नारे को लेकर माडर्न रिव्यू' के यशस्वी संपादक ने एक टिप्पणी लिखी थी। उनकी दृष्टि में यह नारा अराजकतावाद का प्रतीक था और इसलिए निरर्थक था। भगतसिंह ने व्यस्त रहते हुए भी इस टिप्पणी का बड़े विनम्र शब्द में प्रतिवाद किया था। वह प्रतिवाद उनके चिन्तन की प्रौढ़ता को अंकित करता है। इसके इतिहास पर प्रकाश डालते हुए उन्होंने लिखा था, "हम हिंसा और विप्लव को क्रांति का प्रतीक नहीं मानते। हम 'यतीन्द्रनाथ जिन्दाबाद' का नारा लगाते हैं। इससे हमारा आशय यह होता है कि उनके जीवन के महान आदर्शों तथा उस अथक उत्साह को सदा-सदा के लिए बनाए रखें जिसने इस महानतम बलिदानी को उस आदर्श के लिए अकथनीय कष्ट झेलने एवं असीम बलिदान करने की प्रेरणा दी। यह नारा लगाने से हमारी यह लालसा प्रकट होती है कि हम भी अपने आदर्शों के लिए ऐसे ही अचूक उत्साह को अपनावें और यही वह भावना है जिसकी हम प्रशंसा करते हैं। इसी प्रकार हमें इंकलाब शब्द का अर्थ कोरे शाब्दिक रूप में नहीं लेना चाहिए...क्रांति शब्द का अर्थ प्रगति के लिए परिवर्तन की भावना एवं आकांक्षा है। लोग साधारणतया जीवन की परम्परागत स्थिति के साथ चिपक जाते हैं और परिवर्तन के विचार-मात्र से ही कांप उठते हैं। यही वह जड़ता की भावना है। जिसके स्थान पर क्रांतिकारी भावना जाग्रत् करने की आवश्यकता है। दूसरे शब्दों में कहा जा सकता है कि अकर्मण्यता और रूढ़िवादी शक्तियां मानव-मात्र की उन्नति में गतिरोध पैदा कर देती हैं है क्रांति की भावना इसी गतिरोध को दूर करने के लिए आवश्यक है। आवश्यक है कि पुरानी

व्यवस्था सदा बदलती रहे। और नई व्यवस्था के लिए स्थान रिक्त करती रहे...। हम इसी अभिप्राय से प्रेरित होकर 'इंकलाब जिन्दाबाद' का नारा लगाते है।"

भगतसिंह बड़े सजग और चौकन्ने थे। सरकार ने सरकारी गवाहों को इसलिए तैयार किया था कि क्रांतिकारियों के रहस्य जानकर उन्हें अराजक तत्त्व प्रमाणित किया जा सके, पर भगतसिंह और उनके साथियों ने उनसे इस प्रकार जिरह की कि जनता उनका सच्चा रूप जान सके। जान सके कि वे एक गम्भीर उद्देश्य से, सुनियोजित रूप में, भारत की स्वतन्त्रता के लिए युद्ध कर रहे हैं। जिरह का एक उद्देश्य नये क्रांतिकारियों को प्रशिक्षण देना भी था।

उदाहरण के लिए जब फणीन्द्रनाथ घोष गवाही देने आए तो शिव वर्मा ने जिरह करते हुए उन्हें विवश कर दिया कि वे बम बनाने की विधि बतावें। वह सारी कार्यवाही अगले दिन सदा की तरह पत्रों में छपी और जानने वाले जान गए कि बम कैसे बनाया जाता है।

प्रचार करने का कोई भी अवसर वे नहीं चूकते थे। अदालत में ही वे काकोरी दिवस, लाजपतराय दिवस, लेनिन दिवस, मई दिवस आदि मनाते थे। उन्हीं दिनों पुराने क्रांतिकारी श्री श्यामजी कृष्ण वर्मा की जर्मनी में मृत्यु हो गई। क्रांतिकारियों ने अदालत में उनकी स्मृति में शोक सभा का आयोजन किया और 5 अप्रैल, 1930 को यह तार 'हिन्दुस्तान एसोसिएशन व सेंट्रल युरेप, बर्लिन' के नाम भेजा:

> "प्लीज़ कन्वे प्रापर क्वार्टर्स अवर सिंसियर सारोज़ ऐट सेड डिमाइस आव कामरेड श्यामजी कृष्ण वर्मा वन आव द पायनियर्स सोशलिस्ट रेवोल्यूशनरीज़ मूवमेंट इन इण्डिया ! हिज़ लाइफ लौंग फाइट इन काज़ व इण्डियाज़ इमेसिपेशन इज द नेशनल एसेंट दैट वुड एवर इंसपायर वर्कर्स इन बैटल फार फ्रीडम।"
>
> —लाहौर कांस्पीरेसी केस अण्डर ट्रायल्स

ऐसे अनेक अवसरों का उन्होंने उपयोग किया। सरकार समझती थी, इससे क्रांतिकारियों को आसानी से राजद्रोही सिद्ध किया जा सकता

है। क्रांतिकारी समझते थे कि वे ऐसा करके जनता के हृदयों तक पहुंच रहे हैं। और यही सही भी था। हिसा-अहिंसा के प्रश्न से ऊपर जो वास्तविक दर्द होता है, जनता जानती जा रही थी कि क्रान्तिकारियों का जीवन उस दर्द से ओतप्रोत है। यही क्रांतिकारी चाहते थे।

अदालत में दोपहर के खाने के समय उन्हें सम्बन्धियों से मिलने की अनुमति थी। श्रीमती सुभद्रा जोशी ने अपने संस्मरणों में तब का बड़ा ही मार्मिक और सजीव चित्र खींचा है। उस समय खाने-पीने का सामान देने पर भी कोई प्रतिबन्ध नहीं था, परन्तु नियम यह था कि वह सामान वहीं खाना होता था। मैं प्रतिदिन एक-दो ऐसी चीज़ें ले जाती थी जो जेल में नहीं मिलती थीं और जिन्हें सरदार और उनके साथी बहुत पसन्द करते थे... दही-बड़े तो सब बड़े चाव से खाते थे। सरदार भगतसिंह को केक बहुत पसन्द था। सरदार को अपने हाथ से दूसरों को खिलाने का बहुत चाव था। एक दिन उन्होंने मुझे केक का टुकड़ा खिलाने की बहुत कोशिश की, पर उसमें अण्डा था इसलिए मैं न खा सकी। दोपहर के खाने के समय का यह डेढ़-दो घण्टा अच्छी-खासी दिल्लगी में बीत जाता था।

"मृत्यु जिनके सिर पर मंडरा रहा हो...उनकी वह हंसी और अट्टहासभरी गंज बस देखते ही बनती थी। भारतमाता के इन लाड़लों को अदालत के कठघरे से अपनी मृत्यु के साथ खिलवाड़ करते देखकर प्रत्येक व्यक्ति दांतों तले उंगली दबाने के लिए विवश हो जाता था। अदालत की ओर से उनकी उपेक्षा और मुकदमे की ओर से उनकी तटस्थता कुछ ऐसी थी मानो उनके लिए कुछ हो ही न रहा हो। केवल व्यंग्य के रूप में सरदार भगतसिंह कोई ऐसी फुलझड़ी छोड़ दिया करते थे या कोई ऐसा बढ़िया उलझनभरा प्रश्न उठा देते थे कि मजिस्ट्रेट भी चकरा जाता था।

"न्यायालय के कमरे में न्यायाधीश ज्यों ही कुरसी पर आकर बैठते, वह राष्ट्रीय गीतों और नारों से गूंज उठता। चारों ओर सन्नाटा छा जाता। न्यायाधीश सिर झुकाए कुरसी पर मौन बैठे रहते, वकील एकदम मौन हो अपने स्थान से हिलते तक न थे। अर्दली, सिपाही

---

1. युगदृष्टा भगतसिंह, पृष्ठ 212

और दूसरे सरकारी कर्मचारी भी सिर झुकाए खड़े या बैठे रहते थे। अभियुक्तों के सम्बन्धियों पर एक विचित्र-सी गम्भीरता छा जाती थी। सरदार और उनके साथी अदालत पर पूरी तरह छा जाते थे। सारा कमरा ही बलिदान के रंग में रंगे होने का दृश्य उपस्थित करता था।"

केवल अदालत ही नहीं बाहर भी यही भावना जनता को अनुप्राणित करती थी। क्रांतिकारी 'हीरो' बन गए थे। अच्छी-खासी भीड़ वहां जमा हो जाती थी। उनमें होते अधिकतर विद्यार्थी। जब अन्दर से क्रांतिकारियों के गाने का स्वर उठकर बाहर आता तो वे भी गा उठते कवि ओमप्रकाश की ये पंक्तियां:

कभी वो दिन भी आएगा कि जब आज़ाद हम होंगे।
ये अपनी ही जमीं होगी, यह अपना आस्मां होगा।
शहीदों की चिताओं पर जुड़ेंगे हर बरस मेले।
वतन पर मरने वालों का यही बाकी निशां होगा।

एक दिन क्या हुआ। जयगोपाल, जो सरकारी गवाह बन गया था, कठघरे में आया। यह आना-जाना रोज़ ही होता था, पर उस दिन उसने अभियुक्तों की ओर देखकर मूंछें ऐंठीं और व्यंग्य किया। यह अपमान अभियुक्त कैसे सह लेते! उन्होंने 'शर्म-शर्म' के नारे लगाऐ। इतना ही नहीं, उनमें जो सबसे छोटा था, उस प्रेमदत्त ने अपना जूता मुखबिर पर फेंक मारा।

तुरन्त अदालत की कार्रवाई रोक दी गई। मजिस्ट्रेट ने आज्ञा दी कि सब अभियुक्तों के हथकड़ी लगा दी जाएं और यह भी कि आगे हमेशा उनके हाथों में हथकड़ियां पड़ी रहें।

यह एक और तूफान के आने की सूचना थी। दूसरे दिन अभियुक्तों ने अदालत में आने से इंकार कर दिया। पुलिस ने सभी हथकण्डे अपनाए, परन्तु केवल पांच अभियुक्तों को ही किसी तरह लारी में लाद सकी, उतार उन्हें भी न सकी। उस दिन अदालत फिर मुल्तवी हो गई। दूसरे दिन इस शर्त पर वे आए कि अदालत में पहुंचते ही हथकड़ियां खोल दी जाएंगी। परन्तु पुलिस ने अपना वादा पूरा नहीं किया। लंच के समय भगतसिंह ने हंसकर कहा, यारो, खाना तो खा लेने दो।"

खाने के लिए उनके हाथ मुक्त कर दिए गए, पर उसके बाद जब फिर हथकड़ियां लगाने का प्रयत्न किया गया तो उन्होंने अपनी योजना के अनुसार ऐसा करने से इंकार कर दिया। मजिस्ट्रेट भी तैयार था। उसके बाद जो कुछ हुआ उसे जघन्य ही कहा जा सकता है। पठान तैयार थे। उन्होंने अभियुक्तों को, जितना वे पीट सकते थे पीटा और सबके सामने पीटा। वहीं नहीं, जेल ले जाकर भी पीटा। विशेषकर भगतसिंह को। लेकिन इस राक्षसी कृत्य के बाद भी वे सफल न हो सके। उनकी रिपोर्ट थी, "इन्हें मार डाला जा सकता है, पर किसी तरह अदालत में नहीं लाया जा सकता।"

यह अन्दर की कहानी है। बाहर जो हुआ वह भगतसिंह की रणनीति की सफलता का सबसे बड़ा प्रमाण है। अदालत में लोगों ने उन्हें पिटते देखा था। कुछ ही क्षणों में पूरा नगर आन्दोलित हो उठा। उसी संध्या को एक विशाल जनसभा हुई और दूसरे दिन सवेरे के सभी समाचारपत्रों ने इस घृणित घटना पर अपना रोष प्रकट किया। सम्पादकीय लिखे। विदेशों में भी इसकी गूंज सुनाई दी। बचाव कमेटी के पास खूब धन आया। पोलैंड की एक महिला ने पैसे भेजते हुए लिखा कि उसे बराबर मुकदमे की कार्रवाई की सूचना भेजी जाए।

देश के भीतर गरीब से गरीब व्यक्ति ने पैसा भेजा। लगभग तीस हज़ार व्यक्ति थे ऐसे। भगतसिंह अपने को और अपने आन्दोलन को जनता से जोड़ना चाहते थे। सरकार ऐसे कुकर्म करके उनकी सहायता करती थी। उसने उन्हें पीटा और देश ने उनका 'दिवस' मनाया। अन्ततः सरकार को झुकना पड़ा। आदेश रद्द कर दिया गया और मुकदमा फिर शुरू हुआ।

सरकार चाहती थी मुकदमे का प्रचार न हो, पर जनता और नेता दोनों की ही रुचि उसमें निरन्तर बढ़ती जा रही थी। सर्वश्री मोतीलाल नेहरू, जवाहरलाल नेहरू, सुभाषचन्द्र बोस, बाबा गुरुदत्तसिंह, के० एफ० नरीमन,काला कांकर के राजा, रफी अहमद किदवई, मोहनलाल सक्सेना, गणेश शंकर विद्यार्थी जैसे नेता अदालत आकर अभियुक्तों से मिल गए। मोतीलालजी तो एक बार अभियुक्तों के बीच में ही बैठे और महत्त्वपूर्ण बात करते रहे।

देश में चेतना का जैसे ज्वर आ गया था। 1 जनवरी, 1930 को राष्ट्रीय महासभा ने, पं० जवाहरलाल नेहरू के नेतृत्व में, लाहौर में, रावी के तट पर पूर्ण स्वतन्त्रता की घोषणा कर दी थी। उन्होंने समाजवाद का नारा भी लगाया था। उन्होंने कहा था, "भारत को भी उसी रास्ते जाना है, यदि वह अपनी गरीबी और विषमता दूर करना चाहता है। हां, यह हो सकता है कि भारत इन उद्देश्यों को प्राप्त करने के लिए अपने तरीके विकसित करे और इस आदर्श को अपनी प्रतिभा के अनुरूप ग्रहण करे।"

भगतसिंह का लक्ष्य भी स्वतन्त्रता और समाजवाद ही था। साध्य एक ही था, साधन भिन्न थे। भगतसिंह को अहिंसक-असहयोग और सत्याग्रह में विश्वास नहीं था, पर अनशन का उपयोग उन्होंने बार-बार किया। जेल सुधार कमेटी ने जो सिफारिशें की थीं, उन्हें नवम्बर, 1929 से लागू हो जाना चाहिए था, पर जनवरी 1930 तक कुछ न हो सका। देश के बड़े-बड़े नेताओं, जैसे पं०मदनमोहन मालवीय,पं० मोतीलाल नेहरू श्रीगणेशशंकर विद्यार्थी आदि ने भी प्रयत्न किए, पर कोई परिणाम न निकला। तब भगतसिंह ने अपने साथियों के साथ 4 फरवरी से फिर से अनशन शुरू कर दिया। एक बार फिर तूफान उमड़-घुमड़ उठा। सहानुभूति में, बरेली में सज़ा काटने वाले चार काकोरी बन्दी भी इसमें शामिल हो गए। उनके साथ ही दूसरी जेलों के और भी अनेक बन्दियों ने अनशन शुरू कर दिया।

इस बार सरकार घबरा गई। वह देख चुकी थी कि यतीन्द्रनाथ दास के बलिदान को देश ने कैसे लिया था। इस बार ऐसा हुआ तो स्थिति हाथ से निकल सकती है। दूसरी ओर सत्याग्रह-आन्दोलन के कारण भी देश में एक नई चेतना हिलोरें मारने लगी थी। अब वह उनकी मांगे और नहीं टाल सकती थी। इसलिए अन्त में उसने 19 फरवरी, 1930 को एक विज्ञप्ति प्रकाशित की। कैदियों को तीन श्रेणियों में बांट दिया—ए, बी, सी। 'ए' श्रेणी में वे व्यक्ति आते थे, जिनके अपराध नैतिक पतन की सीमा में नही आते थे। 'बी' श्रेणी में यूरोपियन कैदी और शिक्षा तथा हैसियत वाले भारतीय कैदी आते थे।

उनकी मांगें पूरी नहीं हुई थीं, फिर भी उस विज्ञप्ति को ठोस कदम मानकर भगतसिंह और उनके साथियों ने भूख-हड़ताल समाप्त कर दी। परन्तु काकोरी के बन्दियों ने अनशन तभी तोड़ा जब उन्हें 'बी' क्लास में रखा गया। लाहौर के कैदियों को उसका लाभ कभी नहीं मिला। न मिला हो, दूसरों को तो मिला। यही उनका लक्ष्य भी था। भूख-हड़ताल समाप्त हो गई, लेकिन शिकायत समाप्त होने में ही नहीं आती थी। आखिर अभियुक्तों ने अदालत जाना बन्द कर दिया। सरकार ने इसे बहिष्कार की संज्ञा दी। तब भगतसिंह और बी० के० दत्त ने अपनी स्थिति स्पष्ट करते हुए स्पेशल मजिस्ट्रेट को एक पत्र लिखा:

"हमारे साथी अभियुक्त हिन्दुस्तान के भिन्न-भिन्न और दूर-दूर के प्रांतों के रहने वाले हैं, इसलिए उनको अपने बन्धुओं से मुलाकात की सुविधाएं मिलनी चाहिए। श्री बी० के० दत्त और कमलनाथ तिवारी को कुमारी लज्जावती से मुलाकात करने की स्वीकृति नहीं दी गई कि वे न तो इन दोनों की रिश्तेदार हैं और न वकील ही। बाद में इन लोगों का मुख्तारनामा (प्रतिनिधित्व करने का अधिकारपत्र) प्राप्त कर लेने पर भी उन्हें मुलाकात की स्वीकृति नहीं दी गई। इससे साफ प्रकट है कि अभियुक्तों को अपनी सफाई पेश करने की पूरी सुविधाएं नहीं दी जा रही हैं। साथ ही क्रांतिकुमार को, जो हमारी डिफेंस कमेटी के लिए बहुत उपयोगी काम कर रहे थे, और हमारे लिए प्रतिदिन काम में आने वाली चीज़ें भी लाकर दे रहे थे, एक झूठा मुकदमा (चटनी में रखकर पिस्तौल गोली लाने का) बनाकर जेल में डाल दिया और जब यह झूठा मुकदमा सिद्ध नहीं हो सका तो गुरुदासपुर में उनके विरुद्ध, धारा 124 ए० में एक नया मुकदमा खड़ा कर दिया गया है।

"मैं स्वयं पूरे समय के लिए वकील नहीं रख सकता। इसलिए मैं चाहता था कि मेरे आदमी अदालत में रहें, लेकिन बिना कोई कारण बताए उन्हें स्वीकृति न देकर लाला अमरदास एडवोकेट को वह जगह दे दी गई है। इंसाफ के नाम पर खेले जाने वाले इस नाटक को हम हरगिज़ पसन्द नहीं करते, क्योंकि इससे हमें अपनी सफाई पेश करने में कोई सुविधा या लाभ नहीं पहुंचता।

"एक और बड़ी शिकायत हमें अखबार न मिलने की है। हवालाती कैदियों से दण्डप्रति कैदियों जैसा व्यवहार नहीं किया जा सकता। इनको कम से कम एक अखबार ज़रूर मिलना चाहिए। अंग्रेज़ी न जानने वालों के लिए भी हम एक दैनिक चाहते हैं, इसलिए विरोध के तौर पर हम 'ट्रिब्यून' भी वापस कर रहे हैं। इन्हीं कारणों से हमने 26 जनवरी, 1930 को अदालत में न जाने की घोषणा की थी। इन असुविधाओं के दूर होते ही हमें अदालत में जाने में कोई आपत्ति न होगी।"

सरकार बहुत परेशान हो उठी थी। भगतसिंह की प्रतिभा ने उसे हर मोर्चे पर पराजित कर दिया था। उसने पहले ही अपने अंतिम अस्त्र का उपयोग करने का निश्चय कर लिया था। उसने 12 सितम्बर, 1929 को असेम्बली में एक बिल पेश किया था। उसके अनुसार यदि अभियुक्त किसी कारण से, अपने को अदालत में आने के अयोग्य बना ले तो, उसकी अनुपस्थिति में भी मुकदमा सुना जा सकता था।

यह मुकदमे को शीघ्र समाप्त करने की एक चाल थी, परन्तु देश का वातावरण इतना जीवन्त हो उछा था कि कोई भी सदस्य ऐसे बिल का समर्थन करने को आसानी से तैयार नहीं हो सकता था। लेकिन सरकार को विशेषाधिकार के रूप में जो अपरिसीम शक्ति प्राप्त थी, उसका प्रयोग करने से उसे कौन रोक सकता था ! 1 मई, 1930 को गवर्नर जनरल लार्ड इरविन ने एक विशेष प्रदेश जारी किया, 'लाहौर षड्यन्त्र केस आर्डीनेंस'। इसके अनुसार तीन जजों का स्पेशल ट्रिब्यूनल नियुक्त किया गया। इसे अधिकार था कि न केवल अभियुक्तों की अनुपस्थिति में ही, बल्कि दोनों मोर के वकीलों और गवाहों के न होने पर भी वह फैसला कर सकता था।

न्याय के इससे बड़े तमाशे के उदाहरण इतिहास में ढूंढ़ें तो कम ही मिलेंगे। इस ट्रिब्यूनल के ये तीन सदस्य थे—1. जस्टिस जे० कोल्डस्ट्रीम—अध्यक्ष, जस्टिस आगा हैदर और जस्टिस जी० सी० हिल्टन-सदस्य। सरकारी वकील थे एम० सी० एच० कार्डन नोड।

इस ट्रिब्यूनल की नियुक्ति के दूसरे दिन जस्टिस सर टेकचन्द

बख्शी ने सरदार किशनसिंह से कहा था, "हमने सरकार की दाढ़ में आगा हैदर का जम्बूर अड़ा दिया है। निश्चिन्त रहो, अब बेटे को फांसी नहीं हो सकती।"

नहीं मालूम बख्शी टेकचन्द की इस खुशफहमी का आधार क्या था, पर भगतसिंह इस नियुक्ति से प्रसन्न थे, क्योंकि यह उनकी मृत्यु को पास लाने वाला था और इसलिए भी कि उनकी कार्यकुशलता से सरकार सचमुच क्षुब्ध हो उठी थी। उन्होंने अब अदालत से पूर्ण रूप से सम्बन्ध-विच्छेद करने का निर्णय किया।

देश का वातावरण इसके अनुकूल था। 26 जनवरी, 1930 को देश के कोने-कोने में आज़ादी की प्रतिज्ञा के स्वर गूंजे। 12 मार्च, 1930, गांधीजी ने अपने चुने हुए 81 साथियों के साथ डांडी यात्रा आरम्भ कर, नमक कानून भंग कर दिया। अब सारा देश उसी कानून को तोड़ रहा था और अद्‌भुत अनुशासन का परिचय दे रहा था। जो नारी आज तक घर के दरवाजे से नहीं निकली थी, वह बर्बर सत्ता का सामना करने के लिए एकदम रंगभूमि में आ खड़ी हुई। कुछ ही दिनों में भारत का रूप बदल गया। सभी विचारशील लोग इस अद्‌भुत पर व्यवस्थित क्रांति की ओर भौचक से देखने लगे। एक ओर आर्डीनेंस राज था, दूसरी ओर उन आर्डीनेंसों को तोड़ने का व्यवस्थित और निश्चित प्रयत्न। लगभग एक लाख व्यक्ति होंठों पर मुसकान लिए जेल गए।

भगतसिंह के बहिष्कार ने इस विराट जन-आन्दोलन को बल ही दिया। फिर भी उनके कुछ साथी उनसे सहमत नहीं थे। मुकदमे का आरम्भ 5 मई, 1930 को हुआ। पुंच हाउस में विशेष अदालत का निर्माण किया गया था। वही अभियुक्तों को लारी से लाने का प्रबन्ध था। वे सदा की तरह 'सरफरोशी' के गीत गाते आए। पहले यह नारा गूंज उठा, 'इंकलाब ज़िन्दाबाद'। फिर गीत का ओजस्वी स्वर उभरा, 'सुजलाम् सुफलाम्'...।

न्यायाधीश क्रुद्ध हो उठे। और जब सरकारी वकील ने अनुवाद करके उनके अर्थ समझाए तो वे और भी तिलमिलाए, लेकिन फिर भी शान्त रहे। बारी-बारी से सभी अभियुक्तों से पूछा गया, "आप को वकीलों की आवश्यकता हो तो सरकार अपने खर्चे पर प्रबन्ध करेगी।"

किसीने जवाब ही नहीं दिया, किसीने जवाब देने से इंकार कर दिया, किसीने वकील रखने से इंकार किया तो किसीने किसी भी प्रकार की सहायता लेने से इंकार कर दिया, लेकिन भगतसिंह ने कहा, "मुझे एक वकील की जरूरत है। वह न बहस करेगा, न जिरह। बस, अदालत की कार्यवाही की चौकसी करता रहेगा।"

इसके लिए उन्होंने बैरिस्टर दुनीचन्द का नाम सुझाया। ट्रिब्यूनल ने उनकी बात स्वीकार कर ली। लेकिन यह मुकदमा चार-पांच दिन बाद ही एकतरफा मज़ाक बनकर रह गया। उस दिन जैसे ही अदालत बैठी, भगतसिंह ने मधुर स्वर में गाना शुरू किया:

'वतन की आबरू को पास देखे कौन करता है,
सुना है आज मकतल में हमारा इम्तहां होगा।
इलाही वह भी दिन होगा जब अपना राज देखेंगे,
जब अपनी ही ज़मीं होगी और अपना आस्मां होगा।

अध्यक्ष ने जब इसका अर्थ समझा तो क्रुद्ध होना स्वाभाविक था। उन्होंने ऊपर के स्तर पर सलाह की और एक दिन वे समय से पूर्व ही अध्यक्ष-पद पर जा बैठे। अभियुक्त आए सदा की तरह नारे लगाते हुए। तुरन्त आदेश हुआ कि नारे बन्द कर दो। क्रांतिकारी ऐसी अज्ञा मान लें तो क्रांतिकारी कैसे ! वे और भी जोश में आ गए और गा उठे:

अपनी किस्मत में अजल से ही सितम रखा था।
रंज रखा था, मुहिम रखी थी, गम रखा था
किसको परवा थी और किसमें ये दम रखा था
हमने जब वादि-ए-गुरबत में कदम रखा था
दूर तक यादे-वतन आई थी समझाने को।

न्यायमूर्ति कोल्डस्ट्रीम तो जैसे इसी क्षण की राह देख रहे थे। उन्होंने पुलिस को आदेश दिया "इस गाने को बन्द करवा दो।"

बस, पुलिस ने निहत्थे बन्दियों पर आक्रमण कर दिया। लात, घूंसे, डंडे सभीका मुक्तहस्त से उपयोग किया गया। वह दृश्य इतना बीभत्स था कि न्यायमूर्ति अगा हैदर बाहर जाने को उठ खड़े हुए। वे बाहर चले जाते तो ट्रिब्यूनल की प्रतिष्ठा धूल-धूस रित हो जाती।

इसलिए अध्यक्ष महोदय ने न्यायमूर्ति आगा हैदर से व्यक्तिगत प्रार्थना की कि वे बैठे रहें। न्यायमूर्ति बैठ गए, पर उन्होंने अपनी आंखों को अखबार से ढक लिया, मानो कह रहे हों, कम से कम खुदा से मैं यह तो कह सकूंगा कि हां, अन्याय तो हुआ था, पर मैंने उसे अपनी आंखों से नहीं देखा था।

अध्यक्ष ने लिखा, "अभियुक्तों के दुर्व्यवहार के कारण केस कल के लिए स्थगित कर दिया गया। अदालत खाली हो गई और अभियुक्त हटा दिए गए।"

लेकिन न्यायमूति आगा हैदर ने इसपर हस्ताक्षर नहीं किए। उन्होंने स्वतन्त्र रूप से लिखा, "मैं अभियुक्तों को अदालत से जेल भेजने के आदेश का भागीदार। नहीं था और न उस सबके लिए किसी तरह भी जिम्मेदार। मैं उस सबसे जो आज यहां हुआ, अपने को असम्बद्ध करता हूं।"

इमका एक अच्छा परिणाम हुआ। भगतसिंह के सभी साथी अंदालत का बहिष्कार करने को सहमत हो गए। उसके बाद वे लोग अदालत में नहीं आए। अब सब कुछ एकपक्षीय था, लेकिन फिर भी वहां एक व्यक्ति था जो उनका था। वह थे न्यायमूर्ति आगा हैदर। वे सरकारी गवाह से जिरह करते थे। वे अपने देशप्रेम और स्वतन्त्र स्वभाव के लिए प्रसिद्ध थे। झूठे मुकदमे बनाने के लिए वे पहले भी पुलिस की प्रतारणा कर चुके थे।

अध्यक्ष के लिए यह सह्य नहीं हो सकता था। सुना है, उन्होंने ऊपर शिकायत की। स्वयं न्यायमूर्ति को सरकारी वकील के माध्यम से नाना प्रकार के प्रलोभन भी दिए, पर वे भी मिट्टी के नहीं बने थे। उन्होंने चपरासी से कहकर उन्हें घर से निकलवा दिया। समझ में आने वाली बात है, ऐसे व्यक्ति के रहते सरकार मनमानी नहीं कर सकती थी, इसलिए वायसराय ने नया आर्डीनेंस जारी करके उस ट्रिब्यूनल को भंग कर दिया और उसके स्थान पर नया ट्रिब्यूनल गठित किया। उसके अध्यक्ष थे—न्यायमूर्ति जी० सी० हिल्टन और सदस्य थे—जस्टिस अब्दुल कादिर तथा न्यायमूर्ति जे ० के० टैप।

क्रांतिकारी अब भी अदालत में नहीं आए। यद्यपि न्यायमूर्ति कोल्डस्ट्री में अब नहीं रहे थे, पर हिल्टन तो थे। वह भी तो उत्तर

दायी थे उनके अपमान के। इसलिए अब भी पहले की तरह तीन महीने तक एकतरफा कार्यवाही चलती रही। 26 अगस्त, 1930 को दह तमाशा समाप्त हो गया। दूसरे दिन अभियुक्तों को संदेश भेजा गया कि वे चाहें तो अब बचाव के लिए स्वयं या वकील द्वारा प्रबन्ध कर सकते हैं। गवाह भी पेश कर सकते हैं, पर अभियुक्तों ने कुछ भी करने से इंकार कर दिया और निर्णय की तिथि को पास खींच लाए।

उस समय भगतसिंह ने अपने छोटे भाई श्री कुलबीर सिंह को दो पत्र लिखे थे। वे उनकी तब की मन:स्थिति को स्पष्ट करते

सेंट्रल जेल लाहौर 16 सितम्बर, 1930 से लिखे अपने पहले पत्र में वे मुलाकात बन्द होने की सूचना देते हुए लिखते हैं, "नामालूम मझे बार-बार यह खयाल क्यों आ रहा है कि इसी हफ्ता के अन्दर-अन्दर या ज़्यादा से ज़्यादा इसी माह में फैसला और चालान हो जाएगा। इन हालात में अब तो किसी दूसरी जेल में मुलाकात हो तो हो, यहां तो उम्मीद नहीं है।

"वकील को भेज सको तो भेजना। मैं प्रिवी कौंसिल के सिलसिले में एक जरूरी बात दरयाफ्त करना चाहता हूं। वालिदा साहिबा को तसल्ली देना, घबराएं नहीं।"

लेकिन मां तो मां है, वे फिर भी मिलने आईं और निराश होकर लौट गईं। तब 25 सितम्बर, 1930 के दूसरे पत्र में बड़े दर्द से, पर एक बुजुर्ग की तरह तसल्ली देते हुए लिखा, "आखिर तुम्हें तो मालूम हो चुका था कि जेल वाले मुलाकात की इजाजत नहीं देते। फिर वालिदा को क्यों साथ लाए ! मैं जानता हूं वे इस वक्त सख्त घबराई हुई हैं, मगर इस घबराहट और परेशानी का क्या फायदा? नुकसान ज़रूरी है, क्योंकि जब से मुझे मालूम हुआ है कि वे बहुत रो रही हैं, मुझे खुद भी बेचैनी हो रही है। घबराने की कोई बात नहीं और इससे कुछ हासिल भी नहीं। सब हौसले से हालात का मुकाबला करें। आखिर दुनिया में दूसरे लोग भी तो हज़ारों मुसीबतों में फंसे हुए हैं, और फिर अगर लगातार एक साल मुलाकातें कर तबियत सैर (तृप्त) नहीं हुई तो चार मुजीद और मुलाकातों से भी तसल्ली न

हो सकेगी। मेरा खयाल है कि फैसला और चालान के बाद मुलाकाते खुल जाएंगी, लेकिन अगर फर्ज़ किया जाए कि फिर भी मुलाकात की इजाज़त न मिले तो घबराने का क्या फायदा?"

निर्णय की तिथि बहुत पास आ गई थी। एक रात को (5अक्तूबर, 1930) जेल में एक भोज का आयोजन किया गया। यह अंतिम भोज था। इसमें अभियुक्तों के साथ कुछ जेल-अधिकारी भी शामिल हुए थे। जो इतने दिन साथ रहे उनसे विदा जो लेनी थी। कैसा आनन्द—कैसी मस्ती ! मृत्यु को सबसे बड़ा मित्र मानने वाले दीवानों को देखकर अधिकारी चकित रह गए। उनमें ज़ालिम भी रहे होंगे, पर वे भी तो होंगे जिन्होंने अपने उमड़ते आंसुओं को बारबार पी लिया होगा और मन ही मन अपने वो धिक्कारा होगा। काश, ऐसे लोगों की विवशता को कोई लिपिबद्ध कर पाता !

दो दिन बाद 7 अक्तूबर, 1930 को प्रात:काल ट्रिब्यूनल का एक विशेष सन्देशवाहक बंदीगह में आया और उसने अभियुक्तों को ट्रिब्यूनल का निर्णय सुनाया। इतिहास में सम्भवत: पहली बार ऐसा हुआ था कि न्यायमूर्ति या ट्रिब्यूनल के स्थान पर उनका दूत निर्णय सुनाने आया हो। उनका तर्क था कि जब अभियुक्त मुकदमे की कार्यवाही में भाग नहीं ले रहे तो वे ही क्यों फैसला सुनाने उनके पास जाएं?

वह ऐतिहासिक निर्णय इस प्रकार था:

1. भगतसिंह, सुखदेव और राजगुरु :3: फांसी

2. कमलनाथ तिवारी, विजयकुमार सिन्हा,जयदेवकपूर, शिवशर्मा,गयाप्रसाद, किशोरलाल और महावीरसिंह : 7: आजन्म कालापानी

3. कुन्दनलाल : 1: सात साल कड़ी कैद

4. प्रेमदत्त : 1: तीन साल कड़ी कैद

5. मास्टर आशाराम, अजय घोष, सुरेन्द्रनाथ पाण्डेय, देशराज और जितेन्द्रनाथ सान्याल : 5: मुक्त

श्री बटुकेश्वर दत्त को इस मुकदमे से पहले ही अलग कर दिया

गया था और यतीन्द्रनाथ दास अनशन करके शहीद हो चुके थे।

जैसा कि हो सकता था, सरकार ने इस बात की बहुत सावधानी रखी कि इस फैसले की खबर जनता को एकदम न लगे, पर हवा को कौन रोक पाया है ! तुरन्त ही लाहौर में यह समाचार आग की तरह फैल गया और जनता अपना क्रोध व्यक्त करने को व्यग्र हो उठी। बावजूद दफा 144 के और बिना किसी सूचना के म्युनिसिपल ग्राउंड में एक विशाल सभा हुई। पत्रों ने तुरन्त विशेषांक प्रकाशित किए। उनमें अभियुक्तों के ताज़ा चित्र छपे। सरकार का गुप्तचर विभाग परेशान था। यह सब कैसे हुआ? अभियुक्तों की रणनीति ने उन्हें एक बार फिर पराजित कर दिया।

8 अक्तूबर को समूचे देश के बड़े-बड़े नगरों में प्रदर्शन हुए। लाहौर में उत्तेजना की सीमा नहीं थी। स्टूडेंट्स यूनियन ने हड़ताल का आह्वान किया। जो संस्थाएं स्वयं न बन्द हुईं उन्हें धरना देकर बन्द करवाया गया। गिरफ्तार होने वालों में अनेक विद्यार्थियों के अतिरिक्त 17 महिलाएं भी थीं। छात्रों पर बार-बार हमले हुए। डी० ए० वी० कालेज में घुसकर पुलिस ने एक प्रोफेसर व 80 विद्यार्थियों को खूब पीटा। लेकिन आकाश भगतसिंह जिन्दाबाद, राजगुरु जिन्दाबाद, सुखदेव जिन्दाबाद के नारों से गूंजता रहा। जुलूस भी निकला। नौजवान सभा के आह्वान पर युवकों ने ब्रेडला हॉल में सभा की। मोरी गेट के बाहर कांग्रेस के निमन्त्रण पर भी एक विशाल सभा पार्वतीदेवी की अध्यक्षता में हुई। कमोबेश यही रूप देश के सभी नगरों में था। सभी इस निर्णय से क्षुब्ध थे। सभी इन देश-दीवानों की बलिदान-भावना का अभिनन्दन कर रहे थे। लेखक स्वयं उन क्षणों का साक्षी रहा है, जब सरकारी नौकर तक निजी गोष्ठियों में अपने क्षोभ और दर्द को कड़े से कड़े शब्दों में व्यक्त करते थे और यह प्रार्थना करते थे कि अभी भी इन वीरों को फांसी के तख्ते पर से उतारा जा सकता है।

फांसी के तख्ते से उन्हें उतारने के प्रत्यक्ष और अप्रत्यक्ष अनेक प्रयत्न हुए या किए गए, लेकिन एक प्रयत्न से भगतसिंह को बहुत दुख हुआ, इसलिए अधिक हुआ कि वह प्रयत्न उनके पिता सरदार किशनसिंह की ओर से किया गया था और एक सरासर झूठे आधार को

लेकर किया गया था। किसीने उसे एक अद्‌भुत कानूनी दांव कहा था। कानून की बात कानून वाले जानें, और उन्होंने यह दांव स्वयं खेला या किसीके कहने पर, लेकिन ममता की दृष्टि से उसमें अस्वाभाविक कुछ नहीं था। युद्ध और प्रेम में सब कुछ सही होता है।

उन्होंने टिब्यूनल के द्वारा वायसराय को एक प्रार्थनापत्र भेजा। उसमें कहा गया था कि जिस दिन साण्डर्स का वध हुआ उस दिन भगतसिंह कलकत्ता में थे। उन्होंने वहां से उसी दिन खद्दर भण्डार, परी महल, लाहौर के मैनेजर श्री रामलाल को एक पत्र लिखा था जो डाक विभाग द्वारा उन तक पहुंचा भी था। उन्हें गवाह के रूप में बुलाया जा सकता है। ऐसी स्थिति में क्या यह उचित नहीं कि भगतसिंह को सफाई का अवसर दिया जाए?

लेकिन इसका कोई असर होने वाला नहीं था, क्योंकि मुखबिर प्रत्यक्षदर्शी के रूप में बयान दे चुके थे, पर इस काण्ड में भगतसिंह की जो भूमिका रही वह उन्हें बहुत ऊपर उठा देती है।

उन्हें जब यह समाचार मिला तो उन्होंने अपने पिता को एक पत्र लिखा। वह किसी टिप्पणी का मोहताज नहीं है:।

"मुझे यह जानकर आश्चर्य हुआ कि अपने स्पेशल टिब्यूनल को मेरे बचाव के लिए एक प्रार्थना-पत्र भेजा है। यह समाचार इतना दुखदायी था कि मैं इसे शान्त होकर सहन नहीं कर सकता...

"आपका बेटा होने के नाते मैं आपकी पतक भावनाओं एवं इच्छाओं का पूरा सम्मान करता हूं, परन्तु इसके साथ ही मैं समझता हूं कि आपको मेरे साथ परामर्श किए बिना मेरे विषय में कोई प्रार्थना पत्र देने का अधिकार न था।

"मुझे विश्वास है कि आपको यह बात स्मरण होगी कि आप प्रारम्भ से ही मुझे यह बात मना लेने के लिए प्रयत्न करते रहे हैं। कि मैं अपना मुकदमा समझदारी से लड़ूं एवं अपना बचाव ठीक रूप से उपस्थित करूं। यह बात भी आपकी जानकारी में है कि मैं सदैव उसका विरोध करता रहा हूं।

"मेरा यह दृष्टिकोण रहा है कि समस्त राजनीतिक कार्यकर्ताओं को ऐसी दशा में अदालत की अवहेलना एवं उपेक्षा दिखानी चाहिए

और उनको जो कठोर से कठोर दण्ड दिया जाए वह उन्हें हंसते-हंसते सहन करना चाहिए।

"मेरा जीवन इतना मूल्यवान नहीं है जितना आप समझते हैं। कम से कम मेरे लिए जीवन का महत्त्व नहीं है कि इसे सिद्धान्तों की अमूल्य निधि बलिदान करके बचाया जाए।

"पिताजी, मैं बड़ी चिन्ता अनुभव कर रहा हूं। मुझे डर है कि आपपर दोष लगाते हुए या इससे भी अधिक आपके इस काम की निन्दा करते हुए मैं कहीं सभ्यता की परिधि को न लांघ जाऊं और मेरे शब्द अधिक कठोर न हो जाएं। फिर भी मैं स्पष्ट शब्दों में इतनी बात अवश्य कहूंगा कि यदि कोई दूसरा व्यक्ति मेरे प्रति इस प्रकार का बरताव करता तो मैं उसे देशद्रोही से कम न समझता, परन्तु आपकी परिस्थिति में यह बात नहीं कह सकता।

"बस, इतना ही कहूंगा कि यह एक कमज़ोरी थी, निम्नकोटि की मानसिक दुर्बलता। यह एक ऐसा समय था जब हम सबकी परीक्षा हो रही थी। पिताजी, मैं यह कहना चाहता हूं कि आप उस परीक्षा में असफल रहे हैं। मैं जानता हूं कि आप उतने ही सच्चे देशभक्त रहे हैं, जितना कोई भी व्यक्ति हो सकता है। मैं जानता हूं कि आपने अपना समस्त जीवन भारत की स्वतन्त्रता के लिए न्योछावर कर दिया है, परन्तु इस महत्त्वपूर्ण घड़ी पर आपने ऐसी दुर्बलता क्यों दिखाई, मैं यह बात समझ नहीं पाया।"

अपना सारा दर्द इस पत्र में उड़ेलते हुए भगतसिंह ने स्पष्ट शब्दों में कहा था कि वे इस पत्र को सभी भाषाओं के पत्रों में छपवा दें। सरदार किशन सिंह ने ऐसा ही किया भी। उनके मन में पुत्र के प्रति अगाध ममता थी तो वे उसको पहचानते भी थे। वे उसको जनता की दृष्टि में छोटा होता नहीं देख सकते थे

5

लाहौर षड्यन्त्र केस की बचाव समिति इस निर्णय के विरुद्ध प्रिवी कौंसिल में अपील करने का विचार कर रही थी। विशेषज्ञ समझते थे कि इस मामले में काफी दम है। वायसराय ने जो अध्या

देश जारी किए थे उनके पीछे कोई सबल कारण नहीं था। विशुद्ध धांधलेबाज़ी थी। ट्रिब्यूनल ने अभियुक्तों की अनुपस्थिति में निर्णय किया था। न कोई बहस हुई, न बचाव, न आरोपों का उत्तर—तब वह निर्णय कहां तक न्याय-सम्मत हो सकता है, यह सचमुच विचार करने योग्य बिन्दु था।

इसलिए वे चाहते थे कि अपील की जाए, पर भगतसिंह इसके विरुद्ध थे। उन्हें डर था कि अपील मंज़ूर हो गई तो उनकी फांसी रुक जाएगी और उनकी इच्छा पूरी नहीं होगी। वह मृत्यु का वरण करने का निश्चय कर चुके थे। उस सम्बन्ध में वे अब कुछ भी सुनने को तैयार नहीं थे। विजयकुमार सिन्हा से उन्होंने यही शंका प्रकट करते हुए कहा था, "भाई, ऐसा न हो कि फांसी रुक जाए। हम मरकर ही क्रांति की सेवा कर सकते हैं।"

उन्होंने यही भावना अपने उस पत्र में प्रकट की थी जो उन्होंने नवम्बर, 1930 में श्री बटुकेश्वर दत्त को लिखा था। श्री दत्त तब मुलतान जेल में थे:

"मुझे दण्ड सुना दिया गया है और फांसी का आदेश हुआ है। इन कोठरियों में मेरे अतिरिक्त फांसी की प्रतीक्षा करने वाले बहुत से अपराधी हैं। ये लोग यही प्रार्थना कर रहे हैं कि किसी तरह फांसी से बच जाएं, परन्तु उनके बीच शायद मैं ही एक ऐसा आदमी हूं जो बड़ी बेताबी से उस दिन की प्रतीक्षा कर रहा हूं जब मुझे अपने आदर्श के लिए फांसी के फंदे पर झूलने का सौभाग्य प्राप्त होगा। मैं खुशी के साथ फांसी के तख्ते पर चढ़कर दुनिया को दिखा दूंगा कि क्रांतिकारी अपने आदर्शों के लिए कितनी वीरता से बलिदान दे सकते हैं।

"मुझे फांसी का दण्ड मिला है, किन्तु तुम्हें आजीवन कारावास का दण्ड मिला है। तुम जीवित रहोगे और तुम्हें जीवित रहकर दुनिया को यह दिखाना है कि क्रांतिकारी अपने आदर्शों के लिए मर ही नहीं सकते, बल्कि जीवित रहकर हर मुसीबत का मुकाबला भी कर सकते हैं। मृत्यु सांसारिक कठिनाइयों से मुक्ति प्राप्त करने का साधन नहीं बननी चाहिए, बल्कि जो क्रांतिकारी संयोगवश फांसी के फंदे से बच गए हैं उन्हें जीवित रहकर दुनिया को यह दिखा देना

चाहिए कि वे न केवल अपने आदर्शों के लिए फांसी पर चढ़ सकते हैं, जेलों की अंधकारपूर्ण छोटी कोठरियों में घुल-घुलकर निकृष्टतम दरजे के अत्याचार को सहन भी कर सकते हैं।"

फिर भी अपील की गई। इसलिए नहीं कि वे बचना चाहते थे या कि मोतीलाल नेहरू जैसे नेता अपनी रोगशय्या से ऐसा करने की प्रार्थना कर रहे थे, बल्कि ऐसा करने में उन्हें अपने एक प्रिय उद्देश्य की पूर्ति होती दिखाई दे रही थी। इसीलिए बहुत सोच-विचार के बाद अन्ततः वे सहमत हो गए। वे समझ गए थे कि प्रिवी कौंसिल में अपील करने से उन्हें भारतीय क्रांतिकारी आन्दोलन के उद्देश्यों का विश्व-भर में प्रचार करने का अवसर मिलेगा। लोग जान सकेंगे कि भारत किस शान से अपनी गुलामी के विरुद्ध संघर्ष करने में जुटा है और कि वहां समाजवाद में विश्वास रखने वाले लोग हैं।

उस समय गांधीजी जेल में थे, पर नमक सत्याग्रह का अहिंसात्मक आन्दोलन पूरे वेग से चल रहा था। सरकार अध्यादेशों के द्वारा शासन कर रही थी। नरम दल के नेताओं के समझौते के सभी प्रयत्न व्यर्थ जा रहे थे। भारत-मन्त्री सर सैम्मुअल होर अपने भारतविरोधी रुख के लिए प्रसिद्ध था। वह आन्दोलन को कुचल देना चाहता था, पर आन्दोलन था कि हर चोट उसे उभरने की शक्ति देती थी। ऐसी स्थिति में पहली गोलमेज़ कांफ्रेंस लन्दन में हुई और बिना किसी परिणाम पर पहुंचे समाप्त हो गई।

फिर भी समझौते की चर्चा हवा में थी। जिनके पास दृष्टि थी वे जानते थे कि कैसा भी हो, समझौता होगा अवश्य। समझौते में दोनों पक्षों को झुकना होता है। भगतसिंह क्रांतिकारियों में, उन कुछ व्यक्तियों में थे जो सोचते थे, और जिनका सोच गहरे चिन्तन का परिणाम होता था। उनसे मतभेद हो सकता था, पर यह कोई नहीं कह सकता था कि वे आवेश के क्षणों में निर्णय लेते हैं। वे अपनी रणनीति के कुशल कर्णधार और दूर-दृष्टा थे। उन्होंने कहा, "अपील का उद्देश्य यह हो कि अभी हमारी फांसी रुकी रहे और वह तब हो जब कांग्रेस का समझौता सरकार से हो और वह अपने परिणामों से शानदार सिद्ध न हो, युवक वर्ग में इससे असंतोष फैल रहा हो,

बस उन्हीं घड़ियों में हमें फांसी लगे और इस प्रकार कांग्रेस की बागडोर उग्रतावादियों के हाथ में चली जाए।"

उन्होंने अपने कानूनी सलाहकार को यह भी सुझाया था कि अपील का मुद्दा यह होना चाहिए कि वायसराय का वह अध्यादेश, जिसके अनुसार ट्रिब्यूनल की स्थापना हुई, गैरकानूनी था। प्रिवी कौंसिल इस बात को स्वीकार नहीं करेगी। अपील खारिज हो जाएगी, पर समय तो मिल जाएगा।

हुआ भी यही। अपील को खारिज होना था, हो गई, पर देश में जैसे एक तूफान आ गया। तूफान तो पहले ही आ रहा था। अहिंसात्मक आन्दोलन अपनी चरम सीमा पर था। क्रांतिकारी जो बाहर थे, बंगाल में और दूसरे प्रांतों में, वे भी सक्रिय थे और सरकार भी सक्रिय थी सबको कुचल देने का दावा लिए। सारा देश एक विशाल रणभूमि बना हुआ था। अपील के खारिज होने का समाचार पाकर वह तूफान और भड़क उठा। आसेतु हिमालय वही जलसे, जुलूस, नारे, लाठियां, गोलियां, घायल और मृत्यु का ताण्डव। आकाश 'इंकलाब ज़िन्दाबाद' के नारों से गूंज-गूंज उठा और धरती इंकलाबियों के रक्त से लाल होने लगी।

भगतसिंह और उनके साथियों को बचाने के लिए हस्ताक्षरअभियान भी चला। साधारण जन से लेकर नेताओं, राजाओं और ब्रिटेन की संसद के सदस्यों तक ने प्राणरक्षा की प्रार्थना की, लेकिन जो नहीं होना था, नहीं हुआ। फिर भी प्रयत्न तो कम नहीं हुए। ज़बरदस्ती छुड़ाने के प्रयत्नों की चर्चा भी थी और कानुनी दांव-पेच भी चल रहे थे। जिस ट्रिब्यूनल ने उन्हें फांसी की सज़ा दी थी वह समाप्त हो गया था। उसके सदस्य भी भारत से बाहर चले गए थे। सहसा सरदार किशनसिंह को एक कानूनी नुक्ता नज़र आया। उन्होंने हाईकोर्ट के सामने एक प्रश्न रखा, "जो अदालत फांसी का आदेश देती है वही फांसी की तारीख निश्चित कर सकती है। लेकिन ऐसा हुआ नहीं। बिना तारीख निश्चित किए ट्रिब्यूनल समाप्त हो चुका है। अब दूसरी अदालत ऐसा नहीं कर सकती।"

सरकार एक बार तो हतप्रभ हो उठी। प्रश्न सचमुच जटिल था। हाईकोर्ट उसपर विचार करने को सहमत हो गई। समय मिल

गया। जो किसी भी तरह उनके प्राण बचाने को आतुर थे उन्हें एक और मार्ग सूझा। क्या इस अवसर का लाभ उठाकर दया की प्रार्थना नहीं की जा सकती? लेकिन क्या भगतसिंह तैयार होंगे? उनसे इस बारे में बातचीत करने का भार या उनके वकील श्री प्राणनाथ पर। श्री चन्द्रगुप्त विद्यालंकार ने 16 मार्च, 1931 को हुई उस भेंट का वर्णन इस प्रकार किया है:[1]

प्राणनाथ ने कहा, "गांधीजी आप लोगों के लिए बहुत प्रयत्न कर रहे हैं और उनके प्रयत्न सफल हो सकते हैं यदि उन्हें आप लोगों का सहयोग मिले।"

राजगुरु गम्भीर होकर बोले, "हम लोगों का सहयोग कैसा?"

प्राणनाथ ने कहा, "इतने सीरियस न बनो राजगुरु, तुम्हारा यह रूप देखकर मुझे डर लगता है।"

वातावरण फिर से हलका हो गया। प्राणनाथ ने कहा, "दोस्तो, तुम इस बात को तो मानते हो कि हिन्दुस्तान की आज़ादी बहुत दूर नहीं है।"

भगतसिंह ने कहा, 'ज़रूर, यही विश्वास तो हमारी प्रेरक शक्ति बना हुआ है।"

प्राणनाथ बोले, "तो फिर आज़ाद भारत को तुम लोगों की ज़रूरत सबसे अधिक होगी। नये भारत का निर्माण तुम लोगों से अधिक अच्छा और कौन कर सकेगा?"

सुखदेव ने कहा, "क्या शेखचिल्ली वाली बातें कर रहे हो, प्राणनाथ ! हम लोग तो भारत की आज़ादी की नींव के पत्थर हैं। ऊपर की इमारत तो बाद के लोग बनाएंगे। उसकी चिन्ता करना हमारा काम नहीं है।"

प्राणनाय ने कहा, "मेरे बहादुर दोस्तो, इस इमारत की नींव तुम्हींने रखी है। जो इंजीनियर नींव रखता है, वही इमारत की मज़बूती का ठीक अन्दाज़ लगा सकता है। ऊपर की इमारत भी तुम्हें ही बनानी होगी।"

भगतसिंह कुछ कहने ही जा रहे थे कि उन्हें रोककर प्राणनाथ ने कहा, "अच्छा भाइयो, पहले मेरी एक बात का जवाब दो। यह बहस

1. युगदृष्टा भगतसिंह, पृष्ठ 251

बाद में होगी।"

"किस बात का?"

"तुम तीनों को अपने जीवन पर व्यक्तिगत अधिकार है या अपने जीवन को तुम लोग देश की धरोहर मानते हो?"

भगतसिंह मुस्कराकर बोले, "यार, वकीलों वाली बात छोड़कर सीधे तौर से बता, तू कहना क्या चाहता है?"

"यही कि तुम लोगों का जीवन देश की धरोहर है और देश की जनता चाहती है कि तुम गांधीजी के हाथ मज़बूत करने के लिए वायसराय के नाम एक दया का प्रार्थना-पत्र भेज दो।"

तीनों के मुंह एकाएक गम्भीर हो गए। सुखदेव और राजगुरु नाराज़गी के साथ कुछ कहना चाहते थे, पर भगतसिंह ने आंख के इशारे से उन्हें चुप कर दिया और शान्त स्वर में पूछा, "किस तरह की दया की प्रार्थना तुम चाहते हो?"

उत्साहित होकर प्राणनाथ ने कहा, "मुझे गलत मत समझो मेरे दोस्त, हम लोग ऐसी कोई बात नहीं चाहते जिससे तुम्हारी बहादुरी को बट्टा लगे। आज रात हमारी कमेटी की बैठक में एक ड्राफ्ट बनाया जाएगा। उसे मैं कल सुबह तुम लोगों के पास ले आऊंगा।"

राजगुरु और सुखदेव गुस्से से तमतमा रहे थे, पर भगतसिंह ने उन्हें बोलने नहीं दिया और मुस्कराते हुए कहा, "दया की प्रार्थना तो हम भी तैयार कर सकते हैं, मगर हमारे मुकदमे ने तुम्हें एक कामयाब वकील ज़रूर बना दिया है। याद रखना, दोस्तों का यह अहसान भूलना नहीं।"

दूसरे दिन जब भगतसिंह ने वह ड्राफ्ट पढ़ा तो खिलखिलाकर हंसे। बोले, "यार, रहने दो अपना ड्राफ्ट, हम लोगों ने तो दया की प्रार्थना भेज भी दी है।"

और भगतसिंह ने अपना वह प्रार्थना-पत्र, जो सचमुच पंजाब गवर्नर को भेजा जा चुका था, प्राणनाथ को दिखाया। उसमें लिखा था:

"हमारे विरुद्ध सबसे बड़ा दोष यह लगाया गया है कि हमने सम्राट जार्ज के विरुद्ध संघर्ष किया है। न्यायालय के इस निर्णय से दो बातें स्पष्ट

हो जाती हैं—प्रथम यह कि अंग्रेज़ जाति और भारतीय जनता के मध्य एक संघर्ष चल रहा है, दूसरी यह कि हमने निश्चित रूप से उस युद्ध में भाग लिया है। अतः हम युद्धबन्दी है।

"हम यह कहना चाहते हैं कि युद्ध छिड़ा हुआ है और यह लड़ाई तब तक चलती रहेगी जब तक कि शक्तिशाली व्यक्तियों ने भारतीय जनता और श्रमिकों की आय के साधनों पर अपना एकाधिकार कर रखा है। चाहे ऐसे व्यक्ति अंग्रेज़ पूंजीपति हों या अंग्रेज़ी शासक या सर्वथा भारतीय ही हों, उन्होंने आपस में मिलकर एक लूट जारी रखी हुई है। चाहे शुद्ध भारतीय पूंजीपतियों के द्वारा ही निर्धनों का खून चूसा जा रहा हो, तो भी इस स्थिति में कोई अन्तर नहीं पड़ता।

"बहुत सम्भव है कि युद्ध भयंकर रूप ग्रहण कर ले। यह उस समय तक समाप्त नहीं होगा जब तक कि समाज का वर्तमान ढांचा समाप्त नहीं हो जाता, प्रत्येक वस्तु में परिवर्तन या क्रांति नहीं हो जाती और मानवी सृष्टि में एक नवीन युग का सूत्रपात नहीं हो जाता।

"जहां तक हमारे भाग्य का सम्बन्ध हैं, हम बड़े बलपूर्वक आपसे यह कहना चाहते हैं कि आपने हमें फांसी पर लटकाने का निर्णय कर लिया है, आप ऐसा करेंगे ही, आपके हाथों में शक्ति है और आपको अधिकार भी प्राप्त है, परन्तु इस प्रकार आप 'जिसकी लाठी उसकी भैंस वाला' सिद्धान्त ही अपना रहे हैं और आप उसपर कटिबद्ध हैं। हमारे अभियोग की सुनवाई इस वक्तव्य को सिद्ध करने के लिए पर्याप्त है कि हमने कभी कोई प्रार्थना नहीं की और अब भी हम आपसे किसी प्रकार की दया की प्रार्थना नहीं करते। हम केवल आपसे यह प्रार्थना करना चाहते हैं कि आपकी सरकार के ही एक न्यायालय के निर्णय के अनुसार हमारे विरुद्ध युद्ध जारी रखने का अभियोग है, इस स्थिति में हम युद्धबन्दी हैं, अतः इस आधार पर हम आपसे मांग करते हैं कि हमारे साथ युद्धबन्दियों जैसा ही बरताव किया जाए और हमें फांसी देने के बदले गोली से उड़ा दिया जाए।"

दया की इस याचना के प्रति नतमस्तक ही हुआ जा सकता है। जिन्होंने मरणव्रत धारण किया है वे मरण को महिमान्वित करने की याचना कर सकते हैं, जीवन की नहीं।

कवि कुलगुरु रवीन्द्रनाथ ने गाया है, 'मरण रे तुहु मम ताप घुचाओ'। भगतसिंह और उनके साथी उसी मरण के लिए व्याकुल थे, पर प्रियजन अभी प्रयत्न में लगे थे। हाईकोर्ट को अभी कानूनी मुद्दे पर निर्णय देना था। अभी गांधीजी के प्रयत्नों का परिणाम भी सामने नहीं आया था। यद्यपि सब कुछ स्पष्ट था, पर आशा का क्षीण तन्तु सबको उत्सुक किए हुआ था।

3 मार्च, 1931 को भगतसिंह अन्तिम बार अपने परिवार वालों से मिले। दर्द जैसे साकार हो उठा हो। पर उसे शब्द देना व्यर्थ है। वह अनुभव करने की वस्तु है। जिसने उसे भोगा हो, वही उसे अनुभव कर सकता है। माता-पिता, दादाजी, चाचीजी और भाई सभी तो थे सामने। पर सबसे आकुल-अधीर थे दादा अर्जुनसिंह। उन्होंने ही तो उस कुल में क्रांति की ज्योति जगाई थी। उन्होंने ही तो उपनयन-संस्कार के समय भगतसिंह को राष्ट्र को समर्पित किया था। वह समर्पण आज पूर्ण था। वह गौरवान्वित थे अपने लगाए पौधे को इस प्रकार पुष्पित-पल्लवित होते देखकर, पर उनके अन्तर् में मानव का हृदय भी तो था और वह एक अनिर्वचनीय दर्द से परिव्याप्त था। वे भगतसिंह के पास आए, उनके सिर पर हाथ फेरा। कुछ कहना चाहा, पर होंठ कांपकर रह गए। अन्तर् के उमड़ते हुए द्वन्द्व ने उन्हें वहां से हट जाने को विवश कर दिया। वे दूर जा खड़े हुए और आंसू मार्ग टटोलते रहे।

दूसरे लोग भी पास होकर उतने ही दूर थे, उतने ही अजनबी थे, क्योंकि शब्द उनका साथ ही नहीं दे रहे थे। अन्तर् का उमड़ता-घुमड़ता तुमुल नाद केवल आंसुओं को ही मार्ग दे सकता था। फिर भी सबने अलग-अलग भगतसिंह से बातें कीं। भगतसिंह तो अब द्वन्द्वातीत थे, राग-द्वेष, सुख-दुख से ऊपर। हंसते-हंसते बता रहे थे कि मेरा वज़न बढ़ गया है। अपनी माताजी से उन्होंने कहा, "बेबेजी, दादाजी अब ज़्यादा दिन नहीं जिएंगे। आप वहां जाकर इनके पास ही रहना।" यह भी कहा, "लाश लेने आप मत आना। कुलबीर को

भेज देना। कहीं आप रो पड़ीं तो लोग कहेंगे कि भगतसिंह की मां रो रही है।"

और वे इतने ज़ोर से हंसे कि अधिकारी चकित-विस्मित देखते ही रह गए।

मिलने वाले चले गए तो उन्होंने अपने 12 वर्षीय छोटे भाई कुलतारसिंह को यह पत्र लिखा:

सेण्ट्रल जेल, लाहौर
3 मार्च, 1931

अज़ीज़ कुलतार,

आज तुम्हारी आंखों में आंसू देखकर बहुत दुख हुआ। आज तुम्हारी बातों में बहुत दर्द था। तुम्हारे आंसू मुझसे सहन नहीं होते। बर्खुरदार, हिम्मत से शिक्षा प्राप्त करना और सेहत का खयाल रखना। हौसला रखना और क्या कहूं:

उसे फिक्र है हरदम नया तर्ज़े-जफा क्या है,
हमें यह शौक देखे सितम की इन्तहा क्या है।
दहर से क्यों खपा रहें, चर्ख का क्यों गिला करें,
सारा जहां अदू सही आओ मुकाबला करें।
कोई दम का मेहमां हूं, ए अहले-महफिल,
चरागे-सहर हूं बुझा चाहता हूं।
मेरी हवा में रहेगी ख्याल की बिजली,
यह मुश्ते-खाक है फानी रहे, न रहे।

अच्छा, रुखसत—खुश रहो अहले वतन, हम तो सफर करते हैं। हौसले से रहना। नमस्ते।

तुम्हारा भाई
भगतसिंह

किसी परिजन को लिखा हुआ उनका यही अन्तिम पत्र था।

6

थोड़ा पीछे लौटें। आज भी यह मान्यता है कि गांधीजी चाहते तो भगतसिंह और उनके साथियों को फांसी के तख्ते से उतार सकते

थे। उनके पथ के साथियों ने तो गांधीजी को दोषी ठहराने में कोई कसर नहीं छोड़ी है। पर जो तथ्य हैं उनपर दृष्टि डाल लेना भी अनुचित नहीं होगा।

25 जनवरी, 1931 को वायसराय ने गांधीजी तथा उनके कुछ प्रमुख साथियों को रिहा कर दिया था। वायसराय के अनुसार जेल के द्वार इसलिए खोले गए थे कि नेतागण प्रथम गोलमेज़ कांफ्रेंस के निर्णयों पर खुलकर विचार-विनिमय कर सकें। यह कहना अत्युक्ति नहीं होगी कि इस रिहाई से कांग्रेस और सरकार के बीच कोई न कोई समझौता होने की आशा बलवती हो उठी थी। शांतिदूत बहुत दिनों से प्रयत्नशील थे। लोग यह भी सोचने लगे थे कि अगर समझौता हो गया तो भगतसिंह और उनके साथी भी बच सकते हैं।

घटनाएं तेज़ी से घटने लगीं। 6 फरवरी को पण्डित मोतीलाल नेहरू की मृत्यु हो गई और 17 फरवरी को गांधीजी पहली बार वायसराय से मिले। यद्यपि उनके अपने शब्दों में वे 'एक मनुष्य की हैसियत से' मिले थे, परन्तु कांग्रेस कार्यसमिति उन्हें समझौते के पूरे अधिकार दे चुकी थी।

इसी बीच में 2 फरवरी, 1931 को 'पंजाब केसरी' में भगतसिंह के नाम से समझौते के सिद्धान्त को लेकर एक पत्र छपा। इस पत्र की प्रामाणिकता[1] पर सन्देह प्रकट किया गया है। परन्तु इसमें सन्देह नहीं है कि इस पत्र पर औढ़ चिन्तन की छाप है और उनके दल में यह श्रेय भगतसिंह को ही मिला है, इसलिए उसके कुछ अंश यहां देना अनुचित न होगा। उन्होंने तात्कालिक सत्याग्रह आन्दोलन पर एक नज़र डालते हुए समझौते की चर्चा की और लिखा... "समझौता कोई ऐसी हेय और निन्दनीय वस्तु नहीं है जैसा कि साधारणतया हम लोग समझते हैं, बल्कि राजनीतिक संग्राम का समझौता एक प्रावश्यक अंग है। कोई भी कौम जो किसी अत्याचारी शासन के विरुद्ध खड़ी होती है, यह ज़रूरी है कि वह प्रारम्भ में असफल हो, और अपनी लम्बी ज़द्दोजहद के मध्यकाल में इस प्रकार के समझौतों के ज़रिये कुछ राजनैतिक सुधार हासिल करती जाए, परन्तु वह अपनी चढ़ाई की आखिरी मंज़िल तक

1. भगतसिंह और उनका युग, पृष्ठ 218

पहुंचते-पहुंचते अपनी ताकतों को इतना संगठित और दृढ़ कर लेती है कि उसका दुश्मन पर आखिरी हमला ऐसा ज़ोरदार होता है कि शासक लोगों की ताकत उसके उस वार के सामने चकनाचूर होकर गिर पड़ती है। ऐसा भी होता है कि उस वक्त उसे दुश्मन के साथ कोई समझौता कर लेना पड़े।

"जिस बात को मैं बताना चाहता हूं वह यह है कि समझौता भी ऐसा हथियार है जिसे राजनैतिक ज़द्दोजहद के बीच में कदम-कदम पर इस्तेमाल करना आवश्यक हो जाता है। यह इसलिए कि एक कठिन लड़ाई से थकी हुई कौम को थोड़ी देर के लिए आराम मिल सके और वह अगले युद्ध के लिए अधिक ताकत के साथ तैयार हो सके। इन सारे समझौतों के बावजूद जिस चीज़ को हमें नहीं भूलना चाहिए, वह हमारा आदर्श है जो हमेशा हमारे सामने रहना चाहिए।"

पत्र-लेखक ने यह बात मानने से इन्कार करते हुए कि कांग्रेस द्वारा मज़दूरों और किसानों का उद्धार होगा, लिखा—"इसलिए मैं कहता हूं कि कांग्रेस के लोग पूर्ण क्रांति नहीं चाहते। सरकार पर आर्थिक दबाव डालकर वे कुछ सुधार और कर लेना चाहते हैं। वे भारत के धनी वर्ग के लिए कुछ सुविधाएं और चाहते हैं और इसलिए यह भी कहता हूं कि कांग्रेस का आन्दोलन किसी न किसी समझौते या असफलता के रूप में समाप्त हो जाएगा।"

उन्होंने नौजवानों से गांधीजी के आन्दोलन से शिक्षा प्राप्त करने की अपील करते हुए फिर से क्रांति की व्याख्या की और कार्लमार्क्स के सिद्धान्तों में आस्था प्रकट करते हुए नये शासन विधान को परखने के लिए तीन कसौटियां बताईं:

1. शासन की ज़िम्मेदारी किस हद तक भारतवासियों के सुपुर्द की जाती है।

2. शासन विधान को चलाने के लिए किस प्रकार की सरकार बनाई जाती है और जनता को उसमें हिस्सा लेने का किस हद तक मौका मिलता है।

3. भविष्य में इससे क्या आशाएं की जा सकती हैं और उसपर

कहां तक प्रतिबन्ध लगाए जाते हैं।

उन्होंने अपने दल के लक्ष्य और साधनों की एक बार फिर व्याख्या की और सख्त नियन्त्रण में रह सकने वाले कार्यकर्ताओं का आह्वान करते हुए जनता को संगठित करने की आवश्यकता पर ज़ोर दिया, लेकिन इस पत्र के अन्त में उन्होंने जो कुछ कहा वह बहुत ही महत्त्वपूर्ण है। उन्होंने लिखा:

"यह बात प्रसिद्ध ही है कि मैं आतंकवादी रहा हूं, परन्तु मैं आतंकवादी नहीं हूं। मैं क्रांतिकारी हूं जिसके कुछ निश्चित विचार, निश्चित आदर्श और एक लम्बा कार्यक्रम है। मुझे यह दोष दिया जाएगा (जैसा कि लोग रामप्रसाद बिस्मिल को भी देते थे) कि फांसी की काल-कोठरी में पड़े रहने से मेरे विचारों में भी कोई परिवर्तन आ गया है; परन्तु ऐसी बात नहीं है। मेरे विचार अब भी वही हैं, मेरा लक्ष्य अब भी वही है जो जेल से बाहर था।

"मेरा यह दृढ़ विश्वास है कि हम बम और पिस्तौल से कोई लाभ प्राप्त नहीं कर सकते।...केवल बम फेंकना न सिर्फ व्यर्थ है, परन्तु बहुत बार हानिकारक भी है। उसकी आवश्यकता किन्हीं खास अवस्थाओं में ही पड़ा करती है। हमारा मुख्य लक्ष्य मज़दूरों और किसानों का संगठन होना चाहिए। सैनिक विभाग (दल का) युद्ध-सामग्री को किसी खास मौके के लिए केवल संग्रह करता रहे। यदि युवक इसी प्रकार प्रयत्न करते जाएंगे तब एक साल में स्वराज्य तो नहीं होगा, विन्तु भारी कुरबानी और त्याग की कठिन परीक्षा में से गुज़रने के बाद वे अवश्य विजयी होंगे। इंकलाब ज़िन्दाबाद।"

उन दिनों भारत के मानस पर समझौता छाया हुआ था। 27 फरवरी को जो बातचीत आरम्भ हुई थी, वह 4 मार्च तक चलती रही और उसका अन्त 5 मार्च की ब्रह्मवेला में एक समझौते से हुआ। इतिहास में वह गांधी-इर्विन समझौता के नाम से प्रसिद्ध है। उसमें 16 धाराएं थीं। 9वीं धारा यह थी :

"वे कैदी छोड़े जाएंगे, जो सविनय अवज्ञा आन्दोलन के सिलसिले में ऐसे अपराधों के लिए कैद भोग रहे होंगे जिन में नाममात्र की हिंसा को छोड़कर और किसी प्रकार की हिंसा या हिंसा के लिए उत्तेजना का समावेश न हो।"

इस धारा में उस आशा के लिए कोई स्थान न था जो भगतसिंह और उनके साथियों की मुक्ति को लेकर पैदा हो गई थी। लेकिन अगले दिन पत्रकार-सम्मेलन में गांधीजी ने एक ऐसी बात कही जो इस आशा को अन्तिम रूप से नष्ट करने वाली नहीं थी। उन्होंने कहा, "व्यक्तिगत रूप से उन लोगों के जो हिंसा करने के दोषी हैं, जेल भेजे जाने की प्रणाली पर मेरा विश्वास नहीं है। मेरा विश्वास है कि वे लोग महसूस करेंगे कि मैं न्यायपूर्वक उनकी रिहाई के लिए नहीं कह सकता था, **लेकिन इसका यह मतलब नहीं कि मुझे अथवा कार्यसमिति के सदस्यों को उनका खयाल ही नहीं है।**"

समझौते के बीच भगतसिंह की चर्चा न हुई हो यह बात नहीं, पर गांधीजी ने उसे अपने ही ढंग से पेश किया। उन्होंने शुरू में सीधे प्राणदण्ड न देने का आग्रह नहीं किया, बल्कि तत्कालीन परिस्थितियों में सज़ा मुल्तवी करने की प्रार्थना की; परन्तु साथ ही यह भी कहा, "फिर भी मृत्युदण्ड बुरी चीज़ है, क्योंकि वह ऐसे व्यक्ति को सुधरने का अवसर नहीं देती। 'लार्ड इर्विन के शब्दों में' यद्यपि किसी भी परिस्थिति में प्राण-हत्या के खिलाफ होने के कारण वे स्वयं फांसी की सज़ा के विरुद्ध थे।" लेकिन वायसराय केवल दया के आधार पर सज़ा घटाते हैं या माफ करते हैं, राजनीति के उद्देश्य से नहीं।[1]

स्वाभाविक था कि इससे न जनता सन्तुष्ट हो सकती थी, न क्रांतिकारी ही। उन्होंने तो मान लिया था कि इसे समझौते की शर्त बनाना चाहिए था। 7 मार्च, 1931 की सार्वजनिक सभा में गांधीजी ने विस्तार से इस बात की चर्चा की। उसमें उन्होंने एक गुमनाम पर्चे के लेखक को सम्बोधित करते हुए दो बातें कहीं, जो स्थिति को स्पष्ट करती हैं, "उन्हें समझना चाहिए कि हमने कोई शान्ति-सन्धि नहीं की है। सिर्फ अल्पकालीन और अस्थायी समझौता किया है। मैं आपको बता दूं कि सारी समझौता-वार्ता के दौरान मैंने स्वतन्त्र रूप से कुछ नहीं किया। मुझे सारी कार्यसमिति का समर्थन प्राप्त था। समझौता करते समय हम जितना दबाव डाल सकते थे उतना हमने डाला... अस्थायी सन्धि के लिए मध्यस्थता करने वाले हम

1. गांधी वांग्मय, भाग 45, पृष्ठ 202 व 206

लोग सत्य और अहिंसा के अपने प्रण और न्याय की सीमाओं को नहीं भूल सकते थे.... उन सबको रिहा कराने का रास्ता अब भी खुला है। आप समझौते को कार्यरूप दें तो ऐसा हो सकता है। 'यंग इण्डिया' समझौते का समर्थन करे और दूसरी सारी शर्तों को पूरा करे और यदि ईश्वर ने चाहा और हमारे उपर्युक्त स्थिति पर पहुंचने तक भगतसिंह और दूसरे लोग जीवित रहे तो वे फांसी के तख्ते पर लटकने से ही नहीं बच जाएंगे, परन्तु रिहा भी कर दिए जाएंगे... भगतसिंह जैसे बहादुर आदमी को फांसी पर लटकाने की बात तो दूर रही, मेरी अन्तरात्मा तो किसी को भी फांसी के तख्ते पर लटकाने की गवाही नहीं देती है...यदि आपको हिंसा पर ही विश्वास है तो मैं आपको निश्चयपूर्वक बता सकता हूं कि आप केवल भगतसिंह को ही नहीं छुड़ा सकेंगे, बल्कि आपको भगतसिंह जैसे और हज़ारों लोगों का भी बलिदान करना पड़ेगा..."[1]

इसका कुछ भी अर्थ निकाला जा सकता है, परन्तु गांधीजी ने अपने प्रयत्न अभी भी नहीं छोड़े थे। 19 मार्च को वे लार्ड इर्विन से मिले तो फिर भगतसिंह की चर्चा हुई। अन्ततः 23 मार्च, 1931 को जो पत्र उन्होंने वायसराय को लिखा, उसमें भी उन्होंने अपने ही ढंग से अपनी आत्मा उंडेल दी थी[2]:

"प्रिय मित्र,

"आपका यह पत्र लिखना आपके प्रति क्रूरता करने जैसा लगता है, पर शान्ति के हित में अन्तिम अपील करना आवश्यक है। यद्यपि अपने मुझे साफ-साफ बता दिया था कि भगतसिंह और अन्य दो लोगों को मौत की सज़ा में कोई रियायत किए जाने की अशा नहीं हैं, फिर भी अपने मेरे शनिवार के निवेदन पर विचार करने को कहा था। डाक्टर सप्रू मुझसे कल मिले और उन्होंने मुझे बताया कि आप इस मामले से चिन्तित हैं और आप कोई रास्ता निकालने का विचार कर रहे हैं। यदि इसपर पुनः विचार करने की कुछ गुंजाइश हो, तो मैं आपका ध्यान निम्न बातों की ओर दिलाना

1. गांधी वांग्मय, भाग 45, पृष्ठ 288
2. " " " " पृष्ठ 353

चाहता हूं।

"जनमत, वह सही हो या गलत, सज़ा में रियायत चाहता है। जब कोई सिद्धान्त दांव पर न हो तो लोकमत का मान करना हमारा कर्तव्य हो जाता है।

"प्रस्तुत मामले में स्थिति ऐसी है कि यदि सज़ा हलकी हो जाती है तो बहुत सम्भव है कि आन्तरिक शान्ति की स्थापना में सहायता मिले। यदि मौत की सज़ा दी गई तो निस्सन्देह शांति खतरे में पड़ जाएगी।

"मैं अपको यह सूचित कर सकता हूं कि क्रांतिकारी दल ने मुझे यह आश्वासन दिया है कि यदि इन लोगों की जान बख्श दी जाए तो यह दल अपनी कार्यवाहियां बन्द कर देगा। यह देखते हुए मेरी राय में मौत की सज़ा को, क्रांतिकारियों द्वारा होने वाली हत्याएं जब तक बन्द रहती हैं, तब तक मुल्तवी कर देना एक लाज़मी फर्ज़ बन जाता है।

"राजनीतिक हत्याओं के मामलों में इससे पहले भी तरह दी जा चुकी है। यदि ऐसा करने से बहुत-सी अन्य निर्दोष जानें बचाई जा सकती हों तो उनका बचाना लाभदायक होगा। हो सकता है कि इससे क्रांतिकारियों की आतंकपूर्ण कार्यवाहियां लगभग समाप्त हो जाएं।

"चूंकि आप शान्ति-स्थापना के लिए मेरे प्रभाव को, जैसे भी वह है, उपयोगी समझते प्रतीत होते हैं, इसलिए अकारण ही मेरी स्थिति को भविष्य के लिए और ज़्यादा कठिन न बनाइए, यों ही वह कुछ सरल नहीं है।

"मौत की सज़ा पर अमल हो जाने के बाद तो वह कदम वापस नहीं लिया जा सकता। यदि आप सोचते हैं कि फैसले में थोड़ी भी गुंजाइश है तो मैं आपसे यह प्रार्थना करूंगा कि इस सज़ा को जिसे फिर वापस नहीं लिया जा सकता, आगे और विचार करने के लिए स्थगित कर दें।

"यदि मेरी उपस्थिति आवश्यक हो तो मैं आ सकता हूं। यद्यपि मैं बोल नहीं सकूंगा, पर मैं सुन सकता हूं और जो कुछ कहना चाहता हूं, वह लिखकर बता सकूंगा।

"दया कभी निष्फल नहीं जाती।"

लेकिन वायसराय ने उनको यह अन्तिम अपील भी ठुकरा दी—"मुझे लगता है कि उन कारणों से जिन्हें बातचीत के दौरान मैंने आपको पूरी तरह समझाने की कोशिश की थी, मुझे किसी तरह ऐसा नहीं लगता कि आप जो कुछ करने का अनुरोध कर रहे हैं, उसे करना ठीक होगा।"

इस सम्बन्ध में बहुत-से लोगों ने, बहुत खोज करके, बहुत-से तथ्य खोज निकाले हैं, परन्तु इस पत्र की प्रामाणिकता में सन्देह करने का कोई कारण खोजा जा सकेगा, इसमें सन्देह है।

इससे तीन दिन पूर्व (20-3-1931) भगतसिंह जो पत्र सरकार को लिख चुके थे उसने फांसी के तख्ते से मुक्ति की आशा को अन्तिम रूप से समाप्त कर दिया। मनुष्य के सब प्रयत्न व्यर्थ हो गए। और भगतसिंह स्वयं चाहते थे कि वे व्यर्थ हों। उनके ही साथी श्री विजयकुमार सिन्हा के शब्दों में[1]—"सारा देश तो सरदार को बचाने की चेष्टा कर रहा था, पर वह स्वयं बलिवेदी पर चढ़ना चाहते थे। उनका कहना था कि क्रांति की अधिक सेवा शहादत के द्वारा ही कर सकूंगा।...लोग जिन्दगी से बुरी तरह चिमटे रहते हैं, परन्तु यहां मेरे सामने एक ऐसा व्यक्ति था जिसकी उमर बीस वर्ष[2] से कुछ ही ऊपर थी, वह ज़िन्दगी समाप्त करके मृत्यु का आलिंगन करना चाहता था ताकि देश की भलाई हो।"

भगतसिंह अन्तिम क्षणों में लेनिन की जीवनी पढ़ने को बहुत आतुर हो उठे थे। उन्होंने अपने वकील और मित्र प्राणनाथ मेहता को सन्देश भेजा, "अन्तिम वसीयत के बहाने तुरन्त मुझसे मिलो, पर लेनिन का जीवन-चरित्र लाना न भूलना।"

वे जीवन-चरित्र लेकर पहुंचे। उस मार्मिक भेंट के कुछ अंश इस प्रकार हैं—"मैं जानता था और वे भी जानते थे कि मृत्यु के क्षण निकट आ रहे हैं, घड़ी की सुइयां फांसी के समय की ओर तेज़ी से बढ़ रही हैं, पर इसके बावजूद मैंने उन्हें प्रसन्न मुद्रा में पाया। उनके चेहरे पर रौनक ज्यों की त्यों थी और जब मैं उनके पास पहुंचा, वे

1. भगतसिंह और उनका युग, पृष्ठ 216।

2. 23 वर्ष

पिंजरे में बन्द शेर की तरह टहल रहे थे।

"मेरे कोठरी में पैर रखते ही उन्होंने अपने खास लहजे में कहा, 'आप वह पुस्तक ले आए ?' मैंने 'क्रांतिकारी लेनिन' चुपके से उन्हें थमा दी। उसे देखकर वे बहुत प्रसन्न हुए। मैंने कहा, 'देश के लिए अपना सन्देश दीजिए।'

"बिना सोचे तुरन्त बोले, 'साम्राज्यवाद मुर्दाबाद, इंकलाब ज़िन्दाबाद।'

" 'आज आप कैसा महसूस कर रहे हैं ?'

" ' मैं बिलकुल प्रसन्न हूं।'

" 'आपकी अन्तिम इच्छा क्या है?'

" 'बस यही कि फिर जन्म लूं और मातृभूमि की और अधिक सेवा करुं।'

"उन्होंने मुकदमे में दिलचस्पी लेने वाले नेताओं को अपनी कृतज्ञता और अपने मित्रों, खासकर फरार साथियों के लिए, शुभकामनाएं दीं। अजीब बात यह थी कि मृत्यु के वातावरण से मेरी आवाज़ में कंपकंपी थी, पर भगतसिंह तन-मन से पूर्ण स्वस्थ थे। वे इतने निश्चिन्त थे कि मृत्यु के प्रति उनकी निर्भीकता और निर्लिप्तता को देखकर उनके मनुष्य नहीं, देवता होने का सन्देह होता था।

"इसी समय चौदह नम्बर के उनके साथियों ने एक परचा भगतसिंह के पास भेजा। उसमें लिखा था, 'सरदार, आप एक सच्चे क्रांतिकारी की हैसियत से बताएं कि क्या आप चाहते हैं कि आपको बचा लिया जाए ? इस आखिरी वक्त में भी शायद कुछ हो सकता है।'

"भगतसिंह का उत्तर उन्हीं के अनुरूप था। उसे उनकी आकांक्षाओं और संकल्पों का दस्तावेज़ कह सकते हैं। उन्होंने लिखा, 'जिन्दा रहने की ख्वाहिश कुदरती तौर पर मुझमें भी होनी चाहिए। मैं इसे छिपाना नहीं चाहता, लेकिन मेरा ज़िन्दा रहना मशरुत (एक शर्त पर) है। मैं कैद होकर या पाबन्द होकर ज़िन्दा रहना नहीं चाहता।

" ' मेरा नाम हिन्दुस्तानी इंकलाब पार्टी का निशान बन चुका है। और इंकलाब-पसन्द पार्टी के आदर्शों और बलिदानों ने मुझे बहुत ऊंचा

कर दिया है। इतना ऊंचा कि ज़िन्दा रहने की सूरत में इससे ऊंचा मैं हरगिज़ नहीं हो सकता।

"'आज मेरी कमज़ोरियां लोगों के सामने नहीं हैं। अगर मैं फांसी से बच गया तो वे ज़ाहिर हो जाएंगी और इंकलाब का निशान मद्धिम पड़ जाएगा या शायद मिट ही जाए; लेकिन मेरे दिलेराना ढंग से हंसते-हंसते फांसी पाने की सूरत में हिन्दुस्तानी माताएं अपने बच्चों के भगतसिंह बनने की आरज़ू किया करेंगी। और देश की आज़ादी के लिए बलिदान होने वालों की तादाद इतनी बढ़ जाएगी कि इंकलाब को रोकना इम्पीरियलिज़्म की तमाम सर (सम्पूर्ण) शैतानी कुव्वतों के बस की बात न रहेगी।

" 'हां, एक खयाल आज भी चुटकी लेता है। देश और इंसानियत के लिए जो कुछ करने की हसरतें मेरे दिल में थीं उनका हज़ारवां हिस्सा भी पूरा न कर पाया। अगर ज़िन्दा रह सकता तो शायद इनको पूरा करने का मौका मिलता और मैं अपनी हसरतें पूरी कर सकता।

" 'इसके सिवा कोई लालच मेरे दिल में फांसी से बच रहने के लिए कभी नहीं आया। मुझसे ज़्यादा खुशकिस्मत कौन होगा ! मुझे आजकल अपने-आपपर बहुत नाज़ है। मुझमें अब कोई ख्वाहिश बाकी नहीं है। अब तो बड़ी बेताबी से आखिरी इम्तहां का इंतज़ार है। आरज़ू है कि यह और करीब हो जाए।'

"यह पत्र लेकर जब पत्रवाहक लौट रहा था तो भगतसिंह ने उससे कहा, 'उनसे कहना यारो, बातें तो बहुत हो लीं अब रसगुल्ले तो खिला दो।'

"भगतसिंह को रसगुल्लों का बहुत शौक था। थोड़ी देर में वे आए। भगतसिंह मस्ती से उन्हें खाने लगे। यहीं उनका अन्तिम भोजन था।"

श्रीमती वीरेन्द्र सिन्धु ने संकेत किया है कि इस पत्र के पीछे बड़े जेलर मुहम्मद अकबर का हाथ था। मुहम्मद अकबर भगतसिंह के प्रति बेहद श्रद्धावान हो उठे थे। उन्हीं दिनों उन्होंने कहा था, "कौन जान सकता है कि मुझपर इस समय क्या बीत रही है।"

अन्तिम क्षणों की एक और घटना उनके अडिग विश्वास को

उजागर करती है। इस घटना को शब्द दिए हैं श्री वीरेन्द्र (सम्पादक प्रताप) ने। वे भी तब उसी जेल में थे। उन्होंने लिखा, "लाहौर सेंट्रल जेल में उन दिनों चीफ वार्डर एक रिटायर्ड फौजी हवलदार सरदार चतरसिंह था। तीन बजे के लगभग उसे यह सूचना दी गई कि आज शाम को इन तीनों को फांसी दे दी जाएगी, इसलिए वह अपने हिस्से की व्यवस्था पूरी कर ले। चतरसिंह मधुर स्वभाव का एक ईश्वरभक्त मनुष्य था। सुबह-शाम वह गुरुवाणी का पाठ किया करता था। वह भगतसिंह के पास गया और कहने लगा, 'बेटा, अब तो आखिरी वक्त आ पहुंचा है, मैं तुम्हारे बाप के बराबर हूं। मेरी एक बात मान लो।'

"भगतसिंह ने हंसकर पूछा, 'कहिए, क्या हुक्म है?'

"सरदार चतरसिंह ने जवाब दिया, 'मेरी सिर्फ एक दरखास्त है कि अब आखिरी वक्त में तो 'वाहेगुरु' का नाम ले लो और गुरुवाणी का पाठ कर लो। यह लो गुटका, तुम्हारे लिए लाया हूं।'

"भगतसिंह ज़ोर से हंस पड़े। कहा, 'आपकी इच्छा पूरी करने में मुझे कोई आपत्ति नहीं हो सकती थी अगर कुछ समय पहले आप कहते। अब जब कि आखिरी वक्त आ गया है मैं परमात्मा को याद करूं तो वे कहेंगे कि यह बुज़दिल है। तमाम उम्र तो इसने मुझे याद किया नहीं, अब मौत सामने नज़र आने लगी है तो मुझे याद करने लगा है। इसलिए बेहतर यही होगा कि मैंने जिस तरह पहले अपनी ज़िन्दगी गुज़ारी है इसी तरह मुझे इस दुनिया से जाने दीजिए। मुझपर यह इलज़ाम तो कई लोग लगाएंगे कि मैं नास्तिक था और मैंने परमात्मा में विश्वास नहीं किया, लेकिन यह तो कोई न कहेगा कि भगतसिंह बुज़दिल और बेईमान भी था और आखिरी वक्त मौत को सामने देखकर उसके पांव लड़खड़ाने लगे थे।'

"जो अपने विश्वास को जीना जानते हैं वे ऐसा ही उत्तर दिया करते हैं।"

पटाक्षेप

आखिर वह क्षण आ पहुंचा जिसने इतिहास को एक बार फिर महत्त्वपूर्ण बना दिया। अपने विश्वास पर जीवन उत्सर्ग करने वाली तीन और विभूतियों का नाम उसके पन्नों में स्वर्णाक्षरों में अंकित हो गया।

कालकोठरी का द्वार खुला। जेल के अधिकारियों ने सूचना दी, "सरदारजी, फांसी लगाने का हुक्म आ गया है । आप तैयार हो जाएं।"

उस समय भगतसिंह लेनिन की जीवनी पढ़ने में व्यस्त थे। बिना आंख ऊपर उठाए बोले, "ठहरो, एक क्रान्तिकारी दूसरे क्रान्तिकारी से मिल रहा है।"

स्वर में अमित विश्वास था। स्तब्ध अधिकारी कुछ न कह पाए। कुछ क्षण बाद भगतसिंह ने पुस्तक को छत की ओर उछाल दिया, उठे और कहा, "चलो।"

उनकी इच्छा थी कि न तो उनके हाथों में हथकड़ी लगाई जाएं, न उनके चेहरे को कनटोप से ढका जाए। ऐसा ही किया गया। अभी संध्या होने में देर थी। बन्दी सब अपने-अपने स्थान पर बन्द कर दिए गए थे। भगतसिंह ने अन्तिम बार अपनी कोठरी की ओर निहारा। अजस्र प्रेमभरी वह दृष्टि, अदृष्ट ही साक्षी रहा उस भावविह्वलता का। तभी आ गए दोनों जीवनसाथी सुखदेव और राजगुरु। तीनों की दृष्टि मिली, तीनों गले मिले, तीनों की भुजाएं एक-दूसरे में उलझ गईं। बीच में भगतसिंह, बायें सुखदेव, दायें राजगुरु। भगतसिंह ने गाना शुरू किया :

दिल से निकलेगी न मरकर भी वतन की उलफत,
मेरी मिट्टी से भी खुशबू - ए - वतन आएगी।

दूसरे ही क्षण तीनों कण्ठ एक-दूसरे में लय हो गए। आगे चलने वाले वार्डर, दायें-बायें जेल के अधिकारी क्या सोच रहे होंगे! काश, किसीने स्वर दिया होता उस क्षण की उन भावनाओं को ! इतना ही मालूम है कि अन्दर जो गोरा डिप्टी कमिश्नर खड़ा था वह

इन्हें खुला देखकर परेशान हो उठा, लेकिन मुहम्मद अकबर ने उसे विश्वास दिलाया कि कुछ नहीं होगा। भगतसिंह ने भी सम्भवतः उसकी परेशानी देख ली थी। बडे स्नेह से वे अंग्रेज़ी में बोले, "वेल मिस्टर मैजिस्ट्रेट, यू आर फार्चुनेट टु वि एबल टुडे टू सी होऊ इण्डियन रेवोल्यूशनरीज़ कैन एम्बेस डेथ विद प्लेज़र फार दि सेक आव देयर सुप्रीम आइडियल।" (मैजिस्ट्रेट साहब, आप भाग्यशाली हैं कि आज आप अपनी आंखों से यह देखने का अवसर पा रहे हैं। कि भारत के क्रान्तिकारी किस प्रकार प्रसन्नतापूर्वक अपने सर्वोच्च आदर्श के लिए मृत्यु का आलिंगन कर सकते हैं)।

मृत्यु का आलिंगन ही तो ईश्वर का आलिंगन है। दत्त को अपने पत्र में उन्होंने मानो उत्फुल्ल होकर लिखा था :

"नाउ आई सी माई गॉड इन हिज़ विजिएबल फार्म आन दि गैलोज।" अर्थात्—मैं देख रहा हूं अब अपने ईश्वर को उसके दर्शनीय रूप में फांसी के तख्ते पर। तभी तो डिप्टी कमिश्नर उनको देखता ही रह गया था। देखता रह गया था कि किस प्रकार शान्त-स्थिर स्वभाव से वे फांसी के मंच पर चढ़ गए। तीन फन्दे वहां लटक रहे थे। तीनों उनके नीचे खड़े हो गए। फिर अंतिम बार एकस्वर में पुकार उठे, "इंकलाब ज़िन्दाबाद। साम्राज्यवाद मुर्दाबाद।" फिर तीनों ने अपने-अपने फन्दे को पकड़ा, चूमा, गले में डाल लिया। और भगतसिंह ने सहज भाव से जल्लाद से कहा, "कृपा कर अब आप इन फन्दों को ठीक कर लें।"

निश्चय ही उस क्षण जल्लाद की आंखें भी भर आई होंगी। पर सदा की तरह उसने चरखी घुमाई होगी, तख्ता गिरा होगा और... और...

उस समय संध्या के 7 बजकर 33 मिनट हुए थे। जेल का प्रांगण नारों से गूंज रहा था। सभी बन्दी जान गए थे। अधिकारी डर गए। लाशें बाहर गईं तो बलवा हो सकता है। चुपचाप उन्होंने शवों को खण्ड-खण्ड किया, बोरियों में भरा और पीछे के छोटे द्वार से बाहर ले गए। वहां ट्रक खड़ा था। उन्हें लेकर सतलुज के किनारे वह फिरोज़पुर की ओर चल पड़ा।

लाशों से भी डर जाए, उस सरकार को कोई क्या कहे ? उसने

एक सिख ग्रन्थी और एक हिन्दू पण्डित को साथ अवश्य लिया, पर विधि-विधान से संस्कार में तो समय लगता है। उसी बीच में क्रान्ति उन्हें निगल सकती है। सो उन्होंने घी के स्थान पर मिट्टी के तेल का प्रयोग किया। लाशें जलीं, प्रकाश तो होना ही था। उस प्रकाश ने लोगों को आकर्षित किया। वे अब तक सब कुछ सुन चुके थे। मन के वायरलेस की शक्ति अपार होती है। हाथों में मशाल लिए लोगों को आते देखकर अधिकारी डर गए। उन्होंने लाशों के अधजले टुकड़ों को सतलुज में फेंका और प्राण बचाकर भाग खड़े हुए।

दूसरे दिन सवेरे लोग वहां आए। उन्होंने चिता के स्थान को खोजा, फिर लाशों के अधजले टुकड़े ढूंढ़े और एक बार फिर उन्हें विधिवत चिता पर रखा। सरकार समझती थी, उन्होंने क्रान्तिकारियों से मुक्ति पा ली, पर क्रान्ति तो और पास आ गई थी। स्वाधीनता का मंगल प्रभात अब 17 वर्ष दूर भी नहीं रह गया था।

जिस समय जेल में वे वीर इतिहास को सौंपे जा रहे थे उसी समय लाहौर में एक और स्थान पर नया इतिहास लिखा जा रहा था। पीछे देख आए हैं कि 23 तारीख को भगतसिंह का परिवार अंतिम भेंट के लिए आया था, लेकिन अधिकारियों का आदेश था, "केवल माता-पिता मिल सकते हैं।"

तब पिता ने कहा था, 'मिलेंगे तो सब, नहीं तो कोई नहीं।'

और वे निराश लौट गए थे। तब उनके साथ उनका परिवार ही नहीं था, अन्याय के विरुद्ध नारे लगाती जनता भी थी। वे मोरी गेट पहुंचे। भीड़ जलसे में परिवर्तित हो गई। सरदार किशनसिंह भाषण देने लगे। बेटा फांसी के फन्दे को चूम रहा था और दूर उसके पिता भाषण दे रहे थे कि कहीं जनता भड़क न उठे।

अभी उन्हें पता भी नहीं था कि बेटा कल के बजाय आज ही शहीद हो रहा है। तभी दौड़ते हुए आए कुलतारसिंह। बोले, "उन्हें फांसीघर की ओर ले जाया जा रहा है।"

सरदार किशनसिंह ने बेटे को वहीं बैठने का इशारा किया और भाषण देते रहे। तभी आया जेल में दूध देने वाला ग्वाला। बोला, "फांसी लग गई। लाश ले आओ।"

किशनसिंह अब भी विचलित नहीं हुए, जैसे सब कुछ पहले से ही निश्चित था। वे तो मात्र द्रष्टा थे। उन्होंने श्रोताओं से कहा, "खबर मिली है कि भगतसिंह को फांसी दे दी गई है। मैं खबर या लाश लेने जेल जा रहा हूं। आप सब अपनी-अपनी जगह बैठे रहें। मैं कहता हूं, कोई जेल की तरफ न जाए। ऐसा न हो कि हम एक भगतसिंह को लेने जाएं और सैकड़ों भगतसिंह देकर आएं।"[1]

लोग व्याकुल हो उठे। उनके कहने के बावजूद कुछ लोग उनके साथ हो लिए, पर चिड़िया तो खेत चुग चुकी थी। इतना ही पता लगा कि लाशों को जलाने के लिए बाहर भेज दिया गया है। लोग उस स्थान की खोज में इधर-उधर बिखर गए।

दूसरे दिन सवेरे लोगों ने देखा, स्थान-स्थान पर सरकारी पोस्टर चिपके हैं—"सिख ग्रंथी और हिन्दू पंडितों के द्वारा भगतसिंह, सुखदेव और राजगुरु का अंतिम संस्कार कर दिया गया।"

जैसे उन्होंने घोषणा की कि हमने भगतसिंह और उसके साथियों को फांसी पर लटकाकर उनको समाप्त कर दिया, पर वे भूल गए ऐसी मृत्यु मरने वाले को सदा-सदा के लिए अमर कर देती है। समूचे देश में इस नृशंस हत्याकांड के विरुद्ध प्रदर्शन हुए। आकाश 'इंकलाब ज़िन्दाबाद' के नारों से गूंज उठा। नवयुवकों की बेचैनी को दबाने के लिए सरकार को कई शहरों में सेनाएं घुमानी पड़ीं, लेकिन वे आत्माएं शरीर के बन्धन से मुक्त होकर अब सर्वव्यापी हो गई थीं। कैलेंण्डर, बिल्ले, पोस्टर, समाचारपत्र और सबसे बढ़कर मानव का मन, सब कहीं वे थे। सरकार वहां भी फांसी का फंदा लिए घूमती थी। होशियारपुर के गोरे पुलिस कप्तान ने पनवाड़ी की दुकान पर भगतसिंह का चित्र देखा तो बौखला उठा। वह घोड़ा दौड़ाता वहां आया। चित्र को खींचकर धरती पर पटक दिया और देर तक पागल-सा पैरों से उसे रौंदता रहा। बेचारा ! भूल गया कि प्रतिक्षण वह अपने को छोटा और भगतसिंह को महान बना रहा है।

ज़ालिम फलक ने लाख मिटाने की कोशिश की।
हर दिल में अक्स रह गया, तस्वीर रह गई॥

1. युगदृष्टा भगतसिंह, पृष्ठ 35

इसी समय कराची में कांग्रेस का अधिवेशन हो रहा था। गान्धीजी अपनी लोकप्रियता के सर्वोच्च शिविर पर थे, पर कांग्रेस के इतिहास-लेखक डा० पट्टाभि सीतारमैया के शब्दों में, "यह कहना अतिशयोक्ति न होगी कि भगतसिंह का नाम भारत-भर में उतना ही लोकप्रिय था जितना गान्धीजी का।"[1] नवयुवकों का क्रोध गान्धीजी के प्रति उबल उठा था, परन्तु गान्धीजी के शब्दों में, "यद्यपि वे मुझ पर नाराज़ थे, फिर भी मैं सोचता हूं कि उन्होंने अपने क्रोध का प्रदर्शन बहुत ही सभ्य ढंग से किया।"[2]

सचमुच इन तीनों नवयुवकों की आत्माएं इस समय कांग्रेस नगर पर मंडराती हुई लोगों को शोक-संताप में डुबो रही थीं और गान्धीजी बार-बार अपनी स्थिति स्पष्ट कर रहे थे। 26 मार्च को कराची कांग्रेस में अपने भाषण में उन्होंने कहा, "मैं वायसराय को जिस तरह समझा सकता था उस तरह मैंने समझाया। समझाने की जितनी शक्ति मुझमें थी सब मैंने उनपर आज़मा देखी। भगतसिंह की परिवार वालों के साथ निश्चित आखिरी मुलाकात के दिन, अर्थात् 23 मार्च को सवेरे मैंने वायसराय को एक खानगी खत लिखा। उसमें मैंने अपनी सारी आत्मा उंडेल दी, पर सब बेकार गया। आप कहेंगे कि मुझे एक बात और करनी चाहिए थी। सज़ा को घटाने के लिए समझौते में एक शर्त रखनी चाहिए थी। ऐसा हो नहीं सकता था और समझौता वापस लेने की धमकी देना तो विश्वासघात कहा जाता। कार्यसमिति इस बात में मेरे साथ थी कि सज़ा घटाने की शर्त समझौते की शर्त नहीं हो सकती। इसलिए मैं इसकी चर्चा तो सुलह की वार्ता से अलग ही कर सकता था। मैंने उदारता की आशा की थी, मेरी वह अशा सफल होने वाली न थी, पर इस कारण समझौता तो कभी नहीं तोड़ा जा सकता।

"और मनुष्य की शक्ति-भर प्रयत्न मैंने अकेले ने ही तो नहीं किया। पूज्य पंडित मालवीयजी और डाक्टर सप्रू ने भी अपनी शक्तिभर प्रयत्न कर देखा।"[1]

1. संक्षिप्त कांग्रेस का इतिहास, पृष्ठ 225

2. सम्पूर्ण गान्धी वांग्मय, खण्ड 45, पृष्ठ 365

उन्होंने 'नवजीवन' में 26 मार्च को 'भगतसिंह' शीर्षक से एक टिप्पणी लिखी। जैसा कि उनके अन्तर् का विश्वास था, भगतसिंह के काम को अनुकरणीय नहीं माना, पर ऐसा नहीं कि वे भगतसिंह को समझते न हों। उन्होंने लिखा, "भगतसिंह को जीवित रहने की इच्छा नहीं थी, उसने माफी मांगने से इन्कार किया, अर्ज़ी देने से इन्कार किया। यदि वह जीते रहने को तैयार होता तो वह या तो दूसरों के लिए काम करने की दृष्टि से होता या फिर इसलिए कि उसकी फांसी से कोई आवेश में आकर व्यर्थ ही किसीका खून न करे। भगतसिंह अहिंसा का पुजारी नहीं था, पर वह हिंसा को धर्म नहीं मानता था, वह अन्य उपाय न देख कर खून करने को तैयार हुआ था। उसका आखिरी पत्र इस प्रकार था—'मैं तो लड़ते हुए गिरफ्तार हुआ हूं। मुझे फांसी नहीं दी जा सकती। मुझे तोप से उड़ा दो, गोली से मारो।' **इन वीरों ने मौत के भय को जीता था। इनकी वीरता के लिए इन्हें हज़ारों नमन हों...**।

"सरकार ने फांसी देकर अपना पशु स्वभाव प्रकट किया है, लोकमत का तिरस्कार कर सत्ता के मद का ताज़ा प्रदर्शन किया है—सरकार को फांसी देने का अधिकार था ज़रूर, **पर कई अधिकारों की शोभा इसमें है कि वे सिर्फ थैली में बन्द पड़े रहें**...अन्त में तो सारे अधिकार नष्ट ही होने हैं। इस वक्त अगर सरकार ने अपने अधिकार का उपयोग न किया होता, तो वह शोभा देता और शान्ति-रक्षा में उससे बड़ी सहायता मिलती। पर यह ज़ाहिर है कि अभी तक सरकार में इतनी विवेक-शक्ति नहीं आई है।"[2]

सरदार वल्लभभाई पटेल की अध्यक्षता में कराची कांग्रेस ने 29 मार्च को शोक-प्रस्ताव के बाद भगतसिंह और उनके साथियों के सम्बन्ध में प्रस्ताव पास किया। वह गान्धीजी की विचारधारा से प्रेरित है। इसकी पहली पंक्ति को लेकर काफी मतभेद और विवाद हुआ था। प्रस्ताव इस प्रकार था, "यह कांग्रेस किसी भी रूप अथवा प्रकार की राजनीतिक हिंसा से अपना सम्बन्ध न रखते

1. सम्पूर्ण गान्धी वांग्मय, खण्ड 45, पृष्ठ 373
2. " " " " " 382

हुए और उसका समर्थन न करते हुए स्वर्गीय भगतसिंह और उनके साथी सर्वश्री सुखदेव और राजगुरु के बलिदान और बहादुरी की प्रशंसा को अभिलेखबद्ध करती है, और इनकी जीवन-हानि पर शोकातुर परिवारों के साथ शोक प्रकट करती है। कांग्रेस की राय है कि इन तीनों को फांसी पर लटकाना अत्यन्त निम्न प्रतिशोध का कृत्य है और इस तरह सज़ा कम करने की राष्ट्र की सर्वमुखी मांग का जान बूझकर निरादर किया गया है। इस कांग्रेस की यह भी राय है कि सरकार ने दो राष्ट्रों के बीच अत्यन्त आवश्यक सद्भाव बढ़ाने की इस घड़ी का और जो दल निराश होकर राजनीतिक हिंसा का सहारा लेता है उसे शान्ति के मार्ग पर लाने का सुनहरा मौका खो दिया है।"[1]

इन शहीदों का बलिदान एक और ऐसे बलिदान का कारण बना जिसपर इतिहास सदा गर्व करेगा। वह बलिदान हुआ उन लोगों के प्रिय श्रीगणेश शंकर विद्यार्थी का। गान्धीजी के शब्दों में 'इतनी शानदार मृत्यु' शोक करने योग्य नहीं थी। हुआ यह कि भगतसिंह और उनके साथियों को फांसी पर कानपुर के मुसलमानों ने हड़ताल करने से इनकार कर दिया, क्योंकि जनवरी में मौलाना मुहम्मद अली की मृत्यु पर हिन्दुओं ने हड़ताल नहीं की थी। इसपर जो विवाद उठा, उसने शीघ्र ही झगड़े का रूप ले लिया और सरकार ने जानबूझकर उस झगड़े को बढ़ावा दिया। फिर तो भारत के इतिहास में एक सबसे घृणित साम्प्रदायिक दंगा फूट पड़ा। डा० सीतारमैया के शब्दों में, "दुकानों और मंदिरों में आग लगा दी गई और वे जल-जलकर खाक हो गए। पुलिस ने कोई सहायता नहीं दी। लूट-मार, मार-काट, अग्निकाण्ड, हुल्लडबाज़ी का बाज़ार गरम हो गया। लगभग 500 परिवार अपने घर छोड़-छोड़कर आसपास के गांवों में जा बसे। कांग्रेस ने बाबू पुरुषोत्तमदास टण्डन तथा अन्य कुछ मित्रों को शीघ्र ही कानपुर घटनास्थल पर भेजा लेकिन शान्ति के वातावरण को लाना सहज न था। श्री गणेश शंकर विद्यार्थी 25 तारीख से लापता थे। उनकी लाश का पता 29 तारीख को लगा। उन्होंने उस दिन कई मुसलमान परिवारों को बचाया था। पता चलता है कि उन्हें

1. सम्पूर्ण गान्धी वांग्मय, खण्ड 45, पृष्ठ 385

फंसाकर किसी स्थान पर ले जाया गया था जहां वे बिना किसी संकोच के चले गए और फिर एक सच्चे सत्याग्रही की भांति क्रुद्ध भीड़ के सामने उन्होंने अपना सिर झुका दिया।[1]

2

किसीका सही-सही मूल्यांकन थोड़ी दूरी चाहता है। आवेश और निकटता किसी भी व्यक्तित्व को प्रायः भावुकता और बुतपरस्ती की धुन्ध से धूमिल कर देते हैं। लगभग आधी शताब्दी बीत गई उन लोगों को शहीद हुए। अब उस धुन्ध के पार देखा जा सकता है।

भगतसिंह परम्परागत आतंकवादियों से अलग थे। खूब पढ़ते थे, पर पढ़ना अपने-आपमें बहुत महत्त्व नहीं रखता जब तक यह पता न लगे कि वे क्या पढ़ते थे। शहादत का जाम पीने के कुछ क्षण पूर्व तक वे लेनिन की जीवनी पढ़ते थे। साम्यवाद के सिद्धान्तों में उनकी गहरी दिलचस्पी थी। सेंट्रल जेल लाहौर से 24-7-1930 को साथी जयदेव को उन्होंने लिखा था:

"कृपया मेरे नाम द्वारकादास लाइब्रेरी से लेकर निम्नलिखित पुस्तकें शनिवार को कुलवीर के साथ भेज देना :

(1) मिलिटेरिज़्म : कार्ल लिनकेण्ट, (2) ह्वाईमैन फाइट : वी० रसेल, (3) सोवियट एट वर्क, (4) कलैस अव सेकण्ड इण्टरनेशनल, (5) म्यूचुअल एड : प्रिंस क्रोपाटकिन, (6) फील्ड्स, फैक्टरीज़ एण्ड वर्कशाप्स, (7) सिविल वार इन फ्रांस : मार्क्स, (8) लैण्ड रिवोल्यूशन इन एशिया, (९) स्वाई : अप्टन सिंक्लेयर।

"कृपा कर एक और पुस्तक पंजाब पब्लिक लाइब्रेरी से लेकर भेजने का कष्ट करें : 'हिस्टारिकल मैटीरलिज्म : बुखारिन'। लाइब्रेरियन से यह भी पूछें कि बोर्स्टल जेल में कुछ पुस्तकें भेजी हैं या नहीं। उनके पास पुस्तकों का भयानक अकाल है। उन्होंने सुखदेव के भाई जयदेव के द्वारा पुस्तकों की एक लिस्ट भेजी थी, लेकिन अभी तक कोई पुस्तक नहीं मिली। अगर उनके पास लिस्ट

---

1. कांग्रेस का इतिहास, संक्षिप्त, पृष्ठ 227

न हो तो कृपा कर लाला फिरोज़चन्द से कहें कि वे अपनी पसन्द की कुछ दिलचस्प पुस्तके भेज दें। इस रविवार को जब मैं वहां जाऊं तो उनके पास किताबें पहुंच चुकी होनी चाहिए। कृपा कर यह ध्यान रखना कि यह काम हर हालत में हो जाए।..."[1]

एक दिन जेल-अधिकारी ने उनसे कहा, "आप इतनी किताबें मंगाते हैं कि हम उन्हें सेंसर करते-करते थक जाते हैं। आप उन्हें पढ़ते भी हैं या देखकर ही लौटा देते हैं?"

भगतसिंह ने उत्तर दिया, "मेरी मंगाई हुई पुस्तकों में से किसी का भी कोई चैप्टर खोल देखिए, मैं बताऊंगा कि उसके अन्दर क्या है।"

उन्होंने 'टेन डेज़ देट शुकद वर्ल्ड' (रीड्स), 'एशियन डेमोक्रेसी' (रोपशिन), प्रिंसिपल प्राव फ्रीडम' (मैक्सविनी) जैसी पुस्तकें भी इन्हीं दिनों पढ़ीं। चार्ल्स डिकेन्स, गोर्की, मार्क्स, उमर खैयाम, ऐंजिल्स, आस्कर वाइल्ड और जार्ज बर्नार्ड शा उनके जेल की कोठरी के प्रिय साथी थे। यशपाल के शब्दों में, "अध्ययन भगतसिंह का स्वभाव बन गया था। जब भी देखो उसके लम्बे कोट की जेब में कोई न कोई पुस्तक रखी ही रहती थी। खाली सड़क पर चलता हो तो चलते-चलते वह पढ़ता रहता था।"[2]

शिववर्मा के शब्द भी इसका समर्थन करते हैं, "भगतसिंह और सुखदेव को छोड़कर और किसीने न तो समाजवाद पर अधिक पढ़ा ही था और न मनन ही किया था। (इनका) ज्ञान भी हमारी तुलना में अधिक ही था। वैसे समाजवाद के हर पहलू को पूरे तौर पर वे भी नहीं समझ पाए थे। यह काम तो पकड़े जाने के बाद लाहौर जेल में सम्पन्न हुआ।"[3]

उनके साथी अजय घोष ने, जो बाद में कम्युनिस्ट पार्टी के महामन्त्री के रूप में प्रसिद्ध हुए, भगतसिंह का सुन्दर रेखाचित्र प्रस्तुत किया है। उसी में वे उनके समाजवादी विचारों की चर्चा करते हुए लिखते हैं, "पढ़ने की तो धुन-सी उनपर सवार रहती थी। बन्दीजीवन

---

1. युगद्रष्टा भगतसिंह, पृष्ठ 235
2. " " " 236
3. " " " 236

में उनका अधिकतर समय समाजवादी साहित्य के अनुशीलनपरिशीलन में लगा। हम लोगों में सबसे पहले शायद वही समाजवादी विचारों की ओर आकृष्ट हुए थे। अनीश्वरवादी तो वह पक्के थे और पूर्ववर्ती आतंकवादियों के धर्मविश्वासों में से एक भी उन्हें छु तक नहीं गया था। यह कहना तो अत्युक्ति होगी कि वह पूरे मार्क्सवादी हो चुके थे, लेकिन अपने स्वाध्याय के फलस्वरूप, हमारे बीच जो वाद-विवाद अक्सर ही होते रहते थे, उन वाद-विवादों के फलस्वरूप और जेल के बाहर देश में जो प्रबल प्रभावी घटनाएं उस समय हो रही थीं, हमारे जेल में रहते-रहते ही शोलापुर का विद्रोह, पेशावर की उथल-पुथल और चन्द्रसिंह के नेतृत्व में गढ़वाली सैनिकों के वीरोचित इन्कार जैसी एक से एक झंझा वाली जो घटनाएं हुई थीं, उन घटनाओं के प्रभाव में आकर भगतसिंह ने इस बात पर अधिकाधिक ज़ोर देना शुरू कर दिया था कि हमारी 'सशस्त्र कार्रवाई' जन-आन्दोलन के साथ तालमेल बैठाकर ही, उसके अभिन्न अंग के रूप में ही, और उसकी ज़रूरतों और फर- माइशों के अधीन ही की जाए।

"सोवियत संघ के प्रति प्यार तो हमारे दिलों में पहले से ही था, पर जेल के अन्दर हमने जो स्वाध्याय किया, उसने उस प्यार को और भी गहरा कर दिया। सन् 1930 में नवम्बर क्रांति-दिवस पर हमने सोवियत संघ को अपनी ओर से अभिनन्दन-सन्देश भेजा, जिसमें सोवियत संघ की जीतों और उपलब्धियों का हमने हार्दिक स्वागत किया और शत्रुओं के विरुद्ध सोवियत संघ को अपना सहयोग-समर्थन देने का प्रण किया।"[1]

स्वयं भगतसिंह ने, जिस समय वह कालकोठरी में फांसी की प्रतीक्षा कर रहे थे, मरणबेला के अपने साथी सुखदेव को एक पत्र लिखा। उसमें उन्होंने पहले 'आत्महत्या' के सम्बन्ध में अपने विचार स्पष्ट किए हैं, फिर समाजवाद की चर्चा की है। उन विचारों के पीछे 'चिन्तन की प्रौढ़ता' तो है ही, अनुभूति की सहज अभिव्यक्ति भी है। आत्महत्या को 'घृणित अपराध' और पूर्ण कायरता का कार्य बताते हुए वे लिखते हैं, "क्या आपका विचार है कि यदि हमने इस दया के लिए

1. भगतसिंह और उनका युग (मन्मथनाथ गुप्त), पृष्ठ 226

गिड़गिड़ाते हुए दण्ड से बचने का प्रयत्न किया होता तो हमारा यह काम उचित होता? नहीं, इसका प्रभाव लोगों पर उलटा होता। अब हम अपने लक्ष्य में पूर्णतया सफल हुए हैं।

"हमें धैर्यपूर्वक फांसी की प्रतीक्षा करनी चाहिए। यह मृत्यु सुन्दर होगी, परन्तु आत्महत्या करना, केवल कुछ दुखों से बचने के लिए अपने जीवन को समाप्त कर देना तो कायरता है। मैं आपको बताना चाहता हूं कि आपत्तियां व्यक्ति को पूर्ण बनाने वाली होती है।"

लेकिन अपने कार्यों की समीक्षा करते हुए वे अत्यन्त विनम्रता से (तुलसीदासजी की सी विनम्रता से) लिखते हैं, "यदि हम इस क्षेत्र में न उतरे होते तो क्या कोई भी क्रांतिकारी कार्य कदापि न हुआ होता ? यदि आप ऐसा सोचते हैं तो भूल है। यद्यपि यह ठीक है कि हम भी वातावरण बदलने में बड़ी सीमा तक सहायक सिद्ध हुए हैं तथापि हम तो केवल अपने समय की आवश्यकता की उपज हैं। मैं तो यह भी कहूंगा कि साम्यवाद का जन्मदाता मार्क्स वास्तव में इस विचार को जन्म देने वाला नहीं था, वरन् यूरोप की औद्योगिक क्रांति ने ही एक विशेष विचार वाले व्यक्ति उत्पन्न किए थे, जिनमें मार्क्स भी एक था। अपने स्थान पर मार्क्स भी निस्सन्देह कुछ सीमा तक समय के चक्र को एक विशेष प्रकार की गति देने में अवश्य सहायक सिद्ध हुआ था। मैंने और अपने इस देश में समाजवाद या साम्यवाद के विचारों को जन्म नहीं दिया है, वरन् यह तो हमारे ऊपर, हमारे समय एवं परिस्थिति के प्रभाव का परिणाम है। निस्सन्देह हमने इन विचारों का प्रचार करने के लिए कुछ साधारण एवं तुच्छ कार्य अवश्य किए हैं।"[1]

मृत्यु से साक्षात्कार करने की राह देखते बैठे पथिक के ये शब्द उनके स्फटिक जैसे अन्तर से निकले सत्य की अनुभूति के साक्षी हैं। जो समाजवाद के बारे में सोचता है वह प्रेम के बारे में वैसा ही चिन्तन करता है।

"जहां तक प्यार के नैतिक स्तर का सम्बन्ध है, यह कह सकता

1. युग द्रष्टा भगतसिंह, पृष्ठ 241

हूं कि यह अपने में कुछ नहीं है सिवाय एक आवेग के, लेकिन पाशविकवृत्ति नहीं, एक मानवीय अत्यन्त सुन्दर भावना...। प्यार तो हमेशा मनुष्य के चरित्र को ऊंचा उठाता है, यह कभी भी उसे नीचा नहीं करता बशर्ते प्यार प्यार हो।...सच्चा प्यार कभी भी गढ़ा नहीं जा सकता। यह तो अपने ही मार्ग से आता है। कोई नहीं कह सकता कब? लेकिन यह प्राकृतिक है...। जब मैंने कहा था कि प्यार इन्सानी कमज़ोरी है, तो साधारण आदमी के लिए नहीं कहा था...। मैंने एक आदमी से प्यार की निन्दा की है, पर वह भी एक आदर्श स्तर पर। इसके होते हुए भी मनुष्य में प्यार की गहरी से गहरी भावना होनी चाहिए, जिसे कि वह एक ही आदमी में सीमित न कर दे बल्कि विश्वमय रखे।"[1]

उन्हें धर्म में बचपन से ही विश्वास नहीं था। वह मानते थे कि धर्म ने हमारे देश में बहुत गड़बड़ कर रखी है। उनके बालसखा जयदेव गुप्ता ने तब के संस्मरण लिखे हैं, जब वे नेशनल कालेज में पढ़ने वाले किशोर थे। तब उन्होंने कहा था, "यदि हमें सरकार बनाने का अवसर मिला तो किसीके पास प्राइवेट प्रापर्टी नहीं होगी। सब पब्लिक प्रापर्टी होगी। हरेक को काम मिलेगा।"

मैंने पूछा, "धर्म का क्या करोगे ? क्या उसे गैरकानुनी करार दोगे ?" उनका उत्तर था—"धर्म एक पर्सनल विश्वास की चीज़ होगी, सामूहिक नहीं।" बाद में तो उनकी यह राय बन गई थी—ईश्वर मनगढन्त चीज़ है। दुनिया के दिमाग को गुलाम बनाने के लिए गढ़ा गया है। ईश्वर मनुष्य का सबसे बड़ा दुश्मन है। यदि हम मनुष्य और मनुष्य के बीच से ईश्वर निकाल दें तो आदमी आदमी के बीच की दीवार ही हट जाए।[2]

जेल में रहते हुए उन्होंने कई पुस्तकें लिखी थीं। उनकी भतीजी श्रीमती वीरेन्द्र सिन्धु[3] के अनुसार उनकी ये चार पुस्तकें अत्यन्त महत्त्वपूर्ण थीं—(1) आइडियल व सोशलिज़्म (समाजवाद का आदर्श), (2) दि डोर टू डेथ (मृत्यु के द्वार पर), (3) आटोबाय-

1. युगद्रष्टा भगतसिंह, पृष्ठ 292
2. " " " 299-300
3. " " " 306

ग्राफी (आत्मकथा) और (4) दि रिवोल्यूशनरी मूवमेंट आव इण्डिया विद शार्ट बायग्राफिक स्कैचेस आव दि रिवोल्यूशनरीज़ (भारत में क्रांतिकारी आन्दोलन और क्रांतिकारियों का संक्षिप्त परिचय)।

दुख यही है कि ये पुस्तके सुरक्षा की दृष्टि से, इस हाथ से उस हाथ होती, अन्ततः नष्ट हो गई और देश एक क्रांतिकारी के अधिकृत विचारों से वंचित रह गया।

किशोर वय में लिखे कुछ लेख आज भी सुरक्षित हैं और उनकी शैली में स्वभावतः भावना की मुलायमियत कुछ अधिक ही है। चांद के 'फांसी अंक' में पंजाब में हुए सशस्त्र विद्रोह की चर्चा करते हुए उन्होंने लिखा :

"1857 के दिन आए। समस्त भारत को संगठित किया गया। पंजाब की ओर किसीने विशेष ध्यान नहीं दिया। अभी कल तो अपनी स्वतन्त्रता कायम रखने में वीर योद्धाओं ने बढ़-बढ़कर आत्मबलिदान किए थे। अभी कल ही तो उन्होंने वह बहादुरी दिखाई थी कि जिसे देखकर शत्रु भी दंग रह गए थे। अपने प्यारे महाराजा की प्रेयसी की दुर्दशा और छोटे महाराजा दिलीपसिंह के साथ घोर अन्याय देखकर वे तड़प उठे थे। कौन आशा कर सकता था कि उसी पंजाब में दस वर्ष के भीतर ही इतना परिवर्तन हो जाएगा कि वह स्वतन्त्रता-संग्राम के विभीषण का काम करेगा, परन्तु वही हुआ जो नहीं सोंचा था। पंजाबी वीरों ने अपने ही भाइयों के उस विराट आन्दोलन को बुरी तरह तहस-नहस कर डाला और सदा-सर्वदा के लिए पंजाब के उज्ज्वल ललाट पर कलंक-कालिमा पोत दी।

"परन्तु उस कालिमा को धोने के लिए पंजाब ने अपना रक्त भी खूब भेंट किया। अनेक वीरों ने रणांगण में फांसी के तख्तों पर या जेल में तिल-तिल कर आत्मबलि दे दी और आज तक वह बलिश्रृंखला चल रही है। पंजाब में सबसे पहले जो बलिदान हुआ, वह कूका-विद्रोह के नाम से प्रसिद्ध है।"

शहीद करतार सिंह सरावा उनके आराध्यदेव जैसे थे। उनपर लिखे लेख का यह प्रारम्भिक अंश कितना मार्मिक है, "रणचण्डी के

उस परम भक्त बागी करतारसिंह की आयु उस समय बीस वर्ष की भी न होने पाई थी जब उन्होंने स्वतन्त्रतादेवी की बलिवेदी पर निज रक्तांजलि भेंट कर दी। आंधी की तरह वे एकाएक कहीं से आए, आग भड़काई, सुषप्त रणचण्डी को जगाने की चेष्टा की, विप्लव यज्ञ रचा और अन्त में उसीमे स्वाहा हो गए। वे क्या थे, किस लोक से आ गए थे और फिर झट से किधर चले गए, हम कुछ भी समझ न सके।"

एक और लेख की ये पंक्तियां कितनी सही, कितनी पारदृष्टि हैं:

"किसीने सच कहा है—सुधार बूढ़े आदमी नहीं कर सकते। वे तो बहुत ही बुद्धिमान और समझदार होते हैं। सुधार तो होते हैं युवकों के परिश्रम, साहस, बलिदान और निष्ठा से, जिनको भयभीत होना आता ही नहीं और जो विचार कम और अनुभव अधिक करते है।"

भगतसिंह को अध्ययन का बहुत शौक था। पुस्तकों का नहीं, परिवेश का भी, इसलिए अभिव्यक्ति की सहजता उनकी शैली में एक अनिवार्य गुण के रूप में देखी जा सकती है। नेशनल कालेज में पढ़ते समय (आयु 16-17 वर्ष) उन्होंने पंजाब हिन्दी साहित्य सम्मेलन की स्पर्धा में भाग लिया था। विषय था 'पंजाब की भाषा तथा लिपि समस्या'। आश्चर्य है, इस लेख में उन्होंने तीनों भाषाओं के लिए हिन्दी लिपि मान लेने की बात कही थी। फारसी लिपि की अपूर्णता की चर्चा करते हुए उन्होंने लिखा था, "जब साधारण आर्य और स्वराज्य आदि शब्दों को 'आर्यों' और 'स्वराजियों' लिखा और पढ़ा जाता है, तो गूढ़ तत्त्वज्ञान-सम्बन्धी विषयों की चर्चा ही क्या ! अभी उस दिन लाला हरदयाल जी एम० ए० की एक उर्दू पुस्तक 'कौमें किस तरह ज़िन्दा रह सकती हैं ?' का अनुवाद करते हुए सरकारी अनुवादक ने 'ऋषि नचिकेता' को उर्दू में लिखा होने से 'नीची कुतिया' समझकर 'ए विच ऑफ लो आरीजन' अनुवाद किया था।[1]

पत्रकार-जगत् में भी उनकी ख्याति एक निष्ठावान और सजग कार्यकर्ता के रूप में थी। अर्जुन में उनके साथी श्री दीनानाथ

1. युगद्रष्टा भगतसिंह, पृष्ठ 326-327

सिद्धांतालंकार ने लिखा है, "उनमें समाचार-उत्पादन की अपूर्व क्षमता थी। वे समाचार की आत्मा को पहचानते थे और उसे इस तरह प्रस्तुत करते थे कि वह आत्मा सामने आ जाए। यदि उस समाचार के पीछे कोई इतिहास होता तो वे उसे लेख का रूप दे देते, 'होली के दिन रक्त के छींटे' इसका श्रेष्ठतम उदाहरण है।"[1]

भगतसिंह में चिन्तक का आवेग किन्हीं आवेशपूर्ण क्षणों का परिणाम नहीं था। उसकी जड़ें बड़ी गहरी थीं और गर्वतोमुखी भी थीं। इसीलिए वे आतंकवादी विद्रोह को अन्दोलन का रूप दे सके। इसीलिए दूसरे अखिल भारतीय विद्यार्थी सम्मेलन को सन्देश देते हुए 16-10-1926 को उन्होंने कहा, "हम नौजवानों को बम और पिस्तौल उठाने की सलाह नहीं दे सकते। विद्यार्थियों के लिए और भी महत्त्वपूर्ण काम हैं। आगामी लाहौर अधिवेशन में कांग्रेस देश की स्वतन्त्रता के लिए बड़े पैमाने पर जेहाद का ऐलान कर रही है। राष्ट्रीय इतिहास के इस नाज़ुक समय में नौजवानों पर बहुत बड़े दायित्व का भार है और सबसे ज़्यादा विद्यार्थी ही तो आज़ादी की लड़ाई में अगली पांतों में लड़ते हुए शहीद हुए हैं। क्या भारतीय नौजवान इस परीक्षा के समय में वही संजीदा इरादा दिखाने में झिझक दिखाएंगे ?..."[2]

3

बालों में तेल लगाते हुए बहन ने कहा, "वीराजी, आपके बाल बहुत भारी हैं, बीच-बीच में से कुछ बाल कटवा दीजिए। किसीको दीखेंगे भी नहीं और सिर का बोझ भी हलका हो जाएगा।"

अपनी सहज हास्य-मुद्रा में बोले, "चुप-चुप, अभी ऐसा मत कह। मैं थोड़े नहीं, सारे बाल कटा दूंगा, पर ऐसे समय जब सारी सिख कौम इसपर फख्र करेगी।"[3]

○

1. युगद्रष्टा भगतसिंह, पृ ठ 326-327
2. हिसप्रस-दस्तावेज़—मुक्ति प्रकाशन, सम्पादक : लिनेल जोशी आदि
3. युगद्रष्टा भगतसिंह, पृष्ठ 330

"आपका नाम जान सकता हूं?"

"भगतसिंह।"

"इन दिनों आप क्या करते हैं?"

"बन्दूकें और राइफलें बोता हूं।"

"राइफलें?"

"हां, बेशक राइफलें।"

"ऐसा आप क्यों करते हैं?"

"अपनी मातृभूमि की आज़ादी सुनिश्चित करने के लिए।"

○

भगतसिंह मां को 'बेबे' कहकर पुकारते थे। जेल के अपने भंगी को भी 'बेबे' कहते थे। एक अधिकारी ने पूछा, "आप इसे बेबे क्यों कहते हैं?"

उत्तर दिया, "जीवन में दो को ही मेरी गन्दगी उठाने का काम मिला है। एक मेरी बचपन की मां और एक यह जवानी की जमादार मां। इसलिए दोनों बेबेजी ही हैं मेरे लिए।"

○

अन्तिम क्षणों में हैड जेलर ने पूछा, "आपकी कोई खास इच्छा हो तो बताइए? मैं उसे पूरी करने की कोशिश करूंगा।"

उत्तर था, "हां, मेरी एक खास इच्छा है और आप उसे पूरा कर सकते हैं।"

"बताइए?"

"मैं बेबे के हाथ की रोटी खाना चाहता हूं।"

भंगी भाई ने सुना तो स्तब्ध रह गया, बोला। "सरदारजी, मेरे हाथ ऐसे नहीं हैं कि उनसे बनी रोटी आप खाएं।"

भगतसिंह ने प्यार से उसके दोनों कन्धे थपथपाते हुए कहा, "मां

---

1. मुक्ति (1) (अनियतकालीन संकलन) जुलाई, 1972, सम्पादक लिनेल जोशी

जिन हाथों से बच्चों का मल साफ करती है, उन्हींसे खाना बनाती है। बेबे,तुम चिन्ता मत करो और मेरे लिए रोटी बनाओ।"

भंगी भाई ने रोटी बनाई और भगतसिंह ने अपने स्वभाव के अनुसार उछलते-मटकते हुए खाई।[1]

यूं खाने-पहनने के बारे में वे स्वभाव से औघड़दानी नहीं थे। श्री भगवानदास माहौर के शब्दों में, "जिस स्वाभाविकता से मेरे जैसे लोग जो गरीब परिवारों से आए थे, गन्दे कपड़े पहने रह सकते थे और रूखा-सूखा खा ले सकते थे, उसी स्वाभाविकता से भगतसिंह वैसा न कर पाते थे। वह उनके लिए कर्तव्य-भावना से साध्य होता था। स्वाभाविक (रूप से) नहीं... इधर कुछ विशेष गरीबी आ गई थी। अतएव साथियों को अब बाज़ार से पूड़ियां खरीदकर खाने के लिए पैसा देना बन्द कर दिया गया था और आटा खरीदकर घर पर ही सिगड़ी पर रोटियां-दाल बनाई जाती थी। बर्तनों की भी कमी थी। दाल एक टूटे मटके का ऊपर का धड़ अलग करके उसकी पेंदी में पकाई जाती थी, जिसमें अपने पाक-शास्त्र के ज्ञान से हम नमक-मिर्च तो डाल लेते थे, परन्तु दाल में हल्दी भी पड़ती है इसका हमको कोई ज्ञान न था। अतएव हम लोगों की पकाई दाल शक्लसूरत में ऐसी होती थी कि साधारण भूख तो उसको देखकर ही भाग जाती थी... फिर बर्तनों की कमी के कारण दाल उसी एक खप्पर में रखी जाती थी और हम लोग उसके चारों ओर अपने जले-पके, अधपके टिक्कड़ लेकर बैठ जाते थे।... बेचारे भगतसिंह को इस साधना में कभी सिद्धि नहीं मिली, परन्तु जिस खूबी से उन्होंने इससे पिण्ड छुड़ाया वह भी उन्हीं की प्रतिभा का काम था। चक्र में खाने बैठे तो मुस्कराते हुए बोले, "देखो, मैं तुम्हें बताऊं, अमीर लोग किस नज़ाकत, किस अन्दाज़ से खाना खाते हैं।"

आपने एक टिक्कड़ में से एक बहुत ही छोटा-सा टुकड़ा बड़ी नज़ाकत से ऐसे तोड़ा कि कहीं टिक्कड़ को लग न जाए या उनकी उंगलियों में मोच न आ जाए। फिर बड़ी नज़ाकत से उसे खप्पर की दाल को दूर से दिखाया, इस प्रकार कि दाल से उनका स्पर्श न हो जाए। फिर बड़ी नज़ाकत और नफासत व लताफत से उसे उठाकर मुंह में रखा

1. युगद्रष्टा भगतसिंह, पृष्ठ 307

और बड़ी मुश्किल से दो-चार बार मुंह चलाकर अपने कुल्हड़ से पानी पीकर उसे गले के नीचे उतार दिया और उठते हुए बोले, "वल्लाह, क्या लज़ीज़ खाना है ! सुभान अल्लाह !"

और रूमाल से मुंह पोंछते हुए इस प्रकार उठ खड़े हुए मानो भरपेट खाकर उठे हों... उसी रोज़ भगतसिंह कहीं गए और कुछ रुपया ले आए ताकि साथियों को कम से कम खाना तो ढंग से मिले...।[1]

खाने-पहनने का ही नहीं, फिल्म देखने का भी शौक था उन्हें। एक बार खाने के पैसों से टिकट खरीदकर 'अंकल टाम्स केबिन' फिल्म देख आए। भगवानदास माहौर ने लिखा है—"फिर अड्डे पर जाकर चित्र की तारीफ करके और क्रांतिकारियों के लिए उसकी उपयोगिता पर एक लेक्चर-सा झाड़कर भगतसिंह ने आज़ाद को इस प्रकार पटा लिया कि पैसों की बात ही नहीं उठी और हम लोगों को दूसरे दिन सवेरे भी बाकायदा खाने को पैसे मिले। भगतसिंह मेरी ओर आंख मारकर मुस्कराए।"[2]

दोस्तों के साथ मारपीट करने, फिर उनको चिढ़ाने और बनाने की कला में वे सिद्धहस्त थे। राजगुरु और भगवानदास माहौर उनके विशेष लक्ष्य रहते थे। माहौर के चेहरे की बनावट के कारण भगतसिंह उन्हें हनुमानजी' कहा करते थे। वैसे उनका दलीय नाम कैलास था। एक दिन किसी बात को लेकर काफी मारपीट हुई। सन्धि की शर्त थी कि कैलास गाना गाए। अच्छा स्वर था उनका। उन्हींके शब्दों में, "मैंने गाना शुरू किया। सब लोग सुनने बैठ गए। हंसराज वोहरा ठीक मेरे सामने था। भगतसिंह बीच में मेरी तरफ पीठ करके लेट गए। मैंने आपत्ति की, 'इन्हें गाना सुनने की तमीज़ तो है नहीं, ज़रा देखिए। इधर मुंह करके बैठाइए इन्हें।' भगतसिंह तुरन्त बोले, 'माफ कीजिए, अपनी सन्धि की शर्त वापस लेता हूं। यदि आपका गाना सुनने के साथ आपकी शक्ल मुबारिक भी देखनी पड़े तो ऐसा गाना मैंने छोड़ा।' सब लोग हंस पड़े।"[3]

---

1. यश की धरोहर, पृष्ठ 33
2. " " " 48
3. " " " 45

स्वयं भगतसिंह का स्वर भी बड़ा मधुर था। कालकोठरी में वे मस्ती से गाते रहते और अपनी ही बेड़ियों से ताल देते रहते। उन्हें हथकड़ी पहने देखकर जब दादी जयकौर ने कहा, "हाय, भागोंवाले ये गहने पहने हुए हैं ?" तो वे ताल के साथ उन्हें बजाते हुए हंसकर बोले, "ये सरकार के पहनाए हुए बहुत कीमती गहने हैं। हरेक को ये कहां मिलते हैं !" माहौर को एक बार अभिनय के लिए प्रथम पुरस्कार मिला तो आप बोले, "धन्य हो, पूरे हनुमानजी हो। आप और अभिनय ? बस, अब कोई आकर यह और सुना दे कि ब्यूटी कम्पीटीशन में भी आपको फर्स्ट प्राइज मिला है।"[1]

मुकदमे के दौरान कलकत्ता से उन लोगों के लिए रसगुल्लों का एक पार्सल आया, लेकिन जेल-अधिकारियों ने उसे नहीं लेने दिया। भगतसिंह तो रसगुल्लों पर जान देते थे। तुरन्त न्यायमूर्ति की ओर मुड़े और बोले, "द रसगुल्लाज आर लाइंग आउट साइड। विल यू टेक द ट्रबल आव एक्जामिनिंग दैम ? इट इज़ ए ब्यूटीफुल सीन। यू मे जस्ट लुक एट दैम। रसगुल्लाज़ आ मोर इम्पोरटेण्ट फार अस दैन दीज़ विटनसेज (रसगुल्ले बाहर हैं। क्या आप उनका निरीक्षण करने का कष्ट उठाएंगे? यह एक सुन्दर दृश्य है। आप उन्हें ज़रा देखें तो। इन गवाहों की अपेक्षा रसगुल्ले हमारे लिए अधिक महत्त्वपूर्ण हैं।)।"

कैसी हंसी गूंजी थी उस दिन उनका यह मस्तीभरा अभिनय देखकर ![2]

लेकिन जिसके जीवन में इतनी मस्ती थी, वह गहरा भी उतना ही था। उतना ही सम्वेदनशील, उतना ही निडर, साहसी और मृत्युजय। जब जोगेश दादा के छुड़ाने का कार्यक्रम एक दुर्घटना के कारण पूरा न हो सका था तो घर में घुसते ही वे फूट-फूटकर रो पड़े थे। असफलता के कारण वे ग्लानि से जो भर उठे थे। असफलता से उन्हें बड़ी चिढ़ थी। लेकिन खतरा उठाने में वे कभी पीछे न रहते थे। उनका सारा जीवन इस बात का प्रमाण है। वे अक्सर बम चलाने की परीक्षा करते। ऐसे ही एक परीक्षण में दल के सर्वोपरि

---

1. यश की धरोहर, पृष्ठ 38
2. युगद्रष्टा भगतसिंह, पृष्ठ 284

सदस्यों में से एक भगवतीचरण बोहरा ने अपने प्राणों की आहुति दी थी। उस दिन झांसी के जंगलों में जहां ठाकुरों के शिकार खेलने के धड़ाके अक्सर होते रहते हैं, आज़ाद, भगतसिंह और सदाशिवराव यही काम करने गए। लेकिन जब बम पर टोपी चढ़ाकर फेंकने का अवसर आया तो भगतसिंह ने स्वयं बम को हाथ में लिया और आज़ाद और सदाशिव को बहुत पीछे सुरक्षित खड़ा कर दिया। फिर बम फेंका।

क्रांतिकारियों के चरित्र को लेकर बहुतों ने बहुत-सी रोमांटिक कल्पनाएं की हैं। लेकिन भगतसिंह क्या सोचते थे यह इस घटना से स्पष्ट हो जाता है। माहौर को किसीने बताया कि एक्सा नम्वर 1 शराब नहीं, ताकत की दवा है। वे तुरन्त आज़ाद से उसी नाम पर चार रुपये लेकर एक बोतल खरीद लाए। लेकिन भेद तो खुलना ही था। बस, आज़ाद माहौर पर बरस पड़े। उन्हें तो अपने चातुर्य से किसी तरह भगतसिंह ने शान्त किया, पर माहौर को अलग ले जाकर बोले, "कैलास, इसमें मज़ाक नहीं है। तुम्हारा शराब ले आना अच्छा नहीं हुआ।... हम लोगों को ध्यान रखना चाहिए कि हमारे ज़रा-ज़रा से काम की कड़ी से कड़ी आलोचना होगी। हम सब यहां मरने के लिए इकट्ठे हुए हैं, सो इस आशा से नहीं कि कल हम ही अपने हाथों से ब्रिटिश शासन को उखाड़ फेंकेगे। अपने जैसे न जाने कितने उससे पहले मर-खप जाएंगे। हमें ध्यान रखना चाहिए कि हमारा कोई काम ऐसा न हो जिससे लोग हमें बदनाम कर सकें। अपनी निजी बदनामी की बात होती तो कोई बड़ी बात नहीं थी, परन्तु यह क्रांतिकारियों की बदनामी होगी, क्रांति-प्रयास की बदनामी होगी।"

भगतसिंह निपट मनुष्य थे, देवता नहीं। पर उनकी सम्वेदना व्यापक थी, सीमित नहीं। इस व्यापक मानवीय सम्वेदना ही ने उन्हें शहीद बना दिया था। परिवार में दादा-दादी से लेकर छोटे भाई-बहन सभी थे। सभीके लिए वे चिन्तित भी थे। अपने छोटे भाई कुलवीर को 3 मार्च को उन्होंने जो पत्र लिखा था, उसमें उनकी वह चिन्ता मूर्त हो उठी है :

"देखो, मैंने किसीके लिए कुछ न किया—तुम्हारे लिए भी कुछ

नहीं। आजकल बिलकुल मुसीबत में छोड़कर जा रहा हूं। तुम्हारी ज़िन्दगी में क्या होगा, गुज़ारा कैसे करोगे, यही सब सोचकर कांप जाता हूं। मगर भाई, हौसला रखना, मुसीबत में भी कभी मत घबराना। इसके सिवा और क्या कह सकता हूं ! अमेरिका जा सकते तो बहुत अच्छा होता,मगर अब तो वह भी नामुमकिन मालूम होता है। आहिस्ता-आहिस्ता मेहनत से पढ़ते जाना। अगर कोई काम सीख सको तो बेहतर होगा, मगर सब कुछ पिताजी के मशवरे से करना। जहां तक हो सके, मुहब्बत से सब लोग गुज़ारा करना...

"जानता हूं, आज तुम्हारे दिल के अन्दर गम का समुद्र ठाठें मार रहा है। भाई, तुम्हारी बात सोचकर मेरी आंखों में आंसू आ रहे हैं, मगर क्या किया जाए, हौसला करना। मेरे अज़ीज, मेरे बहुत प्यारे भाई, ज़िन्दगी बड़ी सख्त है और दुनिया बड़ी बेमुरव्वत। सब लोग बड़े बेरहम हैं। सिर्फ मुहब्बत और हौसले से ही गुज़ारा हो सकेगा। कुलतार की तालीम की फिकर भी तुम ही करना। बड़ी शर्म आती है और अफसोस के सिवा मैं कर ही क्या सकता हूं !...

"व्यापक मानवीय सम्वेदना से परिवारअछूता थोड़े ही रहता है।"

और अन्त में एक घटना और...

सन् 1926 की बात है। उनके मित्र जयदेव गुप्त ड्रेन वीन की पुस्तक 'आयरलैण्ड की स्वतन्त्रता के लिए मेरा संघर्ष' पढ़ रहे थे। उसमें लिखा था, 'अगर हमने गवर्नर जनरल की गाड़ी पर बम फेंका और हम पास के गांव में जा छिपे तो वहां का बच्चा-बच्चा कट जाएगा, पर हमारा पता नहीं देगा।' तभी भगतसिंह आ गए। जयदेव बोले, "वहां की जनता ऐसी है, पर यहां तो गैरों की बात छोड़ो तुम्हारा कोई साथ ही पुलिस को सारा भेद बता देगा और तुम गाजर-मूली की तरह कट जाओगे।"

सुनकर बहुत गम्भीर हो गए भगतसिंह। कुछ देर बाद बोले, 'जैसे पुराना कपड़ा उतारकर नया बदला ज़ाता है वैसे ही मृत्यु है। मैं उससे डरूंगा नहीं, भागुंगा भी नहीं। कोशिश करूंगा कि पकड़ा जाऊं, पर यों ही नहीं कि पुलिस आई और पकड़ ले गई। मेरे पास एक तरीका है कि

कैसे पकड़ा जाऊ। मौत आएगी, आएगी ही, पर मैं अपनी मौत को इतनी महंगी और भारी बना दूंगा कि ब्रिटिश सरकार रेत के ढेर की तरह उसके बोझ से ढंक जाए।"

भगतसिंह की कहानी मौत को महंगी और भारी बनाने की ही एक अपूर्व कहानी है। मृत्यु की साधना भी यही है। मृत्यु, जो मनुष्य की सबसे बड़ी मित्र है।

साहसी को बल दिया है मृत्यु ने मारा नहीं है,
राह ही हारी सदा, राही कभी हारा नहीं है।

(कल्याणकुमार शशि)

हमसे बढ़कर ज़िन्दगी को कौन कर सकता है प्यार।
और अगर मरने पे आ जाएं तो मर जाते हैं हम।
जाग उठते हैं तो सूली पर भी नींद आती नहीं।
वक्त पड़ जाए तो अंगारो पे सो जाते हैं हम।
मर के भी इस खाक में हम दफन रह सकते नहीं।
लाला-ओ-गुल बन के वीरानों पे छा जाते हैं हम।

(सरदार जाफरी)

○○○